茅盾研究
八十年書系

錢振綱・鍾桂松◎主編

歐家斤◎著

42

茅盾評說

花木蘭文化出版社

國家圖書館出版品預行編目資料

茅盾評說／歐家斤 著 — 初版 — 新北市：花木蘭文化出版社，
2014〔民 103〕

序 8+ 目 2+180 面；19×26 公分

（茅盾研究八十年書系；第 42 冊）

ISBN：978-986-322-732-8（精裝）

1. 沈德鴻　2. 中國當代文學　3. 文學評論

820.908　　　　　　　　　　　　　　103010563

中國茅盾研究會《茅盾研究八十年書系》編委會

主　編：錢振綱 鍾桂松

副主編：許建輝　王中忱　李　玲

特邀顧問：

邵伯周　孫中田　莊鍾慶　丁爾綱　萬樹玉　李　岫

王嘉良　李廣德　翟德耀　李庶長　高利克　唐金海

茅盾研究八十年書系
第四二冊　　　　　　　　　　　　ISBN：978-986-322-732-8

茅盾評說

本書據上海學林出版社 1997 年 10 月版重印

作　　者　歐家斤
主　　編　錢振綱　鍾桂松
總 編 輯　杜潔祥
副總編輯　楊嘉樂
編　　輯　許郁翎
出　　版　花木蘭文化出版社
社　　長　高小娟
聯絡地址　235 新北市中和區中安街七二號十三樓
　　　　　電話：02-2923-1455／傳眞：02-2923-1452
網　　址　http://www.huamulan.tw 信箱 hml810518@gmail.com
印　　刷　普羅文化出版廣告事業
初　　版　2014 年 7 月
定　　價　60 冊（精裝）新台幣 120,000 元

茅盾評說

歐家斤　著

作者簡介

　　歐家斤，中學高級教師、上海市作家協會會員、中國茅盾研究會理事。1957 年出生上海，多年供職於上海市普陀區教育學院《普陀教育》編輯部。

　　在現代文學和教育文藝領域內進行研究，出版了作家研究專著四部和編著多部，先後出席了由中國作協等單位在人民大會堂召開的紀念茅盾誕辰 100 周年紀念大會和在茅盾家鄉桐鄉舉辦的紀念茅盾誕辰 110 周年國際學術討論會。馬烽、杜鵬程、端木蕻良、戈寶權、西戎、峻青、陳沂等均對其所取得的成果給予好評。

提　　要

　　這是作者的第一部個人學術專著，全書共分五輯。第一輯「革命春秋」，由「矢志不渝」和「十字街頭」兩部分組成，概述茅盾與黨的關係，對黨的事業的追求和在革命潮流中的顛簸與坎坷經歷。他以文學為武器，為黨的事業，為共產主義的理想而努力奮鬥了一生。第二輯「文壇足跡」，由「文學業績」和「馳名中外」兩部分組成，從文學研究、文學創作、文學評論、文藝編輯、文學翻譯等五個方面論述茅盾的文學業績，並介紹了國內外茅盾研究的成果。第三輯「高風亮節」，由「特殊園丁」和「天長地久」兩部分組成，記錄茅盾對青年作家關愛和培養的事跡及他與毛澤東、瞿秋白、陳獨秀等党的領導人之間的親密關係。第四輯「辨析是非」，由五篇論文組成，對茅盾研究中出現的不足進行了批駁。第五輯「名家點評」，由 11 篇論文組成，介紹和討論茅盾對名作家和作品的審視觀點。

　　著名書法大家錢君匋先生題寫書名。著名文化將軍陳沂、著名作家峻青分別作序。新加坡著名作家周穎南題詞：「茅公是中國文壇祭酒；他的著作在國際上也產生了深遠的影響，是我們炎黃子孫對世界文壇的貢獻」。茅盾兒子韋韜在致作者信中肯定道：「這樣通俗性、趣味性和全面性介紹茅公的書還沒有，很有出版價值。」

序　一
文學家革命家和社會活動家的完美結合
——兼爲紀念茅盾誕辰 100 週年而作

上海炎黃文化研究會會長　陳沂

　　茅盾的文學成就，不只屬於中國，也屬於世界。他同魯迅、郭沫若、巴金、老舍和曹禺列爲中國文學大師，是當之無愧的。

文學家的矛盾

　　在文學領域，茅盾可以稱得上是個全才。他在文學研究、文學創作、文藝批評、文學編輯、文學輔導和文學翻譯方面，均有重大建樹。這諸方面的建樹，給茅盾帶來了文學巨匠的美譽。

　　茅盾曾說過：托爾斯泰爲了寫小說而去體驗人生，而他卻是體驗了人生後才寫小說。

　　《子夜》的創作，茅盾是在感受了生活的基礎上，再用理性的東西來指導、觀察生活，終於寫出了馳名中外的不朽巨著。他並不是遠離生活，光憑幾篇論戰文章就演繹出這個故事。吳蓀甫這個人物的原型，不僅有其表叔盧鑑泉的影子，而且還有不少從事商業的親朋好友的影子。這都是茅盾生活的積累。作者原來以長篇三部曲的形式來爲中國 30 年代初的歷史畫像，後三易其稿，高度濃縮了作品中的背景、人物性格和矛盾衝突。作品最後雖以一本問世，但其包涵的容量卻超出了多卷本小說，被世人公認爲史詩性巨著。

　　《腐蝕》是日記體小說，新穎別緻。作品採用了第一人稱方式敘述，因而給人以真實感，使讀者讀後感到壓抑和憤慨。由於日記體的形式更好地表

現了作品內容，使作品迅速擁有大量讀者。解放區、國統區都翻印此作品，《腐蝕》成了茅盾作品中國內版本最多的一部小說。

茅盾早年評魯迅時說：魯迅是新形式的創造者。我們也可把這話用來稱讚茅盾：他也是新形式的創造者。

革命家的茅盾

茅盾是我黨最早的黨員之一，參與了締造黨的活動。他在建黨期間的突出貢獻有兩：一是翻譯黨的理論文章，指導黨的建設；二是肩負中央聯絡員重任，使中央與各地黨組織聯繫暢通無阻。

茅盾又是婦女解放運動的吶喊者。《婦女雜誌》和《民國日報，婦女評論》是茅盾發表婦女問題意見的主要園地。茅盾關心並研究婦女問題，被推舉為分管婦女運動方面的工作。國共合作期間，他是中央婦女部的審查員，到婦女運動講習所兼過課。這為他後來從事創作，塑造出一系列成功的女性形象打下了生活基礎。

茅盾也是我黨早期工運領導人。在「五卅」運動後的工運低潮期，他同陳雲等人勝利地領導了商務工人大罷工，使工人運動又掀起了新的高潮。

茅盾同時也是我黨早期新聞戰線上的領導者。在廣州，他協助毛澤東負責國共合作時的中宣部工作；在上海，他擔任中宣部在上海秘密機關交通局負責人，表現出卓越的宣傳才能；在武漢，任《漢口民國日報》主筆，抨擊國民黨反動勢力。

茅盾最富於戰鬥性。「五卅」事件爆發時，他勇敢地走上南京路，參加遊行。憤怒出詩人。他街頭遊行歸來，心中的怒火傾噴在稿紙上。從此，他開始了散文創作。他多次置自己生命於不顧，全身心投入鬥爭中：中山艦事件的當夜，他陪毛澤東走上街頭；「八‧一三」戰火燃起，他同巴金等人辦《吶喊》，寫文章，為抗戰鼓與呼；紅軍長征到陝北，他同魯迅聯合致電慶賀；「霧重慶」多年，一直處於特務監視之下，但他毫不畏懼。

茅盾還最具有實事求是的精神。建國後，他在《我的看法》講話中，尖銳地批評了 50 年代中期出現的一些不良現象，為此在那非常年代也遭到些麻煩。「文革」中，他封筆多年，不盲目歌功頌德。粉碎「四人幫」後，許多人思想仍沒解放，他卻大膽肯定「文革」前 17 年是紅線占主導地位。

社會活動家的茅盾

茅盾的本職工作是文化工作，但他非常熱心於社會活動。他廣泛結交友人、熱心助人、推動社會進步，留下了無數的佳話。

茅盾稱自己早年社會活動是文學與政治的交錯。事實的確如此。茅盾與中國現代文壇上的許多著名人物均有密切的關係，這早已爲大家所熟知，自不多言。我要強調的是，從宏觀上來說，茅盾的爲人生文學，改革《小說月報》，推崇魯迅作品，評價文學研究會諸多大家作品，創辦《文學》、《譯文》、《文藝陣地》、《人民文學》，獎掖一大批文壇新秀，乃至新時期倡導實事求是等等，這些功績的存在，使百年文學史色彩斑斕，引人入勝！

茅盾的教育活動也較豐富，但鮮爲人知。他先後在黨創辦的平民女學、上海大學義務任教。在大革命洪流中他奔赴中央軍事政治學校武漢分校任政治教官；在革命聖地延安，他到「魯藝」執教。還特別值得一提的是他到新疆任教。爲了少數民族地區的教育事業，他不辭勞苦，攜兒帶女，舉家千里迢迢從香港到新疆。他在新疆學院身兼數職，授課多門，爲民族教育事業作出了巨大的貢獻。建國後，他也熱心文字改革工作。茅盾還給許多老師講過課，還不厭其煩地回覆許多師生來信。

在文化交流方面，茅盾也是一個很好的使者。1946 年底，他應邀到蘇聯訪問。這是我國作家首次被邀訪蘇。他寫了許多文章介紹蘇聯。建國後，他又多次參加或率領中國代表團，出席各種類型的保衛世界和平會議；率領中國作家代表團多次參加亞洲作家會議和亞非作家會議。在這些會議上，他分別就保衛世界和平、促進各國的文化交流作了報告。

茅盾對軍隊文化事業也很關心。這點，我是深有體會的。當我任總政文化部部長時，先後負責發起編寫了《志願軍一日》、《星火燎原》等作品。這都得到了茅盾的關注。記得發起《志願軍一日》徵文時，我說是受他當年發起的《中國一日》徵文的影響。他在電話中再三強調，希望我們把這件事辦好。他寫了熱情洋溢的評《潘虎》文章，使《潘虎》進入中學語文課文中。許多軍隊作者的作品，經他點評，迅速在全國產生了影響。

一個人，如能在某一個領域內做出點業績，那就很不錯了。而茅盾同時在諸方面都能有很大建樹，並且形成了完美的結合。在他百年誕辰之際，緬懷他不平凡的生平，使我覺得偉大的共產黨人、文學巨匠和卓越的社會活動家茅盾，永遠值得後人學習。

　　歐家斤的《茅盾評說》書稿，比較全方面地反映了茅盾那不平凡的生平，比較正確地評價了茅盾那非凡的業績，比較生動地寫出了茅盾那有口皆碑的人格。爲此，我願意推薦此書，讓廣大讀者通過閱讀此書，更好地瞭解茅盾、學習茅盾！

序　二
茅盾是新文學的開拓者和
新中國社會主義文學的建築師

上海炎黃文化研究會副會長　峻青

　　作爲老一代的文學大師、作爲當時擔任文化部長重任的茅公，對中國社會主義文學事業的繁榮和發展、對當時活躍在中國文壇上的一些作家，特別是對青年作家的成長，是非常關心、非常熱情的，傾注了大量心血，起到了不可估量的推動作用。

　　茅公在行政工作異常繁重、日理萬機之際，還經常抽出時間，仔細的閱讀眾多報刊以及出版社出版的大量作品，並作了筆記、寫成評論文章。他的那篇在文學界產生過巨大影響的長篇評論文章——《讀書雜記》，就是他花了兩個月時間，仔細閱讀了從 1959 年到 1961 年期間發表的近百篇優秀短篇小說之後寫成的。在這篇長文中，茅盾評論了 40 部左右的小說。他從作品的題材、社會主義現實主義創作方法和創作技巧等方面，全方位的深刻而精確地論述了這些作品，充分肯定了它們的成就，也指出了某些作品中的不足之處。無疑地，這對當時總的文學創作，起到了巨大的推動和指導作用；對一些當時還在起步階段的青年作家，起到了培植和灌溉作用，使得有些人由此而邁開了更加健壯快速的腳步，登上了一個又一個新的高峰，爲自己的創作也爲新中國文學事業的繁榮，作出了積極的貢獻。

　　關心中國的社會主義文學事業的繁榮發展、關心作家，特別是青年作家的健康成長，一直是這位現實主義文學大師、中國文壇德高望重的老前輩的一個最顯著的、也是最令人感動的偉大風範。寫到這裡，我不禁想起茅公熱

心支持《文學報》的情況。

那是 1980 年夏天，我在北戴河休養。有一個晚上，在和嚴文井、蕭軍、吳祖光、駱賓基等同志閒聊，瞭解了一些文學界情況後，我忽然想到在中國，有辦一份屬於文學界的報紙──《文學報》的必要。為此，我特地回到了北京，去周揚同志的家裡，把這想法與他說了。周揚同志表示完全支持。上海市委以及陳沂同志也積極支持。並在陳沂同志的直接領導下，《文學報》很快就進入了具體籌備階段。就在報紙的創刊前夕，1981 年 1 月，我又去了一次北京，專程拜訪了茅盾同志，聽取他對創辦《文學報》的意見。

那時候，茅公已是 85 歲高齡的老人了，患有肺氣腫、冠狀動脈硬化、腸胃病等多種陳年宿疾。這些陳年宿疾，長期折磨著這位年逾八旬的文壇巨匠。尤其那時正值隆冬季節，肺氣腫和老年性支氣管炎發作得更加頻繁了。因此，很長一段時間以來，茅公不但很難參加社會活動，也很難得會見那眾多來訪的客人了；但是，當他聽說我是為《文學報》的創辦而來向他請教時，卻立即抱著病，與我見面，表示了他對創辦《文學報》的熱情支持。

茅公談了如何辦好《文學報》的意見和希望，並且為《文學報》題寫了報頭和發刊詞。茅公對如何辦好《文學報》的談話非常重要。他說：

「中國還沒有這樣一張專門性的文學報紙呢！這對活躍理論批評、推動和發展社會主義文學創作，很需要，非常需要。」他特別強調：「不要忘了青年，他們是我國數量最大、也是最關心和愛好文學的讀者。他們中有不少人，可以成為我們新文學新軍的後備力量。」

這位慈祥的文壇長輩，總是那麼熱心地關懷著廣大的文學青年，關懷著新的一代文學大軍的健康成長。幾十年來，他不但以自己的大量的優秀作品，來哺育著文學青年，而且還以他那淵博的學識、精闢的見解，寫出了大量的文學理論和文學知識方面的文章，來指導青年作者的創作活動。

這是非常令人感動的，令人崇敬的。

他把關心文學青年，是作為培育文學新軍的後備力量這一戰略任務來看待的，是從建築中國社會主義文學大廈的百年大計這一高瞻遠矚的長遠眼光來對待的。

由此看來，茅公這位文學先驅，不僅是我國新文學運動的開拓者，更是新中國社會主義文學事業的建築師。

本書中的許多材料，令人信服地證明了這一點。寫到這裡，我對歐家斤

長期以來，在搜集、整理、撰寫有關茅盾的材料方面所作出的辛勤努力以及取得的巨大成績，感到非常高興、欽佩。他在這方面是付出了大量勞動和心血的，而且數年如一日，鍥而不捨地堅持下去，尤其令人感動。

在紀念茅盾誕辰 100 週年之際，欣悉歐家斤的《茅盾評說》即將出版，特此向他表示衷心的祝賀！

茅盾評說

鐵君書

百歲書一

陳沂同志正在與作者研究本書稿

周穎南先生、歐秀嵐女士與本書作者在茅盾北京的故居合影

目
次

第一輯　革命春秋

一、矢志不渝

1、開天闢地的勇士——建黨前後的茅盾

《新青年》讀者和作者

1916 年，茅盾進入了上海商務印書館編譯所。這時候，他成了《新青年》的熱心讀者。胡愈之老人早年曾同茅盾一起工作過。他在悼念茅盾的文章《早年同茅盾在一起的日子裡》中回憶道：記得當時每逢新的一期《新青年》雜誌在日報上登出了出版廣告，我在下班以後就匆忙到棋盤街群益書局去零買一本，先睹為快。我總是在群益書局遇到雁冰同志，但是在編譯所內部，我們絕口不談《新青年》。

《新青年》是「五四」時期著名的新文化月刊。1915 年 9 月在上海創刊。陳獨秀任主編。當初，發刊時原名為《青年雜誌》。次年 9 月第 2 卷改名為《新青年》。《新青年》早期提倡民主和科學，反對舊道德，提倡新道德；反對舊文學，提倡新文學。俄國十月革命後，《新青年》曾介紹過馬克思主義。自 1920年 9 月第 8 卷起，《新青年》成為上海共產主義小組（亦稱上海共產黨小組）的機關刊物。

茅盾既是《新青年》的忠實讀者，又是《新青年》勤奮的作者。茅盾所撰寫的第一篇論文《學生與社會》和第二篇論文《1918 年之學生》，都是倡導「個性之解放」和「人格之獨立」的新思想，作為《學生雜誌》的社論，在

當時社會上產生了積極的影響作用。解放後，許多作者論述茅盾早年的思想，都必提這兩篇文章，認爲茅盾這時期的思想是屬於進化論思想。茅盾自己坦率地說：那時對我思想影響最大的，促使我寫出這兩篇文章的，還是《新青年》。有些人認爲魯迅受進化論影響很大，茅盾也是如此。這種不進行深入調查，盲目亂套，也是一種公式主義。茅盾不迎合潮流，實事求是。茅盾從 1919 年起，就開始注意、搜求俄國文學作品，翻譯和介紹了大量的俄國文學作品。這都是他讀了《新青年》後才寫的，由此可見，《新青年》對茅盾早期的革命思想的形成，產生了巨大的影響。

1920 年初，陳獨秀在李大釗的幫助下，來到上海，住在法租界環龍路老漁陽里 2 號。爲了籌備在上海出版《新青年》，他約陳望道、李漢俊、李達和茅盾在自己家裡談話。除了茅盾，他們幾個革命家的活動在電影《開天闢地》中都得到生動反映。在茅盾等人鼎力支持下，當年 9 月《新青年》第 8 卷第 1 號就在上海出版了。從第 2 號起，茅盾的文章就出現了。從此，茅盾總是在繁忙的工作中，擠時間爲《新青年》撰稿，用實際行動來扶植這個革命刊物。當時，他給《新青年》撰稿是義務的，分文不取，先後發表了《遊俄之感想》、《羅素論蘇維埃俄羅斯》、《一封公開的信──給〈自由人〉月刊記者》、《西門的爸爸》、《19 世紀及其以後的匈牙利文學》、《海青赫佛》等譯作與論文。

1920 年 7 月上海共產主義小組成立。小組成立前，陳獨秀曾徵求過茅盾的意見，茅盾表示贊成。茅盾在同年 10 月間由李漢俊介紹加入黨小組，成爲中國共產黨最早的黨員之一。

正由於茅盾與《新青年》有如此密切的關係，所以他敢仗義執言。1979年 5 月 4 日下午，「五四」時期老同志座談會上，茅盾說：

> 剛才有同志講陳獨秀在北京的情況（《新青年》的社論是在妓院裡寫的），我是第一次聽到。如果是這樣，李大釗和魯迅爲什麼還是陳獨秀的親密戰友呢？我見到陳獨秀是在上海。我認爲陳獨秀在當時是一個革命家。凡事要一分爲二，對陳獨秀也是要一分爲二。當初的時候，在北方李大釗寫了好多篇文章，介紹了馬克思主義的東西。而陳獨秀爲了反對胡適的《新青年》不談政治，憤然把《新青年》移至上海編輯出版。上海版《新青年》的第 1 期就有《談政治》一文，把馬克思主義的基本理論闡述一下；文獻俱在，這是不能抹煞的……陳獨秀對《由內地旅行而得之又一教訓》一文進行嚴

屬的批判，寫過兩篇文章。這也是文獻俱在，不能抹煞陳獨秀那時捍衛馬克思主義的功勞。陳獨秀那時立場堅定，戰鬥力強，在當時的歷史條件下，他在共產黨成立後被選爲總書記，是事理之當然。

（《茅盾全集》第 17 卷第 622 頁）

當時，中國大地正是撥亂反正時期，極左思潮仍束縛人的頭腦，茅盾顯露了大無畏精神。他不愧爲《新青年》的忠實讀者和作者。

傳播火種

電影《開天闢地》有這樣的鏡頭：毛澤東在印刷所找到了陳獨秀。當時陳獨秀和陳望道正忙著中文版《共產黨宣言》出版工作。毛澤東看了幾眼校對稿，如獲至寶，愛不釋手，要借全書閱讀。可見當時許多人，對共產主義理論瞭解甚少，並不是像一般人所推想那樣，早期共產黨人個個都是滿腹經綸，爾後才從事實際工作的。恰恰相反，許多人投身命後才開始學習馬克思主義。因此，理論建設尤其顯得重要。

建黨前夕，上海共產黨小組正忙著籌備出版一個黨刊，李達任主編。茅盾剛參加共產黨小組，李達就約茅盾寫文章。這黨刊就是《共產黨》。《共產黨》是上海共產黨小組成立後出版的第一個祕密發行的黨刊。它與《新青年》不同，是專門宣傳和介紹共產黨的理論和實踐，以及第三國際、俄國和各國工人運動的消息。寫稿人都是共產黨小組的成員。

茅盾在《共產黨》第 2 號（1920 年 12 月 7 日出版）發表了譯文《共產主義是什麼意思——美國共產黨中央執行委員會宣佈》、《美國共產黨黨綱》、《共產黨國際聯盟對美國ＩＷＷ（世界工業勞動者同盟的簡稱）的懇請》、《美國共產黨宣言》。在《共產黨》第 3 號和第 4 號上，他又發表了譯作《共產黨的出發點》和列寧的經典著作《國家與革命》第一章。茅盾是中國第一個翻譯《國家與革命》的人。他是從英文版《國家與革命》轉譯的。他爲什麼不將此著全譯呢？茅盾晚年道出了其中的原因：「我譯完了第一章，感到很困難。因爲缺乏馬克思主義基礎，要想繼續翻譯並譯好《國家與革命》，非加強學習不可，所以也就知難而退了。當時我感到必須多讀馬克思主義的經典著作，不料社會活動越來越多，竟不能如願。」

同時，通過這些翻譯活動，茅盾也受益匪淺。他算是初步懂得了共產主義是什麼，共產黨的黨綱和內部組織是怎樣的；尤其《美國共產黨宣言》是一篇馬克思主義理論及其應用於無產階級革命實踐的簡要的論文，它論述了

資本主義的破裂、帝國主義戰爭與革命、階級鬥爭、選舉競爭、群眾工作、無產階級專政、共產主義社會的改造等等。由於從譯文中學到了這些知識，他在《共產黨》第 3 號上發表了《自治運動與社會革命》文章，批判了當時的省自治運動者鼓吹的資產階級的民主，指出這實際上是爲軍閥、帝國主義服務的，中國的前途只有無產階級革命。他由翻譯、學習到撰文論述，眞可謂從國外「借」來火種在國內點燃、傳播了。

爲了更好地從事共產黨的秘密活動，更廣泛的傳播革命火種，茅盾每週還積極參加支部會議和學習會。同一支部的黨員有陳獨秀、陳望道、楊明齋、張國燾、俞秀松等人。支部會議討論事項，主要是發展黨員，開展工人運動和加強黨員的馬克思主義學習。除了各人自己閱讀外，每週有一次學習會；採取一人講解，大家討論的形式。由李達和從俄國回來的楊明齋講解馬克思主義淺說、階級鬥爭和帝國主義。楊明齋後又回到蘇聯，直至默默無聞去世。當時支部會議地點常變動，茅盾的家（寶山路鴻興坊）也做過支部會議地點。

領導罷工

茅盾作爲中國早期的共產黨人，不是生活在書齋裡的學者，而是敢於實踐的勇士。他聽黨的命令，奔波在上海街頭，投入到工人運動洪流中去。

1925 年「五卅」運動爆發。茅盾夫婦接連幾天上街，參加上海工人、學生反對帝國主義暴行的示威遊行。目睹帝國主義的凶殘暴行和同胞們空前悲壯的舉動，茅盾接連寫了《5 月 30 日的下午》、《「暴風雨」——5 月 31 日》和《街角的一幕》等散文，鼓舞人們鬥爭。這些散文是最早記錄「五卅」慘案的現代散文名篇，也是茅盾開敘事散文創作先河的作品。《5 月 30 日的下午》，攝取慘案發生半小時後的上海南京路上的情景，以鮮明的愛憎，高昂的激情鋪衍成文。《「暴風雨」——5 月 31 日》，以紀實的筆法，寫下了 5 月 31 日上海工人和學生在南京路慷慨陳詞、凜然示威的動人情景。《街角的一幕》，用事實諷刺批判了「逆來順受」的奴性。

當「五卅」運動的怒潮波及上海廣大教職員工隊伍以後，茅盾與楊賢江等人按照黨中央指示，發起成立了上海教職員救國同志會，茅盾等人起草了同志會《宣言》。茅盾參加了該會講演團，曾以《「五卅」事件的外交背景》、《「五卅」事件之負責者》爲題發表演說，揭露帝國主義列強的侵略行徑。

「五卅」事件發生後，上海各報皆未能據實報導。在這種情勢下，中共中央出版了《熱血日報》，上海學術團體對外聯合會主編了《公理日報》。《公

理日報》費用是大家湊起來的，具體的編輯工作由商務印書館編譯所的文學研究會會員承擔。茅盾是該報負責人之一。該報旗幟鮮明，大膽暴露英帝國主義的血腥罪行，強調提出收回全國英租界，懲辦肇事捕頭及巡捕的要求。其聲譽超過了《申報》、《新聞報》等大報。

「五卅」運動後，工人運動漸趨低落。為重振工人運動，黨發動了商務印書館罷工。這是一次最早的規模最大的出版業的罷工運動。當時茅盾和楊賢江是商務印書館黨組織負責人。黨中央極為重視這次罷工，派徐梅坤在罷工委員會內組織臨時黨團，領導罷工鬥爭，茅盾也參加了臨時黨團。罷工是由廖陳雲（即陳雲）等所在的發行所先發動，爾後各部門立即響應。罷工的原因是商務當局有裁減職員的意圖。茅盾作為罷工代表參與談判，並被選為罷工中央執行委員會委員，負責宣傳和發佈罷工消息。經過多日艱苦的談判，罷工終於取得了勝利，茅盾等 13 位罷工中央執行委員會委員在協議書上簽了字。緊接著，在東方圖書館的廣場上舉行了商務印書館全體職工大會。茅盾代表罷工中央執行委員會報告了談判經過，解釋了協議內容，指出復工條件的主要項目都較有利於工人，並希望繼續擴大工會勢力，保護勝利成果。到會職工一致歡呼，擁護復工條件。

茅盾不僅同資方作面對面的鬥爭，而且還要為廣大貧窮的工人生活操心。周建人早年在商務印書館工作，曾遇到茅盾前來為工人募捐，關心工人生活，支持工人的革命行動。

商務印書館罷工勝利，促使上海工人運動進入新階段。

茅盾在「五卅」期間參加工人運動的經歷，對他以後的創作生涯頗有影響。他在《子夜》、《蝕》（三部曲）、《虹》等長篇小說中客觀地反映了當時風起雲湧的工人運動，塑造了一系列工人階級先進分子的形象。因為曾經親身經歷過這場鬥爭，所以，茅盾寫得很客觀，也很有激情。

2、堅貞不渝的追求——風雨中渴望恢復黨籍

失去組織關係

1927 年 7 月，武漢已是「山雨欲來風滿樓」的局面。茅盾送走快臨產的妻子，獨自留下，準備應付突然事變。8 日這天，他寫完了最後一篇社論《討蔣與團結革命勢力》，就給汪精衛寫了一封信，辭掉《漢口民國日報》總主筆工作，當天就與毛澤東一起轉入了「地下」。茅盾搬到了法租界一個大商家的

棧房裡。過了兩天，汪精衛託人轉來一封信，希望茅盾繼續留在報社工作。
茅盾沒有上當，否則後果不堪設想。如茅盾入黨介紹人、上海出席「一大」
的代表李漢俊，儘管早已退出共產黨，以國民黨員的身份從事工作，仍被反
動派殺害。李漢俊天眞的認爲反動派所要殺的，只是共產黨，故不作隱避之
計。茅盾晚年在回憶錄中不無遺憾地說，李漢俊那時假使隱避起來，我相信
他會重新加入共產黨，對革命作出更多的貢獻。

　　7 月 23 日，茅盾接到黨的命令，要他去九江找某個人。到九江後，茅盾
得知目的地是南昌，火車被阻，只得上廬山繞行。茅盾上山後才知去南昌的
路也斷了。正不知如何是好時，疾病襲來，他被迫躺了半月之久。8 月中旬，
茅盾從牯嶺下山，到九江直上輪船回上海。茅盾考慮到上海碼頭容易碰到熟
人，便在鎮江下船，換乘火車。沒料到，一上火車，就聽到有熟人的聲音，
原來是投靠了蔣介石的吳開先和他的同夥。茅盾只好不進車廂，在無錫下了
車，後又換夜車回滬。

　　茅盾回家後，得知蔣介石南京政府的通緝名單上有他的名字。好在他妻
子也放風說茅盾去了日本，茅盾就開始過著隱居的生活。10 個月後，陳望道
來探望茅盾，發現茅盾身體、精神都不好，就勸說茅盾到日本去，換換環境，
呼吸點新鮮空氣。當時到日本很容易，可不用護照。恰巧，秦德君也赴日。
茅盾便和她結伴東渡。自從茅盾到了日本以後，就與黨組織失去了聯繫，而
且以後黨組織也沒有再來找他聯繫。茅盾一到日本，便受到日本特高科特務
監視。茅盾想到蘇聯去，但由於經濟困難，無法成行。1930 年 4 月，茅盾又
回到上海。

　　黨組織不再找茅盾，主要原因是那時黨內「左傾」領導對他有錯誤看法。
「左傾」領導爲什麼會對茅盾有錯誤的看法呢？就在於茅盾寫了《從牯嶺到
東京》一文，他們認爲茅盾投降了資產階級。

　　茅盾在《從牯嶺到東京》文章中，首先申述了自己寫《幻滅》、《動搖》
和《追求》的創作意圖。然後，提出三個問題來討論：第一，革命文藝必須
是革命的文藝而不是革命的標語口號；第二，讀者對象問題，即閱讀革命文
藝的讀者是那些人；第三，革命文藝的技巧問題。

　　《從牯嶺到東京》引來了太陽社和創造社的圍攻。他們異口同聲地指責
茅盾是小資產階級的代言人。據當時應創造社、太陽社之邀代表中共中央指
導其工作，多次參加其會議的鄭超麟回憶：當時「黨所指導的文學刊物都攻

擊他。中央而且訓令日本支部不認他做同志。」(《鄭超麟回憶錄》)

鄭超麟說的「中央訓令」，最近，筆者從丁爾綱的《茅盾　孔德沚》(中國青年出版社 1995 年版)中才見到：

……最近有人從中央檔案館發現了 1928 年 10 月 9 日中共中央給中共東京市委的覆信底稿原件。建國後，中央文件匯編鉛印本中也收入了此件。現摘錄於下：

東京市委：

收到你們的來信，茲特答覆如次：

……

二、市委改組名單中央批准如下：李德馨(書記)、王哲明(宣傳)、鄭疇(組織)、陳君恒、潘蔭堂等五人，李、王、鄭同志爲常務委員，望即查照。

……

四、沈雁冰過去是一同志，但已脫離黨的生活一年餘，如他現在仍表現得好，要求恢復黨的生活時，你們可斟酌情況，經過重新介紹的手續；允其恢復黨籍。

……

中央 1928 年 10 月 9 日

丁爾綱同志在專著中論道：如果鄭超麟說的「中央訓令」屬實，「則可能是中共東京市委在茅盾抵日後，就『中央訓令』提出異議，使中央改變了看法，故授權東京市委『斟酌情況』權宜處理。但這事並未實現。原因又何在？1990 年《黨的文獻》第 2 期張魁堂的文章中說，他曾於 1982 年函詢旅居加拿大的當年東京市委書記李德馨，又請當時在東京的中國致公黨主席黃鼎臣先生回憶。他們的答覆比較一致：因當時中國留學生受日本當局迫害，上述中共東京市委 5 位成員從 1928 年夏天起陸續回國。李德馨也回國了。故中共中央 10 月 9 日來函，他們沒有收到，也就無人執行。」眞是令人惋惜。

第一次要求恢復黨籍

1931 年，茅盾第一次提出恢復黨籍的要求。那年 4 月的一天，茅盾夫婦去看望瞿秋白夫婦。茅盾隨身帶了《子夜》原稿和各章大綱。秋白邊看原稿邊提意見。晚飯後，他倆正要接著談《子夜》，不料秋白接到通知：娘家有事，

速去。這是黨的機關被破壞，秋白夫婦必須馬上轉移的暗號。匆促間，秋白不知到哪兒去好。茅盾帶他夫婦到自己家裡。秋白在茅盾家裡住了一兩個星期。那時，他倆天天談《子夜》，也談「左聯」的情況。就在瞿秋白暫居茅盾家的日子裡，茅盾向他談了自己與黨組織失去聯繫的經過，並表示希望能恢復組織生活。後來，秋白將茅盾的要求轉告了上級組織，但沒有答覆。秋白本人早已從黨的最高崗位上下來，加上六屆四中全會後，受王明打擊，被排擠出中央領導崗位，達半年之久沒工作，故也無能為力。秋白舉魯迅為例子，勸茅盾安心從事創作。所以，茅盾第一次提出恢復黨籍的要求未能實現。但他畢竟是久經考驗的戰士，經得起磨難，回國後精神一振，活躍在左翼文化戰線上，仍然在黨外為黨積極工作。

毛澤東同志曾說過，國民黨的軍事「圍剿」和文化「圍剿」都歸於失敗。在反對國民黨文化「圍剿」戰鬥中，茅盾是勇於鬥爭的。茅盾從 1931 年 6 月起擔任「左聯」行政書記，負起領導「左聯」的重任。茅盾首先抓理論建設，連續寫了《「五四」運動的檢討》、《關於創作》、《中國蘇維埃革命與普羅文學的建設》等文章，總結「五四」以來，新文學運動的經驗教訓，探索創造無產階級文學的途徑和方法。其次擴大發表陣地。茅盾與魯迅、馮雪峰研究後，將被禁的《前哨》改名為《文學導報》繼續出版，專登文藝理論文章；又決定再辦一個以刊載文學作品為主的大型文學刊物，並公開發行。這刊物就是由丁玲主編的《北斗》。這是「左聯」為擴大左翼文學運動，團結「左聯」以外進步作家而辦的第一個刊物。由於茅盾擔任「左聯」行政書記後，工作頗有成效，故他為集中精力寫《子夜》，擬辭去職務，未獲批准，組織上只同意他請長假。

他擔任行政書記後活動很多，經常出入左翼人士活動的場所，於是就引起了國民黨特務的注意。但為了聽「將令」，茅盾仍冒險工作，以致有一次險遭不幸。

那天，他和馮雪峰在某中學開完「左聯」執委會，一同登上回家的電車。茅盾突然發覺有人盯梢。茅盾決定在南京路下車，然後尋機會擺脫暗探。茅盾將「情況」悄悄告訴了馮雪峰。馮雪峰叮囑茅盾用換車的方法甩掉這尾巴。茅盾逛了幾家商店，仍沒擺脫暗探。他急中生智，直奔常去的那家銀行，因為那家銀行有一扇外人所不知道的側門。茅盾進門來到取款處，回頭看見特務也進來了。那特務轉了一圈，見茅盾注意他，只好走了出去。「肯定是等在

大門口」。茅盾邊想邊急忙抽身從側門出去，跳上一輛黃包車。車子越過幾條馬路，停在電車站頭邊，茅盾跳上電車，終於脫身了。

第二次要求恢復黨籍

1940 年，茅盾第二次提出恢復黨籍的要求。

當年 5 月某天，茅盾一家歷盡艱險，脫離盛世才的虎口，轉到西安。次日下午，茅盾和張仲實一同前往七賢莊八路軍辦事處，見到了周恩來和朱德。周恩來詳細詢問了他們離開新疆的經過，並歡迎他們到延安，無論是參觀還是工作。辦事處主任介紹了西安險惡的局面，要求他們先搬到辦事處來，走前再換裝。天黑後，辦事處派人送他們出來。5 月 24 日，茅盾夫婦仍穿便裝，作為知名人士前往延安訪問；他女兒和兒子全都穿上了軍裝，充作朱老總的隨從，並且都起了個假名。他們隨總司令的車隊開出了西安城，茅盾坐在第三輛車上。

5 月 26 日午後，茅盾到達延安南郊的七里鋪。他們這輛車比朱老總的車遲到了一陣，他們到達時，總司令的車以及到七里鋪來歡迎的人群已進城去了。公路旁停著兩輛小轎車，周圍站著幾個人。茅盾爬下卡車，只見妻子正向一位穿灰軍裝、戴眼鏡的高個子奔去，喊道：「聞天，聞天！」這時，茅盾也看清楚了，原來是張聞天，七八年不見，還是老樣子。他倆緊緊握手，互相問候。這時，一位身材瘦小的人走上來，用上海口音問道：「沈先生還記得我嗎？」茅盾仔細端詳，只覺得面熟，卻記不起名字，就說好像見過面。那人哈哈笑道：「我就是虹口分店的廖陳雲。」茅盾聽了也就認出來了，緊緊握手。1925 年商務印書館大罷工時，他倆常見面。後來陳雲被派往蘇聯學習，已有 14 年沒見面了。

張聞天第二天又到茅盾住處來敘舊。隔了一天，茅盾回訪。他倆除了敘舊外，還談了 30 年代上海文藝界的情形。張聞天問茅盾今後的打算。茅盾表示在延安長住，有機會到前方看看。張聞天表示歡迎。當天，茅盾去拜訪了毛澤東。老朋友相見，無拘無束。毛澤東還是老樣子，談笑風生，與在廣東時一樣。不久，毛澤東也到茅盾住處回訪，暢談中國古典文學，對《紅樓夢》發表了許多精闢的見解。毛澤東建議茅盾到魯迅藝術學院去，魯迅藝術學院需要茅盾這面旗幟。後來，毛澤東又把茅盾接到自己的住處楊家嶺長談，仍談文藝工作。

周揚來看望茅盾，並請他搬到「魯藝」。茅盾在「魯藝」是以「客人」的

身份住著，講了一些課。因為茅盾深感在新疆一年，落後於形勢。他要補課，多讀點書，再到前線、後方走走，體驗生活，寫出抗戰的作品。

在延安的 5 個月內，茅盾頻繁地參加了各種社會活動，勤奮地寫作，認真地給「魯藝」學員上課，深深地愛上了革命的聖地。可是，不久，周恩來從重慶致電黨中央，盼望茅盾到國統區去戰鬥。張聞天向茅盾轉達了周恩來的意見。茅盾在服從黨的調遣的同時，向張聞天傾吐了自己的心願：希望黨中央恢復他的組織生活。一是了卻了他 10 多年來的心願；二是到了重慶也能在黨的直接指揮下工作。張聞天高興道，這個願望很好，但要提交書記處研究。幾天後，張聞天告訴茅盾：中央書記處認真研究了你的要求，認為你目前留在黨外，對今後的工作，對人民的事業，更為有利，希望給予理解。對於黨中央的決定，茅盾沒有再說什麼。

茅盾延安之行，儘管沒有恢復黨籍，但他也感受到了黨對他的信任，所以，他愉快地奔赴「霧重慶」，去投入戰鬥。在以後的日程裡，他始終聽從黨的召喚，在文化戰線上為黨盡責盡力。由此可見，儘管茅盾在組織上沒恢復黨籍，但在思想上卻早已入了黨。人民需要的就是這樣不為名不為利的共產黨人。

3、美好的願望最後實現——中共中央的追認

在黨外為黨工作

1947 年，由於國民黨反動派加劇內戰，迫害進步和革命的作家，茅盾又重赴香港，堅持文化鬥爭。當東北解放軍在錦州揭開了遼瀋戰役的序幕時，他們在港的民主人士也得到了通知，分批地秘密地進入東北解放區，參加新政治協商會議的籌備工作，為成立中華人民共和國臨時中央政府做準備。茅盾夫婦於 1948 年除夕秘密上船，乘的是直航大連的蘇聯船，在北行的船上迎來了新的一年。1949 年 1 月 7 日，輪船駛進了大連港。茅盾和他人蜂擁到甲板上眺望這自由的土地，在碼頭上歡迎的人群中，茅盾又看見了張聞天那頎長的身影，他正揮舞著雙手向來人致意。

茅盾不久到了瀋陽。中央中共派專列「天津解放號」接茅盾等 35 位知名人士到北平，下榻在北平飯店。茅盾忙著籌備第一次全國文代會，成立全國性的文藝家組織。在中華全國文學藝術工作者代表大會上，茅盾作了題為《在反動派壓迫下鬥爭和發展的革命文藝》的報告，系統地總結了國統區的文藝

運動。茅盾當選爲全國文聯副主席和全國文學工作者協會（後改稱中國作家協會）主席。茅盾參加了全國政協籌備會議，又出席了第一屆全體會議，當選爲常務委員。

全國解放了，一大批多年追隨革命的知識分子都先後入了黨。在這種情形下，老熟人楊之華（瞿秋白夫人）等人勸茅盾重新申請入黨。此時此刻，茅盾回憶了自己走過的漫長道路，愼重考慮了許久，決定仍然留在黨外，一如既往地爲黨奮鬥。因爲他覺得，在那血雨腥風的日子裡，自己雖然一直和黨同步調，但畢竟不是在黨內；現在共產黨執政了，威信空前提高了，自己不應該去分享黨的榮譽。

果然，更重的擔子壓到了茅盾的肩上。當周恩來被選爲政務院總理後，便來找茅盾，請他出任文化部長一職。茅盾表示想繼續從事文學創作。周總理理解茅盾的心情，答應再考慮一下。不久，周總理派人把茅盾接到中南海豐澤園的頤年堂。茅盾見毛澤東和周恩來均已在等候。周恩來向茅盾介紹了在人事安排過程中遇到的一些困難，特請他來商議。毛澤東是茅盾的老朋友，便直截了當勸說，請茅盾出任文化部長。茅盾一見他倆如此鄭重地提出此事，覺得不能再推辭，便答應了。

10 月 1 日，茅盾作爲中央人民政府委員會委員，登上天安門城樓，出席開國大典。10 月 20 日，中央人民政府委員會舉行第三次會議，正式任命茅盾爲文化部部長、文化教育委員會副主任委員。兩天後，茅盾出席了政務院成立大會，又受任爲文教委員會召集人。11 月 2 日，茅盾主持了文化部成立大會。從此，他犧牲了自己心愛的文學創作，挑起了新中國文化部門領導的重擔，爲建設社會主義文化事業並作出了巨大的貢獻。從個人來說，茅盾的損失是不小的，但就黨和國家的文化事業而言，獲益卻是巨大的。「文革」前文化界取得的巨大成就，恰好證明了茅盾的功績。

萌發入黨念頭

1980 年 5～6 月間，茅盾因病住進醫院。不少來看他的人談到，現在有些人對黨、對馬列主義、對共產主義理想、對社會主義制度不那麼信仰了。茅盾的臉上露出憂慮的神色。那陣子，他也時常和家人在一起談論社會上一些青年人的思想狀況。家人告訴他，有一部分在十年浩劫中長大的青年，由於看到社會的陰暗面比較多，對黨不那麼信任了，甚至有人不願意入黨了。茅盾得知這些情況後，心情極爲沉痛。他對家人說，自己年輕的時代，爲了共

產主義的理想，為了黨的事業，那真是不惜一切代價的。他覺得在今天這種形勢下，自己應該站在黨的行列裡，要以實際行動表明：偉大的共產主義理想，在他這位飽經滄桑的老戰士看來，不但沒有黯然失色，相反卻更加光輝燦爛。就在這個時候，茅盾重新萌發了恢復黨籍要求的願望：「我要考慮我的黨籍問題！」

1981 年 2 月 18 日，茅盾寫完了《我走過的道路》中關於《虹》的一段補充，放下了筆。這個回憶錄，是茅盾的絕筆。在最後的日子裡，茅盾體衰力竭，虛汗常常濕透了內衣。他感到精力有限，怕不能完成回憶錄的撰寫，所以加快了速度。但速度又快不起來，因為茅盾多年來早已養成一絲不苟的習慣。正如其在序言中所表白：「所記事物，務求真實。語言對答，或偶添藻飾，但切不因華失真，凡有書刊可查核者，必求得而心安。凡有友朋可諮詢者，亦必虛心求教。他人之回憶可供參考者，亦多方搜求，務求無有遺珠。已發表之稿，或有誤記者，承讀者來信指出，將擬以改正。其有兩說不同者，存疑而已。」他以超人的毅力，堅持每天上午寫幾百字，只是越來越艱難了。他放下筆，因為感到身體很難堅持。2 月 19 日，他實在太疲乏了，動彈不得，又休息了一天。2 月 20 日，他病勢沉重，被送進了北京醫院。

茅盾躺在病床上，鼻孔裡插了一根淡紅色的輸氧管。他對來探望的人說：「低燒退了，就沒事了，可以回去寫作了。不寫完回憶錄，對我精神上是個負擔。」茅盾熱望自己身體能有好轉，把回憶錄完成，但他實在太虛弱了，幾次昏迷過去。在昏迷狀態中，他還輕聲念叨寫回憶錄，還做著要戴眼鏡、掏鋼筆等手勢。他的健康狀況愈來愈差了，只能坐在床上吃飯，吃飯時總是流汗不止。

一天，醫院找來幾個大夫會診，茅盾感到情況異常。他預感到自己的病情的嚴重性。他又一次思索起自己的組織問題，往事又全部展現在腦海中：

上海共產主義小組成立不久，他就加入了黨組織，成為一名重要幹部。不久，中國共產黨成立，他就是最早的 53 個黨員之一。

牯嶺之行，失去了與黨的聯繫。同秋白提出恢復組織關係，秋白正遭排擠，無能為力。

寶塔山下，老友張聞天代表黨組織告之，出於鬥爭的需要，他仍需留在黨外工作。

茅盾思索著往事後，又回到現實中，他決定立即著手提出申請，屬於他

的時間已不多了。

致黨中央信

3 月 14 日，茅盾精神好了一些。他提起了入黨的問題，叫兒子扶著他起床，給黨中央寫信表明心跡。兒子見他那麼虛弱，提出代筆。茅盾看自己也實在撐持不住，便同意了。他口述，兒子紀錄。信中寫道：

> 耀邦同志暨中共中央：
>
> 　　親愛的同志們，我自知病將不起，在這最後的時刻，我的心向著你們。爲了共產主義的理想，我追求和奮鬥了一生，我請求中央在我死後，以黨員的標準嚴格審查我一生的所作所爲，功過是非。如蒙追認爲光榮的中國共產黨黨員，這將是我一生的最大榮耀！

致黨中央信寫好後，茅盾顫顫巍巍地舉起了筆，莊重地署上「沈雁冰」名字。簽完名後，他囑咐家人道：遺囑要在他去世後才能交給組織。這表明，他不是爲了名利，而是要坦露他那顆赤誠的心。

3 月 27 日淩晨 5 時 55 分，茅盾的心臟停止了跳動。一個多小時後，周揚得知噩耗，迅即趕到醫院。韋韜將父親的政治遺囑交給了周揚，請他轉呈黨中央。

中共中央書記處接獲茅盾的遺信，當即討論了他的請求，並起草了相應的決議，報中共中央常委批准。1981 年 3 月 31 日，即茅盾逝世後的第 4 天，中共中央做出了決定，恢復他的中國共產黨黨籍。中共中央決定全文如下：

> 　　我國偉大的革命作家沈雁冰（茅盾）同志，青年時代就接受馬克思主義，1921 年就在上海先後參加共產主義小組和中國共產黨，是黨的最早的一批黨員之一。1928 年以後，他同黨雖失去了組織上的聯繫，但仍一直在黨的領導下從事革命的文化工作，爲中國人民的解放和社會主義建設事業奮鬥一生，在中國現代文學運動中做出了卓越貢獻。他臨終以前懇切地向黨提出，要求在他逝世後追認他爲光榮的中國共產黨黨員。中央根據沈雁冰同志的請求和他一生的表現，決定恢復他的中國共產黨黨籍，黨齡從 1921 年算起。

1981 年 4 月 11 日，沈雁冰同志追悼會在人民大會堂西大廳隆重舉行。追悼會由鄧小平主持，胡耀邦致悼詞。悼詞說：

> 　　沈雁冰同志從青年時代起，畢生追求共產主義的偉大理想……

在他病危之際，爲了表達他對黨的無限忠誠和熱愛，表達他對共產主義事業堅貞的崇高的信念，他仍再一次向黨中央申請追認他爲中國共產黨黨員。中共中央根據沈雁冰同志的請求和他一生的表現，決定恢復他的中國共產黨黨籍，黨齡從 1921 年算起……

莊嚴肅穆的追悼會會場裡，懸掛著沈雁冰同志遺像，安放著沈雁冰同志的骨灰盒，骨灰盒上覆蓋著鮮豔的中國共產黨黨旗。茅盾爲共產主義的崇高理想奮鬥了一生，終於得到了黨的肯定，回到了黨的懷抱！至此，世人才明白茅盾原是中國共產黨最早的黨員。

人是在理想世界中生活的，否則便失去了生命動力。人的理想是形形色色的，有利己的，有大公無私的。茅盾一生追求的共產主義理想，顯然是大公無私的，是永遠值得我們學習的。同樣，茅盾在追求理想的歲月中，也完善了自己那可貴的人格，被人譽爲「道德文章皆爲師」。

二、十字街頭

1、在大革命的洪流中——從武漢到牯嶺

堅守陣地

1926 年底，武漢黨組織向在上海的黨中央要幹部。黨中央就派茅盾到中央軍事學校武漢分校工作。在此之前，黨中央原內定茅盾任浙江省省府秘書長，協助沈鈞儒組織省政府。後由於浙江局面未能穩定，組織省政府事實上已不可能，加上武漢來電，故中央改變了計劃。

茅盾在武漢分校任教官兩個多月，後被中央調去主編《漢口民國日報》。當時，武漢報紙很多，但大型報紙只有兩張，一是《中央日報》，另一就是《漢口民國日報》。《中央日報》是國民黨中央宣傳部的機關報，是國民黨右派的喉舌。《漢口民國日報》名義上是國民黨湖北省部的機關報，但實際上由共產黨掌握的一張大型報紙，社長董必武，總經理毛澤民（毛澤東弟弟）。茅盾擔任《漢口民國日報》的主筆後，就去找兼管宣傳工作的瞿秋白請示工作。爲便於工作，茅盾還把家從武昌搬到漢口歆生路德安里 1 號報社編輯部樓上。他每天工作異常緊張，須把編輯們編好的稿件加以選擇、審定，加上標題、確定版面，然後再寫 1000 字左右的社論。爲等「緊要新聞」，他幾乎每天要

等到半夜一二點才能把稿子發完。剛來報社那陣子，由於排字工作錯誤多，他差不多每晚都還要去排字房指導。所以，為黨的新聞事業，他經常忙得整夜無法睡覺。

蔣介石在上海製造了「四‧一二事變」後，加緊了對武漢國民政府的破壞和顛覆活動，潛伏在城鄉的反動勢力也紛紛蠢動。《漢口民國日報》社天天都收到各地反動勢力騷亂和農民反擊的消息。為此，茅盾特在報紙上開闢了《光明與黑暗的鬥爭》專欄，及時加以報導這方面的消息。同時，茅盾還在《鞏固後方》社論中大聲疾呼：「在武漢要嚴厲鎮壓蔣逆派的特務和潛伏在漢口的反動分子，在湘鄂贛各縣應迅速鏟除封建勢力。」

當時的總書記陳獨秀，推行右傾路線，怕《漢口民國日報》刊登的工農運動的消息和發表的言論得罪國民黨，因而把茅盾找去，指責《漢口民國日報》辦得太紅了，國民黨左派有意見，要少登些工農運動的消息。茅盾當面據理力爭，隨後告訴了董必武。董老說：「不要理睬，照樣登。」由於反動派封鎖消息，5月21日的「馬日事變」的真相到6月中旬才大白於武漢。《中央日報》不登這些消息。《漢口民國日報》就不顧阻撓，連續3天登載了湖南請願團的長篇報告《湖南農民運動的真實情形》，又連續2天刊登了請願團的另一篇長篇報告《長沙事變經過情況》。同時，茅盾也連續寫了4篇社論：《歡迎中央委員暨軍事領袖凱旋與湖南代表團之請願》、《撲滅本省各屬的白色恐怖》、《長沙事件》和《肅清各縣的土豪劣紳》，聲援湖南請願團。

由於汪精衛的反革命面目日益暴露，茅盾準備應付突然事變。7月8日，他寫了社論《討蔣與團結革命勢力》後，就給汪精衛寫了辭去《漢口民國日報》工作的信，同毛澤民一起轉移了。

奉命赴南

茅盾同毛澤民當天就轉入了「地下」。茅盾搬到了法租界一個大商家的棧房裡。

茅盾在棧房裡隱蔽了半個月，約在7月23日，他接到黨的命令，去九江找某個人，並帶上一張2000元的抬頭支票去交給黨組織。茅盾當晚就乘日本輪船「襄陽丸」號離開漢口，經過一夜的航行，次日清早輪船就到了九江。他上岸後，找了旅館住下，然後就到黨組織通知的地點去接頭。接頭地點是一家小店鋪，茅盾進去後，看到董必武和譚平山坐在那裡。董必武看見茅盾進來，就說：「你的目的地是南昌，但今天早晨聽說去南昌的火車不通了，鐵

路中間有一段被切斷了。你現在先去買火車票，萬一南昌去不成，你就回上海。我們也即將轉移，你不必再來。」（茅盾回憶錄《我走過的道路》，上冊）茅盾聽後，就把隨身帶的 2000 元抬頭支票交給董必武。董必武不收，叫茅盾把它帶到目的地。茅盾不敢多耽誤時間，立即趕到火車站去買票。果然，去南昌的客車票已不賣。原因是南潯線中的馬回嶺一帶通不過，只有軍車才能通過。茅盾只好走出車站，無意中碰到許多同船來的熟人，都是要去南昌的。他們說，可以先到牯嶺，從牯嶺再翻山下去就可以到南昌，這樣就把馬回嶺那一段路越過了。茅盾於是決定上廬山，借道牯嶺去南昌。

　　25 日一早，茅盾到了廬山腳下的蓮花洞。花了五六個小時，他們才到了山上的牯嶺鎮。茅盾住在離鎮上約二三里遠的廬山大旅社。住定後，茅盾便到大街上走走，無意中碰到夏曦，就問他情況。夏曦說：昨天翻山下去的路還是通的，今天這條路就斷了。他留下地址後，叫茅盾明天再找他，看還有沒有別的辦法。次日，茅盾去找夏曦，他說，這地方不宜長住，還是回去，他本人也馬上要走。茅盾沒有其他辦法，在廬山幾個風景點看了一下，便準備回去。誰料這天晚上，茅盾卻患了腹瀉，病來勢兇猛，一夜間瀉了七八次，第二天就躺在那裡動彈不得。由於兵荒馬亂，山上沒有醫生，病情不能很快控制。茅盾每天吃八卦丹和稀飯，五六天後，才能起床稍微走動。

　　一天，茅盾看見茶房們在交頭接耳，就上去打聽。他們只說南昌出事了，但說不出個所以然來。茅盾原本不知道去南昌幹什麼，現在聽說南昌出事了，便急忙走出旅館去打聽情況。他剛走到牯嶺街上，就碰到了在武漢時認識的范志超。她見到茅盾驚奇的問：「怎麼你還在這裡？」茅盾把自己生病的情況與她敘述了一遍。她聽後說：「這裡不是說話的地方，我跟你到旅館去罷。」到了旅館，她介紹了南昌暴動情況後又說道：「這幾天汪精衛、于右任、張發奎、黃琪翔等許多人要來開會，張發奎、黃琪翔是昨晚上的山，他們之中認識你的人很多。你千萬不要出門走動，他們開完會後就會走的。有什麼消息我來告訴你。」（茅盾回憶錄，上冊）茅盾當時住旅館的身份是教員，說是利用暑假來玩玩，不巧病了，多住了幾天，故沒引起懷疑。范志超二三天來一次旅館，告訴外面情況。

　　8 月中旬，茅盾和她一同下山，直接登船離開九江。船到鎮江，茅盾考慮到上海碼頭容易碰到熟人，便下了船。想不到碼頭上有軍警搜查，一個軍警發現了茅盾帶的支票，頓起疑心。茅盾急中生智，將支票送那軍警才脫身。

他上了火車，正要往車廂裡走，卻聽得有耳熟的聲音，悄悄望去，見是投靠了蔣介石的吳開先等熟人。茅盾不敢進車廂，到無錫趕快下了車，在旅館住了下來，次日換乘夜車回上海。

茅盾見只有母親和孩子在家，才知道夫人因流產住院。茅盾趕到醫院探視。夫人向他詳細介紹了他被通緝、機關被抄等情況。他倆商定：景雲里寓所在華界，同一條弄堂的許多人都在商務印書館工作，認識茅盾。通緝茅盾的消息幾乎盡人皆知。他只好隱居家中，對外稱茅盾去了日本。

茅盾立即找黨組織匯報自己的情況，處理「抬頭支票」問題。黨組織聽取了茅盾的匯報後，先向銀行掛了失，然後由蔡紹敦（共產黨員）開設的紹敦電器公司擔保，提取了這 2000 元。茅盾這才一塊石頭落了地。

可萬萬沒想到茅盾當年冒險赴南行動，若干年後，有人竟說茅盾當時就脫離了黨組織，攜公款潛逃，真是無稽之談。由於這段歷史給人鑽了空子，害得茅盾在文化大革命中被冷落了幾年。這段歷史成了茅盾研究中的難點。本書後面有專文論述。

2、點燃抗日的「烽火」──淞滬抗戰中的茅盾

茅盾對淞滬抗戰評價相當高。請看他晚年在回憶錄中的敘述：

現在人們都把 1937 年 7 月 7 日作為抗戰爆發的紀年日，然而在當年，在蘆溝橋事變發生後，人們並不意識到這已經是神聖的抗日戰爭的開始；多數人只把它當作是「九·一八」以來日寇製造的一連串侵華「事件」的又一起事件，以及蔣介石政府妥協投降政策的又一次表演。大家看得清楚，雖然傳來了振奮人心的收復豐臺、廊坊的消息，但在遼闊的華北大地上與日軍交戰的，只有原西北軍宋哲元的第 29 軍，蔣介石的嫡系中央軍仍恪守著「何梅協定」，駐在黃河南岸，未敢越雷池一步。有識之士把希望寄託在共產黨與國民黨 7 月中旬在蘆山的談判上，企望共產黨能說服蔣介石以國家民族利益為重，改弦更張，實現他在「西安事變」中許下的承諾。茅盾強調說，「人們真切地感到了大時代終於來臨，是在『八·一三』上海戰爭前夕。」同樣，上海的進步文藝界，正是在「八·一三」之後才真正地、大張旗鼓地、正氣凜然地投入到抗日救亡的洪流中去的。

8 月 10 日起，閘北、虹口、楊樹浦難民開始湧向租界，人流滾滾。到 12 日，茅盾妻子孔德沚聽說日本鬼子馬上就會佔領他們居住的越界築路地段，

問茅盾要不要搬到租界裡去？而茅盾關心的卻是寄放在虹口開明書店總廠裡的一批書，要搬走，否則戰火一燒，全完了。茅盾忙於開會，德沚自告奮勇去解決。

茅盾找馮雪峰，然後一起去參加由鄒韜奮、胡愈之他們約集的一個會議。大家認為抗日戰爭必定要爆發，救亡工作是百廢待興，要組織群眾自己幹，文化宣傳也一樣。大家會後分頭去準備各自的工作。

8月13日上午9時，傳來了閘北開火的消息。茅盾不顧安危，往閘北走去。他一想到開明書店去搶救點書；二想親自證實一下：這神聖的抗日戰爭是否真的爆發了。他在海寧路被攔住了，但看到了濃煙，聽到了機關槍聲。人們轟動起來，歡呼，鼓掌，歡迎這時代到來。

14日是星期六，照例有個聚餐會。也許大家都關心時局，來了許多人，臨時又加一桌。茅盾通過這種形式，在進步文藝界中發揮影響。大家談到今後如何活動，茅盾的意見是：

在必要的時候，我們人人都要有拿起槍的決心，但是在目前，我們不要求作家、藝術家投筆從戎。在抗日戰爭中，文藝戰線也是一條重要的戰線。我們的武器就是手中的筆。我們要用它來描繪抗日戰士的英姿，用它來喊出四萬萬同胞保衛國土的決心，也用它來揭露漢奸、親日派的醜惡嘴臉。但我們的工作崗位將不在亭子間，而是前線、慰勞隊、流動劇團、工廠等等。

談到刊物，多數人主張，不管《文學》、《中流》等大型刊物停不停刊，我們都要馬上辦起一個適應戰時需要，能迅速傳播作家們吶喊聲的小型刊物來。大家公推茅盾擔任這種刊物的主編。

戰友的信任和期待、偉大抗日戰爭的召喚，使茅盾義不容辭。當天下午，他約了馮雪峰去找巴金。巴金完全贊成辦這樣一個刊物。他說，《文叢》、《中流》、《譯文》等都會停刊，可能會出現反常現象：抗戰開始了，但文藝陣地上卻反而出現一片空白。決不能出現這種情況，否則我們這些人會被後人唾罵的。不過當前書店忙著自己的事，顧不上出版新刊物，只好我們自己辦。

雪峰道：「這個辦法好，何不就用《文學》、《中流》、《文叢》和《譯文》這4個刊物同人的名義辦起來，資金也由這4個刊物的同人自籌。」

茅盾拍板道：「就這麼辦，還可以加上一條，寫稿盡義務，不付稿酬。」他們後又研究刊物的名稱，初步確定叫《吶喊》，發刊詞由茅盾寫。他們又分頭去找4個刊物主編——王統照、黎烈文、靳以、黃源，徵求他們的意見。

　　當天晚上，茅盾到隔壁黎烈文家中談了這件事。次日上午他又去文學社找王統照。他們贊同此事。茅盾又提議，在創刊號上，4 個刊物的主編要各寫一篇文章。

　　離開文學社，茅盾去找鄭振鐸，同時碰到鄒韜奮。他們聽說茅盾來約稿子，就笑道：「我們也正要請你寫不拿稿費的文章哩！」原來上海民間救亡團體這兩天風起雲湧，但缺乏統一組織和領導，很可能自生自滅、或被官方利用和接管，所以，成立文化界救亡協會和創辦《救亡日報》，把各方面群眾救亡團體和愛國力量吸引過來，成了當務之急。《救亡日報》是文化界救亡協會的機關報，社長是郭沫若，主編夏衍，茅盾任編委。茅盾自然同意此事。

　　下午，接到巴金的電話，靳以、黃源都贊成大家的方案。他倆建議明天開一次同人會議。第二天，茅盾、巴金和 4 位主編討論了編輯方針、紙張和印刷問題，並最後決定以《吶喊》為刊名。茅盾說，創刊號的文章由我們這些人包了。稿件最遲 19 號交來，文章不要太長，1000 字以內。巴金說，他還約了胡風、蕭乾寫文章，不過言明是沒有稿費的。

　　當天晚上，隆隆炮聲傳來，前方戰士在浴血奮戰；茅盾坐在桌前，沙沙地寫出了文藝界戰士的宣言：《站上各自的崗位》。在這創刊獻詞中，茅盾除把在聚餐會上講過的意見扼要地寫在文章中外，還樂觀地展示道：

　　　　中華民族開始怒吼了！中華民族的每一個兒女趕快從容不迫
　　　地站上各自的崗位罷！向前看！這有炮火，有血，有苦痛，有人類
　　　毀滅人類的悲劇；但在這炮火，這血，這苦痛，這悲劇之中，就有
　　　光明和快樂產生，中華民族的自由解放！

　　8 月 25 日，《吶喊》創刊號出版了，小 32 開，薄薄一本，售價 2 分。封面印著文學社、文季社、中流社、譯文社合編，另有一則茅盾起草的本刊啓事，闡述了此刊的宗旨和有關事項，令人蕩氣迴腸：

　　　　滬戰發生，《文學》、《文叢》、《中流》、《譯文》等四刊物暫時
　　　不能出版，四社同人當此非常時期，思竭綿薄，為我前方忠勇之將
　　　士，後方義憤之民眾，奮其禿筆，吶喊助威，爰集群力，合組此小
　　　小刊物。倘蒙各方同仁，惠以文稿及木刻漫畫，無任歡迎。但本刊
　　　排印紙張等經費皆同人自籌，編輯寫稿，咸盡義務。對於外來投稿，
　　　除贈本刊外，概不致酬，尚祈亮鑒。

　　雖然聲明沒有稿費，外來稿仍十分踴躍。《吶喊》第 2 期上的文章還是創

刊號的原班人馬義務寫的，到了第 3 期（即《烽火》第 1 期），就主要登載外來稿了。

《吶喊》為何出了兩期就改名為《烽火》呢？這裡面是有原因的。當《吶喊》第 2 期出版時，傳來了報刊被扣、報童被打的消息。茅盾等人到公共租界工部局去抗議，他們卻拿出國民黨上海新聞檢查所的一紙公函道：我們是遵照上面名單查禁的。大家氣得要命，原來國民黨口是心非。經過研究，決定採取先禮後兵的辦法，由茅盾、韜奮、振鐸和愈之 4 人聯名發電報給國民黨中宣部部長邵力子，抗議此種破壞抗戰有損政府聲譽的做法，要求立即查辦此事。

電報是 8 月 31 日發出的，9 月 3 日就從上海市社會局局長潘公展那裡轉來了邵力子 9 月 1 日的回電和 2 日的回信。邵回電回信意思說，檢查所沒問題，主要報刊沒登記，望速登記，「關於登記手續本部當特予通融從速也」。邵力子是茅盾的老朋友，茅盾能理解他的苦衷。他們 4 人研究後，決定讓一步，遵照邵力子的意思，走個形式，到社會局補辦登記手續。

當《吶喊》一問世，就有不少人說，作家們在這大時代僅僅《吶喊》助威是不夠的。茅盾等人聽了，覺得說得有理，也想換一個適合的名字；但又考慮到才出就換名也不好。現在既然要補辦登記手續，那就換一下。幾個人商量後，決定把《吶喊》改名為《烽火》。又考慮到登記後要注明刊物的負責人，就在《烽火》第 1 期封面上加印了「編輯人茅盾、發行人巴金」。

當偉大的淞滬抗戰爆發時，作為一名文藝戰士，能義不容辭地冒著生命危險，走上街頭，點燃「烽火」，這是偉大的民族精神所驅使。正是這種愛國精神，才築成了我們民族新的長城，也譜寫了茅盾壯美的人生。從上海出發，邁出了堅實的步伐；抗戰後回來，無愧於此地。

3、電召赴「霧都」——從延安到重慶

虎口脫險

茅盾於 1939 年 3 月到達新疆迪化（烏魯木齊）。此後的一年多時間內，茅盾身兼數職（先後任過新疆學院教育系主任、新疆文化協會會長等職），努力工作，或登臺講學，或勤奮筆耕，培養新疆各民族的有志青年，對新疆的文化建設作出了有力的貢獻。

茅盾在新疆的革命文化活動，在各族人民、特別是在青年知識分子中產

生了強烈的反響，受到了他們的讚揚和支持，同時也觸怒了反動軍閥盛世才。盛世才在他逃到臺灣以後寫的《回憶錄》中說，那時對茅盾等文化工作者「實在是束手無策，如果我對他們採取法律行為，勢將引起國內文化界的憤怒……當時我能做到的是嚴密監視他們。」（張大軍《新疆風暴七十年》第 7 卷，第 4014 頁，臺灣蘭溪出版社有限公司出版）茅盾原受杜重遠影響，以為盛世才是開明、進步的人士。一到新疆，茅盾才知道盛世才是一個心毒手狠的兩面派。盛世才表面上偽裝進步，心裡對革命卻恨之入骨。他經常戮殺革命人士和進步群眾。對茅盾，他雖然不敢明目張膽地鎮壓，暗地裡卻戒備森嚴，經常派人跟蹤和盯梢。一向穩重的茅盾，只要與人談到盛世才的暴行，也總是慷慨激昂、義憤填膺。

茅盾準備脫離盛世才控制，回到內地。但談何容易，當時的新疆是個虎口，進去固然困難，出來更不容易，非經盛世才批准，得不到任何交通工具。1940 年初，盛世才反動面目大暴露，杜重遠已被軟禁，茅盾處境更加險惡。恰巧，茅盾母親在家鄉去世。茅盾藉此向盛世才請假回去奔喪。盛世才表面答應，但不提供飛機。茅盾找蘇聯總領事幫忙，總領事說「五一」節時，大家在一起吃飯，你們提出搭蘇聯飛機，盛肯定不好說沒飛機，但會推到我身上，我就答應。茅盾覺得這是條妙計。事情後來就這樣辦成了。

飛機定於 5 月 5 日起飛。4 日晚上，盛世才打電話問茅盾：你的兒子在新疆學院讀書吧，這次不去內地吧。茅盾額頭汗都出來了，鎮靜後回答：「兒子有病，早就退學了，正好回內地看病。」電話沉默了片刻，盛世才終於說：「那就去治病罷，明天給你們送行。」

盛世才在兩卡車警衛護衛下到機場。9 時，飛機上了天。茅盾望著窗外起伏的天山，一陣難以描述的輕鬆感充溢全身：總算逃出了迪化。

12 時飛機在哈密降落了，就在哈密過夜。茅盾夫婦這一夜久久不能入睡，因為說好飛機是直飛蘭州的。茅盾神經再一次緊繃起來。

第二天，哈密行政長官劉西屏（延安來的）催茅盾趕早起程，趕到飛機場卻又等了個把小時。劉西屏耐心陪著，直到和茅盾揮手告別。

事後才知道，就在茅盾不能入睡的那夜，劉西屏接到盛世才 3 次電話：午夜 12 時，命令把茅盾扣起來；過了半小時，說先不要動，再考慮一下；半夜 3 點，說算了，讓茅盾走。劉西屏怕盛世才反悔，趕早將茅盾送到機場。

延安之行

茅盾到了蘭州，沒乘飛機往重慶去。同行的張仲實想去延安，並建議茅盾也去。茅盾夫婦商量，決定到了西安再定，如交通方便，就與仲實同去延安，兩個孩子也可以進延安的「抗大」、「陝公」學習。

到達西安後，張仲實先去打聽八路軍辦事處，摸到情況是這樣的：辦事處大門外經常有國民黨便衣，有的青年在門口徘徊，往往被捉；如果直接進去，反倒容易，不過出來就麻煩了。茅盾堅定地說：「我們不是年輕人了，我們是去會朋友，總不至於不讓會朋友罷。」（茅盾《我走過的道路》下冊）茅盾和仲實到了辦事處，意外地見到了周恩來和朱德。周恩來準備去重慶，朱總從前線歸來，準備回延安。周恩來詳細問了茅盾離開新疆的經過，又問了杜重遠情況，最後問茅盾有何打算。茅盾和仲實表示去延安。周恩來當即表示歡迎，並說可跟總司令一起走，路上安全有保證。茅盾立即同辦事處主任聯繫去延安的準備工作。主任告訴茅盾，在朱總走的前一天下午來辦事處，先不急搬來，免得打草驚蛇。天黑後，他們離開了辦事處。

5月24日上午8時，總司令的車隊開出了西安城，共有3輛卡車。茅盾女兒、兒子都換上了軍裝，起了假名，茅盾夫婦作為知名人士，倒也不怕。這天晚上，茅盾沒出旅館大門，怕國民黨特務搗亂。臨近子夜，一群國民黨憲兵卻找上門來，聲稱奉命搜查一名可疑分子。陪同茅盾的人員和護送車隊的副官同他們爭吵，並亮出總司令的通行證，堅決拒絕憲兵的無理要求。後來國民黨方面來了個軍官，說是誤會，請副官到他們司令部去談談，那群憲兵才跟著溜走了。

朱總司令同茅盾暢談的話題是杜甫和白居易，顯示了他的文學素養。朱總提議拜謁黃帝陵。應朱總要求，茅盾給大家講了黃帝的故事。爾後，朱總也作了演講。茅盾發現朱總還有很好的演說才能。

到了延安後，茅盾親身體驗了窯洞的風味。他們吃延安的小米粥，這在上海是難得吃到的，但他兒子不喜歡吃。茅盾很認真地對兩個孩子說：「你們不但要習慣於喝小米粥，還要習慣於吃小米飯，因為我們將長住延安，而你們將進『抗大』或其他學校學習。」（茅盾《我走過的道路》下冊）到延安的第二天，張琴秋（茅盾弟媳）就來看望他們。她是女子大學的教育長，建議亞男（茅盾女兒）進女子大學，阿桑（茅盾兒子）進毛澤東青幹校。阿桑從《西行漫記》上看到「陝公」，便要進「陝公」。後來，亞男和阿桑分別進了

「女大」和「陝公」。

茅盾向毛澤東講了幫助趙丹離開新疆的事，毛澤東讓他找中宣部部長李維漢想想辦法。茅盾又拜訪了李維漢，李答應瞭解一下情況。兩周後，他告訴茅盾，杜重遠和趙丹等人已被盛世才關押起來了。

茅盾在延安參加了多種活動，出席了各種會議。中宣部組織的報告會，張聞天主持。4 個報告人中的博古，是茅盾 1925 年在上海國民黨左派市黨部負責宣傳部工作時的部下，他當時名叫秦邦憲，是宣傳部的幹事。艾思奇主持的哲學討論會，到會的有中央負責同志和延安著名的哲學家。座談問題廣泛，既研究康德、黑格爾，也討論老莊思想。范文瀾、呂振羽組織的中國歷史問題討論會，是漫談式的，沒有人作結論。茅盾是熱心參加者，但只聽不發言。

茅盾仔細觀察了魯迅藝術學院的生活。他欣賞「魯藝」「啓發式」的教學方式。他讚美「魯藝」的大生產，「我住在『魯藝』，曾多次見到這樣的情景：天不亮，同學們背著草帽，扛著鋤頭，肅靜地沿著溝底的小徑，從我的窯洞前經過；而傍晚，當溝底已經黝黑的時候，他們三三兩兩絡繹不絕地回來了，在蒼茫的暮色中，他們那充滿了青春活力的歌聲和笑語聲在兩山之間回蕩。」（《茅盾回憶錄》下冊）不久，周恩來來電要茅盾去重慶工作。

茅盾服從命令到重慶去戰鬥，但從個人來說，作出了一定的犧牲。他原準備奔赴抗日前線。「那時我遠在太行山的八路軍野戰政治部。我們準備好了隨時歡迎他的到來。」（傅鐘，《鮮紅的黨旗覆蓋在他身上》，《人民文學》1981年第 5 期）這樣，他想正面描寫英勇的八路軍抗擊日寇的作品便無法完成了。

逆流行進

當時在國統區，國民黨日趨反動，國統區的工作越來越難做。在這種背景下，周恩來請茅盾赴重慶工作。憑茅盾在國內外的名聲，國民黨對他也奈何不得。

10 月 10 日，茅盾隨董必武的車隊離開了革命聖地延安，踏上了新的征途。從延安到重慶 1500 公里，車隊走了整整一個半月。茅盾到重慶後，先在八路軍重慶辦事處——紅岩住了兩天。周恩來夫婦來看望茅盾夫婦。周恩來談了當前的形勢後，希望茅盾發揮作家的作用，用筆來戰鬥。茅盾到生活書店先住幾天，鄒韜奮和徐伯昕都來了，希望茅盾繼續擔任《文藝陣地》主編。這同周恩來的意見是一致的。茅盾表示從命。

營救杜重遠，是茅盾到重慶不久就做的事。茅盾用文言文寫了 1000 多字的電文，表示對杜案的關切，並願意為杜重遠作保，要求盛世才把杜重遠送回重慶，由中央司法部門審理。電報由沈鈞儒、鄒韜奮、郭沫若、沈志遠和茅盾等人署名發了。回電是：在新疆六大政策下沒有冤獄。大家看了氣得發抖。

茅盾在重慶的文學活動，主要是參加集會和發言，內容著重於介紹延安和敵後抗日根據地的生氣勃勃的文藝運動。同時，《文藝陣地》的復刊工作也在積極進行。復刊號上，有茅盾著名的散文《風景談》。他把政治寓於風景中，得以通過審查。這些作品（如《白楊禮讚》）是茅盾對延安眷戀之情的產物。它們借物抒懷，情意盎然，立意佈局，精美新穎，尤其是濃鬱的解放區的生活氣息，給予抗戰後國統區的淫靡之風，以強勁有力的衝擊。這就是新的戰鬥。茅盾這些膾炙人口的作品，一直被肯定為中國現代文學史上的名篇，至今仍出現在中學語文教材和多種讀物上，哺育一代代新人。

「皖南事變」後，重慶文藝界一切活動都停止了。想寫的不能寫，即使寫了也登不出去。但洪深自殺，卻使茅盾寫了《霧中偶記》。茅盾企盼著：「濃霧之後，朗天化日也跟著來。」

不久，周恩來約茅盾在曾家岩 40 號的小客廳會面。周恩來開門見山地說：我把你從延安請到重慶，沒想到政局發生這樣大的變化，現在又要請你離開重慶了。這次我們建議你到香港去。香港所處的位置十分重要，是聯接國內外的視窗。我們要加強香港的力量，在那裡開闢一個新陣線。茅盾表示沒意見。為防止茅盾「自行失蹤」，辦事處先安排茅盾在郊區隱藏起來。在隱藏的 20 多天裡，茅盾一口氣寫了 6 篇「見聞錄」：《蘭州雜碎》、《風雪華家嶺》、《白楊禮讚》、《西京插曲》、《「霧重慶」拾零》和《市場》。

20 多天後，行動的消息來了：乘長途汽車赴桂林，再轉香港。經過一周時間跋涉，茅盾到了桂林；然後託人領到一張通行證，憑通行證買了機票。在到達桂林的次日，他便上飛機了。對於黨的指令，茅盾總是無條件服從。

第二輯　文壇足跡

一、文學業績

1、知識淵博的學者——茅盾的文學研究

外國文學研究

　　茅盾親自撰寫的外國作家評傳和作品評介，其數量之多、內容之豐富、工作之浩繁，在中外文化交流史上還是少有的。1919 年下半年，他在《近代戲劇家傳》中向讀者介紹了 34 個歐美戲劇家的傳略及作品；1920 年，他在《「小說新潮」宣言》裡，提出要介紹俄、英、德、法的 20 個寫實派、自然派作家。茅盾專文介紹過的外國作家將近有 60 人，這些作家分別是：意大利的但丁、薄迦丘等，挪威的易卜生等，丹麥的安徒生，英國的莎士比亞、彌爾頓、蕭伯納、狄更斯等，法國的盧梭、巴爾札克、雨果、大仲馬、福樓拜、左拉、莫泊桑、羅曼羅蘭……等，德國的歌德、席勒等，匈牙利的裴多菲等，印度的泰戈爾，西班牙的賽萬提斯等，以及美國、俄國和蘇聯等眾多作家。他主編的《小說月報》特地開闢了「現代世界文學家傳略」專欄，連續登載作家傳略。30 年代，茅盾撰寫了兩本外國文學研究專著：《漢譯西洋文學名著》和《世界文學名著講話》。在這兩本書裡，茅盾系統地介紹了從荷馬史詩至 19 世紀西方的 39 部文學名著。夏衍同志很推崇《世界文學名著講話》。著名粵劇演員紅線女，為了總結自己一生的藝術實踐，迫切需要提高文學修養，為此，她說，「我想找點文學名著看看，請教了夏衍同志，他

推薦了茅盾的《世界文學名著講話》。」（葉子銘《一本介紹歐洲文學名著的好書》）

據不完全統計，早在茅盾從事小說創作以前，他就寫了七八十篇外國文學的評價文章，以及 200 多條介紹外國文藝動態的海外文壇消息。茅盾研究外國文學的文章，結集的除了上面提到的兩部外，還有用沈雁冰的名字寫成的《歐洲大戰與文學》，用茅盾的筆名寫成的《近代文學面面觀》（其中介紹了丹麥、挪威、冰島、荷蘭、德國、奧地利、葡萄牙、南斯拉夫等國的現代文學和希伯來的詩歌），用玄珠的筆名寫成的《小說研究ＡＢＣ》和《騎士文學ＡＢＣ》，用方壁的筆名寫成的《西洋文學》和《希臘文學ＡＢＣ》，另外還有《現代文藝雜論》和《六個歐洲文學家》。

葉聖陶回憶，茅盾兄弟倆、鄭振鐸和他四人同遊上海的半淞園，照了相片：「後來商量印行文學研究會叢書，擬定譯本目錄，各國的文學名著由他們幾位提出來，這也要翻，那也要翻，我才知道那些名著的名字。」（葉聖陶《略談雁冰兄的文學工作》）足見，茅盾對外國文學的研究是卓有成效的。

茅盾對俄國的托爾斯泰和契訶夫很推崇，經常評價他們的作品，向中國作家和讀者推薦。茅盾對法國的左拉和莫泊桑也極為推崇。茅盾的長篇小說，明顯受到托爾斯泰和左拉的影響。

茅盾還精闢透徹地闡述了對巴爾札克的看法，體現了他的研究能力：

「你就記著兩個字吧。一個是『債』字。從生活上說，巴爾札克的一生，是在債務裡度過的。為了還債，逼得他當了作家；為了還債，逼得他寫了這麼多作品，而且還導致他早死。還有一個是『錢』字。從藝術創造上說，巴爾札克對資本主義社會特徵——金錢關係，觀察得十分深刻，他的作品，不論題材的擷取或主題思想的構成，都著力在『錢』字上，而且還運用豐富的細節描寫，取得了驚人的藝術成就。」（金韻琴《茅盾談話錄》）可見，茅盾對巴爾札克的研究是爛熟於心的。

神話研究

茅盾早年對神話是頗鍾愛的。

他 20 歲左右，為要從頭研究歐洲文學的發展，故而研究希臘的兩大史詩；又因兩大史詩實即希臘神話之藝術化，故而又研究希臘神話。「彼時我以為希臘地處南歐，則北歐的斯堪德納維亞各民族亦必有神話。當時搜羅可能買到之英文書籍，果然有介紹北歐神話者，繼而又查大英百科全書的神話條，知

世界各地半開化民族亦有其神話，但與希臘神話、北歐神話比較，則不啻小巫之見大巫……我又想五千年文明古國的中國不可能沒有神話，《山海經》殆即是中國的神話。因而，我又研究中國神話。」（茅盾《神話研究‧序》）

可見，茅盾研究神話的歷史是「窮本溯源」。他善於聯繫比較，由希臘神話擴展到北歐神話；而出於對祖國悠久文化的自豪和摯愛，他又轉向對中國神話的研究，於是一發而不可收，研究和介紹神話就成為茅盾前期文學生涯的一個重要組成部分。

從 1918 年茅盾對神話發生興趣，到 1929 年底，《神話雜論》、《中國神話研究ＡＢＣ》（後改為《中國神話研究初探》）和《北歐神話ＡＢＣ》相繼完稿。這 10 年間，茅盾集中、系統地研究和介紹了神話。他閱讀了有關希臘等許多國家的神話和傳說的外文書籍；又閱讀了 19 世紀後期歐洲的研究神話的學者的若干著作。在中國神話方面，他則大量翻閱了記載神話的各種古代典籍，選注編輯了學生國學叢書中的《莊子》、《淮南子》和《楚辭》（這 3 本書裡都較多地保存著中國神話）；他還仔細研究了幾本論中國神話的英文書。1924 年和 1925 年間，他還發表了編譯的 10 篇希臘神話和 6 篇北歐神話。1927年大革命失敗後，茅盾亡命日本，又搜集了不少神話資料。正是在上述多年鑽研的基礎上，茅盾才能在短暫的幾年內寫出上述幾本神話研究專著。這些著作最後合編為《神話研究》。

茅盾編譯的 16 篇作品，實際上是根據北歐和希臘神話，以自己豐富的想像、形象的描繪和優美的筆調重新創作出來的，是茅盾遵循兒童文學創作規律為孩子們寫的精彩的故事。主題是為人類造福驅禍。

茅盾的神話學專著主要有 3 個內容，一是論述神話的基本理論；二是對中國神話的研究；三是介紹北歐神話。

茅盾對於神話意義、類別、起源、保存這四個問題都做了深入研究，確立了自己正確的觀點。例如，他對神話下的定義是：「神話是一種流行於上古時代的民間故事，所敘述的是超乎人類能力以上的神們的行事，雖說荒唐無稽，可是古代人民互相傳述，都確信以為是真的。」茅盾這裡所下的簡明的定義，是一件了不起的事。因為他下的定義與馬克思關於神話的解釋是相一致的。「希臘藝術的前提是希臘神話，也就是已經通過人民的幻想用一種不自覺的藝術方式加工過的自然和社會形態本身。」（馬克思）而茅盾認為神話的敘述「超乎人類能力以上的神們的行事」，是古代人民「確信以為是真的」。

可見，茅盾下的神話定義與馬克思所說的神話是「一種不自覺的藝術加工」，是不相悖違的。

茅盾是第一個去開墾中國神話領域處女地的。他研究中國神話最大的貢獻就在於作客觀的把握，從眾多的中國古籍對神話的零星、散亂和摻偽的記載中理出中國神話系統的頭緒。他把中國神話按內容分為 6 大類，按地域分為北部、南部和中部 3 大類，努力探討「諸神話系統」的主神以及一系列神話人物在「諸神系統」中的地位。他找出了中國神話未能完整保存的根本原因是神話歷史化。鍾敬文早在 1928 年就介紹過：「在中國，把神話作簡括的分類的，只有沈雁冰曾略擬一次」。1983 年出版的《上古神話縱橫談》亦寫到「茅盾的《中國神話研究初探》，第一次系統地探討了中國上古神話的形成、加工、記載和發展演變的歷程，並對中國神話給予地域分類，可以說是我國科學的神話學的開山之作。」（上述三個引文分別摘自《馬克思恩格斯選集》第 2 卷、鍾敬文《楚辭中的神話和傳說》、馮天瑜《上古神話縱橫談》）

對北歐神話的介紹，也是茅盾研究神話的獨特貢獻。茅盾系統而完整地介紹了北歐各個神話人物的故事，給人們以北歐神話的全貌。茅盾的神話審美意識傾向於北歐神話粗壯而巨偉的美。

茅盾的神話研究，給許多後學者以啓迪作用，無形中培育了神話學研究人才。如我國當代最著名的神話研究專家袁珂，就是其中的一個。袁珂回憶道：「那時我讀了玄珠（茅盾）的《中國神話ＡＢＣ》，瀏覽過《山海經》裡的一些神話片斷，深深感到興趣，雖然我對於它們還不很理解。」（見袁珂《我和神話》）著名學者常任俠在悼念茅盾時說：「他出版的《中國神話研究ＡＢＣ》，又是我愛讀的書，我之愛好研究中國神話和希臘神話，可以說受到茅盾先生的啓發。」（常任俠《我和茅盾先生的交往》，收入《憶茅公》集中）

可見，茅盾是成就卓著的研究神話的學者。

古典文學研究

茅盾自稱己為「雜家」。從小到大，他涉獵了許多古典文學：十三經注疏、先秦諸子、四史、《漢魏六朝百三名家集》、《昭明文選》、《資治通鑑》；其中，《昭明文選》曾通讀兩遍。至於《九通》、二十四史也抽閱其中若干章段。

他對《紅樓夢》、《西遊記》、《水滸》、《三國演義》也是很感興趣的。小時候，每年暑假，茅盾總要到表舅家消夏，因為他可以看到許多小說。他不僅愛看，而且記憶力也強，複述小說娓娓動聽。他講起《三國演義》和《西

遊記》，往往使年長的人也圍攏來聽。

正是在淵博的古文化底子上，建國後，他撰寫了兩部影響頗大的古典文學研究專著。

《夜讀偶記》，正文 6 萬多字，後記 2 萬多字，全書共 8 萬餘字。專著著重論述了中國文學史上現實主義與反現實主義的鬥爭，比較系統地對《詩經》、先秦諸子散文、駢文、唐代古文運動、明代前後七子的復古運動等文學發展過程，做了具體的分析比較，以大量的文學史事實，重點論證了以下問題：

第一，中國文學史上，進行過長期而反覆的現實主義與反現實主義的鬥爭。第二，反現實主義的文學，曾經屢次以「正宗」的面目出現在各個歷史時期，這就是追求形式美的、供剝削階級娛樂的形式主義文學。第三，士大夫階級的文人，曾經屢次發起反對形式主義「正宗」派文學的運動。第四，直至「五四」運動為止，我國以前文學史上的現實主義大師，在理論方面還沒有運用科學的方法把源淵流長、博大精深的現實主義文學思想建立為完整的理論體系。

《夜讀偶記》是一部學術性、理論性很強的文藝論著，在當時立刻就產生很大反響。北大、北師大、復旦大學師生各自按照茅盾的「在中國文學史上，進行過長期而反覆的現實主義與反現實主義的鬥爭」的觀點，都在極短的時間內集體寫成了《中國文學史》和《中國民間文學史》。

《關於歷史和歷史劇》寫於 1961 年，是作者為參加當時國內關於歷史劇創作問題的討論而寫的。全文長 9 萬字，加上後記近 10 萬字。

為寫此著，茅盾設法搜集到各地各劇種新編《臥薪嚐膽》腳本 50 多種，冬夜抽暇讀之，饒有興趣，然亦發現一些問題。就此，他談了自己的歷史劇觀。論著的中心問題就是「歷史劇是藝術抑或歷史」，「如何使歷史劇即是藝術又不背於歷史的真實。」圍繞這個中心，作者首先提出並論述了怎樣甄別史料的問題，通過對《左傳》、《國語》、《史記》、《吳越春秋》、《越絕書》等五部史籍所記的臥薪嚐膽的比較分析，說明了甄別史料的重要性。接著，作者又對歷史劇古為今用問題、如何表現歷史上人民的作用問題、歷史真實與藝術虛構相結合的問題、歷史劇的文學語言問題作了深刻的論述。

總之，《關於歷史和歷史劇》是一部內容充實、考證細密的很有特點的研究專著。作者通過對歷史事件的考證和對許多傳統戲曲的具體分析，總結了

我國歷史劇創作的規律。

2、多才多藝的大師——茅盾的文學創作

史詩性小說創作

小說創作是茅盾最主要的文藝建樹。他的小說創作起於 1927 年夏，迄於 1949 年初。作品數字近 300 萬字，現已編入《茅盾全集》第 1 至 9 卷。其中，包括長篇小說 7 部、中篇小說 8 部、短篇小說 54 篇。茅盾不僅和魯迅一起是中國現代文學史上最重要的短篇小說大家，而且也是長篇小說創作中最偉大的高手。他的小說創作以其難以取代、難以企及的成就和特色在中國現代文學史上佔據著高峰的位置。

茅盾小說最突出的特點是具有強烈的時代性和歷史性。他從開始創作時就注意大規模地反映中國社會、敢於正面觸及並展開重大社會政治矛盾。因而，他的作品縱橫開闊、吞吐宇宙，具有極大的社會容量和明顯的史詩性質。

縱線來看，自辛亥革命到解放戰爭，一部中國資產階級舊民主主義革命史和黨所領導的新民主主義革命史，在他的作品中得到相當系統的反映。長篇小說《霜葉紅似二月花》反映的是從辛亥革命到 1923 年前後中國資產階級民主主義革命的新舊交替期，即「五四」前後中國社會的歷史場景。作品主要反映了維新派與守舊派，地主階級與資產階級矛盾。長篇小說《虹》從「五四」寫到「五卅」運動。它以四川為背景，描寫了時代女性從家庭走上社會。《蝕》和《野薔薇》中的 5 個短篇，從「五卅」運動起筆，著重寫 1927 年大革命前、中、後三期中國社會波瀾壯闊的歷史大動盪。中篇小說《路》和《三人行》則承接《蝕》和《虹》，從青年學生的生活道路的角度反映大革命失敗後國民黨反動統治所激起的新形勢下的社會鬥爭。《子夜》、「農村三部曲」、《林家鋪子》、《當鋪前》等長篇與短篇，以城市為主，把視野放在 30 年代前半期城鄉——整個中國社會全貌的歷史場景上。作品主要以民族資產階級為重點，從它和買辦階級、工農革命運動的激烈矛盾中揭示出中國不可能走資本主義的道路。《第一階段的故事》和《鍛煉》則從日寇侵華的上海戰事導致民族工業資本家搬遷內地的事件落筆，把民族矛盾與階級矛盾交織在一起。《腐蝕》則是把抗戰時期最艱苦年代敵我對峙、蔣敵偽合流的種種矛盾凝鑄在特務魔窟內部的勾心鬥角及其與地下工作者和青年學生的種種衝突裡。茅盾最後寫的小說，是短篇《春天》，寫於 1948 年底。茅盾在這

個短篇中既歡呼春天降臨神州大地，又繼續對春天來臨時舊的黑暗勢力的垂死掙扎進行無情的鞭撻。

迄今為止，學術界普遍承認茅盾小說塑造了一組組人物系列，提供了幾條生動的人物畫廊。其中出現最早，也是最精彩的便是時代女性的人物系列形象。這裡有靜女士、慧女士（《蝕》）、梅女士（《虹》）、趙惠明（《腐蝕》）等。茅盾的第二個人物系列，是形形色色的資本家形象。這裡有買辦資本家趙伯韜（《子夜》），也有各種類型的民族資本家，如王伯申（《霜葉紅似二月花》）、吳蓀甫、王和甫、周仲偉（《子夜》）、嚴仲平（《鍛煉》）。第三個人物系列是形形色色的知識分子形象。他們中間有錢良材（《霜葉紅似二月花》）、史循（《蝕》）、李玉亭、范博文（《子夜》）。第四個系列形象是地主。如趙守義（《霜葉紅似二月花》）、胡國光（《蝕》）、馮雲卿、曾滄海（《子夜》）。第五個系列是農民形象。如財喜（《水藻行》）、老通寶、阿多（《春蠶》）。

茅盾塑造人物形象的高超藝術，最突出的體現是心理描寫和在複雜的人物關係及激烈的矛盾衝突中展示人物性格。與此相聯繫的還有一個特點，那就是氣勢恢宏、複雜嚴謹的結構藝術。總體看來，茅盾小說藝術結構有縱剖面和橫剖面兩種類型，長、中篇多用前者，短篇則多用後者。如《子夜》，它以主要人物吳蓀甫為軸心，圍繞著吳、趙鬥爭和吳蓀甫、趙伯韜、杜竹齋 3巨頭的複雜關係，沾著 3 條主線（公債市場、辦工業、農村矛盾）和 7 條副線。正因為有如此複雜的關係，才能盡情描寫吳蓀甫的心理活動，才能展示他的性格特點，才能使這個形象栩栩如生，才能使之走向世界。

總之，小說創作，給茅盾帶來世界性聲譽。

絢麗多彩的散文創作

作家多幾副筆墨，從而更加顯示他的才華。茅盾就是這樣傑出的作家。在文學創作中，他除了寫小說外，還寫詩、劇本、童話和散文。即使在散文創作中，他也是幾副筆墨並用的。因而，他的散文是絢麗多彩的，引人注目的。

茅盾的散文創作起步很早。早在「五四」時期，在他倡導文學理論、評價外國文學作品的同時，便寫了為數眾多的「雜感」和「隨感錄」。稍後，在進行小說創作的時候，他仍以「速寫」和「隨筆」等名目，為報刊撰寫了大量散文。因而我們說，在茅盾的整個文學創作中，散文是他重要創作形式之一。在中國現代文學的園圃上，他留下了大量芬芳錦簇的散文鮮花，散文先

後結集的有：《宿莽》、《茅盾散文集》、《話匣子》、《速寫與隨筆》、《印象・感想・回憶》、《白楊禮讚》、《生活之一頁》、《脫險雜記》、《蘇聯見聞錄》、《躍進中的東北》和《茅盾散文速寫集》等。茅盾所有的散文均編入《茅盾全集》中，共 7 卷，約 200 萬字。

茅盾散文最突出的有兩種形式：一是抒情性、象徵性的散文。如早期寫於日本的一批抒情散文和 30～40 年代寫於國統區的《雷雨前》、《黃昏》、《白楊禮讚》和《風景談》之類的散文。二是社會性、政論性的散文。這包括大量的雜文、隨筆和報告文學等。

1935 年郁達夫在《中國新文學大系・散文二集導言》中說：「茅盾是早就從事寫作的人，唯其閱世深了，所以行文每不忘社會。他觀察的周到，分析的清楚，是現代散文中最有實用的一種寫法……中國若要社會進步，若要使文章和實際生活發生關係，則像茅盾那樣的散文作家，多一個好一個，否則清談誤國，辭章極盛，用勢未免要趨於衰頹。」對於茅盾散文的現實性和戰鬥性，阿英在《現代十六家小品》中指出，在中國，「除茅盾、魯迅而外，似乎還沒有第三個人。」上面兩段引文，最確切地評價了茅盾散文的獨特價值與特色。

茅盾從事文學創作，便是從散文創作開始。而促使他從事散文創作的原因，便是戰鬥的需要。茅盾在回憶錄中特別強調了這點：

1925 年，「試寫了一些散文，發表在《文學週報》上。在這之前，我只寫評論文章和翻譯，沒有寫過散文，『五卅』慘案使我突破了自設的禁忌，我覺得政論文已不足宣洩自己的情感和義憤。我共寫了 8 篇散文，其中就有 7 篇是與『五卅』有關的。這次的『試筆』，也許和我後來終於走上創作的道路不無關係。」

「八・一三」至 9 月底，茅盾主要寫短論和雜文，發表在《救亡日報》、《吶喊》、《抗戰》和《戰時聯合旬刊》上。其中給《救亡日報》寫得最多，平均 3 天一篇，如散文《炮火的洗禮》、《不是恐怖手段所能懾服的》、《一支火箭以後》、《首先是幹部問題》等等。這些文章，及時反映、抒發了上海軍民同仇敵愾的氣慨。

茅盾從延安來到「霧重慶」。為了給國統區人民增強抗戰的信心，茅盾抒寫了膾炙人口的美文：《白楊禮讚》、《風景談》等等反映延安軍民生活的作品。

詩歌與童話及其他

《茅盾全集》第 10 卷，為詩歌、童話、神話和劇本集。神話已在上面介紹，故沒必要重複。下面分別介紹茅盾的詩歌、童話和劇本。

丁茂遠稱，「從 1927 年所寫新詩《我們在月光底下緩步》，到逝世前不久為友人題詩《懷老舍——為絜青夫人作》，他在長達半個世紀以上的歲月裡，共留下了 150 餘首詩詞。這些方面可以參閱近年出版的《茅盾詩詞》、《茅盾詩詞集》、《茅盾全集》第 10 卷詩詞部分。這些詩詞，作為茅盾整個文學創作的重要組成部分，無論就其數量和品質，均應引起我們足夠的重視。」（見丁茂遠《茅盾詩詞藝術談片》，收入《論茅盾的創作藝術》一書中）

茅盾的詩詞，同樣堅持現實主義戰鬥傳統。如茅盾從重慶奔赴香港去開闢「第二戰線」，途經桂林赴香港時，寫了《渝桂道中口占》：

> 存亡關頭逆流多，森嚴文網欲如何？
>
> 驅車我走天南道，萬里江山一放歌。

詩歌體現了作者滿腔義憤和感慨，也體現了革命樂觀主義精神。

在文化大革命中，茅盾的詩歌也充滿戰鬥性。他經常抄錄《讀〈稼軒集〉》送友人：

> 浮沉湖海詞千首，老去牢騷豈偶然。
>
> 漫憶縱橫穿敵壘，劇憐容與過江船。
>
> 美芹藎謀空傳世，京口壯猷僅匝年。
>
> 擾擾魚蝦豪傑盡，放翁同甫共嬋娟。

作者借詠南宋愛國詞人辛稼軒的歷史事蹟，以寄寓自己沉痛憤慨心情。

茅盾從事文學事業之初，就致力於童話的編譯和撰寫。在兩年的時間裡，他編譯、撰寫了 17 本童話。

茅盾編譯、撰寫的童話，在我國早期的現代兒童文學貧瘠園地裡，是一個新的收穫。

茅盾很重視作品的教育性。童話是一種有力的教育手段，如《一段麻》講的就是節約的好處。《尋快樂》寫的是一個少年有幾個象徵性的朋友——「經驗」、「錢財」和「勤儉」。他為了求得快樂，先聽信了「錢財」的讒言，成天玩耍，結果身心交瘁，沒有得到快樂；後來聽了「經驗」的忠告，和「勤儉」交了朋友，才真正獲得了快樂。

茅盾的童話形式多樣化。童話可分超人體、擬人體和常人體 3 類。茅盾的童話 3 類俱備。超人體童話描寫的是超自然的人物以及他們的活動，主人

公大都有變幻莫測的魔法和種種奇異的、不平凡的技術本領。這類的作品是《蛙公主》、《怪花園》和《飛行鞋》。擬人體童話的主人公多半是人格化了的有生命或無生命的東西。在童話裡，它們有生命、有感情。這類作品有《驢大哥》、《金龜》等等。常人體童話裡的人物則是普通的人，但都是誇張了的人物，有諷刺性或象徵性。這類作品有《海斯交運》、《書呆子》等等。

茅盾一生中創作的唯一劇本是《清明前後》。《清明前後》試圖通過當時的黃金舞弊案，揭示官僚資本及其爪牙的卑劣無恥，民族資產階級的掙扎與幻滅，以及安分守己窮困潦倒的小職員又如何變成了替罪羊，從而向讀者展示抗戰勝利前夕重慶的社會縮影。

茅盾之所以選擇寫話劇，就是要這個題材引起直接的、集中的、爆發性的影響。為寫好此劇，他寫了詳細的大綱；不恥下問，向曹禺等人多次求教。

茅盾曾擔心沒人敢演，可趙丹等人組織了中國藝術劇社，第一齣戲就演《清明前後》。乘毛澤東在重慶參加談判之際，《清明前後》公演了。開始，眾人不知道話劇內容，觀眾不多。第四天後，觀眾愈來愈多，場場爆滿，星期六還加演。演到 3 個星期後，毛澤東回延安了。國民黨中央廣播電臺在特別節目裡說《清明前後》有毒素，要看過的人反省，沒看過的不要去看。國民黨這種做法，反而給話劇作了義務廣告。電臺廣播之後，劇場又連連告滿。

國民黨不敢查禁《清明前後》，是懾於形勢，但他們採用了暗的一手，發文暗中設法制止。

劇本演出後，也引起重慶文藝界爭論。一種意見認為劇本是「標語口號公式主義作品」。一種意見認為劇本是有強烈傾向的現實主義作品。何其芳、邵荃麟等許多人持後一種意見。

在文學創作領域，茅盾是如魚得水，遊刃有餘。他在小說、散文、詩歌、童話、話劇等門類均有建樹。像茅盾這樣的通才，在現代文學領域內實屬少見。

縱觀茅盾這些作品，雄辯地證明了一條真理：生活是創作的唯一源泉，作家必須無條件地、長期地深入到現實生活中去。這是值得我們後人學習的。

3、終生從事的工作——茅盾的文藝批評

現實主義理論提倡

茅盾文藝批評工作是卓有成效和富有影響的。茅盾從事文藝批評工作先

於他的文學創作活動，而且比創作時間長得多。早在 1919 年，他就寫了第一篇文藝論文。以後，隨著文藝思潮的發展，他寫下了大量堅持現實主義原則的評論文章。他不僅是「五四」以來文學批評的開創者，可貴的是他一直堅持這一工作，直至建國後，仍然寫了大量的評論文章。所以說，文藝批評，是茅盾終生從事的工作。

茅盾文藝批評的特點，是結合文藝運動與創作實踐來從事理論建設與批評，較少作純理論的探討。茅盾文藝批評方面的著述十分豐富，涉及的範圍也十分廣泛。就目前所掌握的材料看，文藝批評文章字數約有 300 萬字，共10 卷，均編入《茅盾全集》。茅盾文藝批評的文章，所涉及到的內容是非常廣泛的。總的來看，這些內容有：文藝思想的評論與文藝運動、文藝創作經驗的歷史總結等。貫串茅盾文論的一個核心問題，是關於現實主義的論述；特別是早期關於為人生的文藝思想，他寫過許多文章，而且後來又有發展變化。換句話說，他通過文藝批評宣傳他的文學主張。在新文學發軔之初，他高舉現實主義旗幟，為新文學的健康發展掃除障礙，極力引導文學走現實主義之路，其功績是不能低估的。他的文學主張促進了葉聖陶、冰心、王統照、許地山等文學研究會作家的創作發展，鼓舞他們寫了不少探討人生問題的作品。所以，有人評價道：為人生的文學，「這是中國現實主義新文藝最初的一面旗幟，茅盾先生和他的同志們就執掌著這面大旗前進，替中國的文藝運動開闢出一條光明的大道。不到幾年，那些花花綠綠的文學一一倒下去了，而現實主義的文學卻日益強大，生氣蓬勃的新軍不斷地生長起來了。《小說月報》則正是這支新生力量在南中國的搖籃，而茅盾先生不消說，就是監護著這搖籃的保姆。茅盾先生的文學事業，就是這樣光榮地開始的。」（見邵荃麟《感謝和期待》，收入莊鍾慶編《茅盾研究論集》，天津人民出版社 1982 年版）

莊鍾慶教授，通過對茅盾不同時期現實主義觀的考察，認為茅盾的現實主義時代性的主張對中國現代文學的發展有著獨特的貢獻。「五四」時期、「五卅」前後、40 年代和 50 年代，在各個不同時期，茅盾均闡述了現實主義時代性問題。莊鍾慶論道：

> 從新文學現實主義發展史上來考察，茅盾是最早提倡現實主義
> 文學時代性的，直到晚年他仍然堅持這個主張，他對現實主義時代
> 性的論述是有卓見的，且相當系統，其意義和價值儘管在各個歷史
> 階段不盡相同，然而就總體來說，卻是有突出成就而為別的評論家

所不能代替的。就這方面而言，時至今日，在中國現代文學史上很難說有哪一位評論家超過他。這些是他對中國新文學現實主義理論的獨特貢獻。（見莊鍾慶《茅盾現實主義時代性理論的演化及價值》，收入全國茅盾研究學會編《茅盾研究論文選集》上冊，湖南人民出版社 1983 年版）

文藝批評開拓者

茅盾倡導現實主義主流，但同時也積極開拓文藝批評方式方法，理論倡導和方式方法並舉。他主要是總結創作經驗，探索和研究文學創作規律。在這類文章中，他談藝術規律、創作技巧；從構思選材、謀篇佈局、情節處理、形象塑造到語言藝術和各種藝術的手法的運用等等，進行多方面的探討。

這方面的成果，可以顯現出茅盾是現代小說批評或文藝批評的開拓者之一。過去的小說批評，歷史上只有點評式，很少有系統的理論和分析。清末文學改良運動提倡「小說革命」，開始認識小說有改革社會的作用，出現了一些例如梁啟超的《小說叢話》之類的評論，但沒有擺脫評點派的影響，並且只注意小說內容，不注意小說的特點，仍然像一般評點詩文那樣評論小說。在「五四」時期出現了現代文藝批評。所謂現代文藝批評，包括兩方面的含義，第一是在內容上緊密配合「五四」時期思想文化戰線上的反帝反封建的革命任務，有它的傾向性和立場，猛烈攻擊舊文學，熱情倡導新文學。第二是它運用西方現代的文學觀念進行批評，注重作品的藝術特點和表現方式。茅盾就是這種現代文學批評的主要組織者和實踐者之一。1921 年《小說月報》改革以後，他不僅是編輯，而且寫了許多文學批評的文章。1921 年 4 月發表的《春季創作壇漫評》是最早的綜述一個時期小說創作的文藝批評文章。他通過多篇作品考察，鳥瞰式地指出了當時創作的傾向。接著，《小說月報》開闢了《創作批評》欄（後改為《讀後感》欄）和《創作討論》欄，組織作家發表創作談。正是在茅盾的組織和倡導下，《小說月報》通過評論、雜談、通信和讀後感等各種形式，發表了大量的文藝批評文章；影響所及，許多刊物上的文學評論文章也多了起來。而茅盾自己當時所寫的一些文章就顯示了「五四」時期現代文藝批評的水準，並且產生了很大的影響。如一位讀者，讀了《春季創作壇漫評》後說：「覺得很喜歡，因為這種評論，很可以引起現在一般作家的興趣，也是熱鬧中國文壇的一種方法，使得他可以蓬蓬勃勃地興旺起來。雖然覺得現在一般作品，有許多甚屬幼稚，正是為了這一層，所以我

們大家越是要勉勵自己，鼓勵大家。」

　　在茅盾的哺育下，不久，《小說月報》上便出現了一些新的東西：如描寫學徒、農村木匠、貧民的作品，技巧上也有所創新，說明了「作家的視線從狹小的學校生活以及私生活的小小波浪移轉到廣大的社會的動態。」（茅盾語）這表明他對文壇的創作發展起到了引導作用。

　　茅盾常用對比的方法進行評論分析。他有幾種比較方法：其一，是將作家作品置於整個文壇中比較。如評《風波》、《阿Ｑ正傳》就這樣。其二，是將一個作家作品與其他有聯繫的作家相比，分析優劣。如將冰心、廬隱、孫俍工三人相比。其三，是以作家自己的作品相比。如《冰心論》、《王魯彥論》等等。

　　茅盾評論寫法也有特點，有短篇評介，有萬言專論，有漫談式讀後感，有對話體和通訊體等等。這些新的形式，再加上西方現代的文學觀念，使茅盾成為文藝批評的拓荒者。

作家作品評論

　　可以說，從 20 年代初到 80 年代初，茅盾一直關心著我國現代文學的發展。他對眾多的優秀的作家作品給予了熱情的肯定、揚其所長，也指出其不足之處，對許多作家的發展起了鼓舞促進作用。

　　據茅盾研究專家羅宗義統計，茅盾一生評論過的作家達 300 多人。對於「五四」以來的一大批作家，包括魯迅、葉聖陶、冰心、許地山、徐志摩、丁玲等等名家，他都寫過系統的評論。這些著名的評論文章是：《魯迅論》、《讀〈倪煥之〉》、《王魯彥論》、《徐志摩論》、《廬隱論》、《冰心論》、《落華生論》等；還有 1935 年為《中國新文學大系小說一集》寫的導論，用他的批評文字對新文學運動第一個 10 年主要作家們的成就和不足進行了頗為全面的評估。他幾乎鳥瞰式地考察了整個前 10 年文學發展的狀況。

　　30 年代，在左翼文藝運動熱潮中，茅盾更擴大了批評的視野。這突出的表現在，把扶持文學新人置於文藝批評的重要位置；熱情關注女性作家；小說而外，對新詩的發展傾注了更大的熱忱。對文學新人，茅盾給予了熱情讚揚與親切指點。他向讀者推薦了眾多優秀小說，稱讚葉紫的《豐收》為「精心結構的佳作」；稱沙汀用了寫實的手法，很精細地描寫出社會現象。茅盾對葛琴、蕭紅等人的評論，充分肯定她們所擅長的抒情氣氛、細膩的心理描寫。他對 30 年代詩壇新人很滿意，說艾青「用沉鬱的筆調細寫了乳娘兼女

傭的生活痛苦」；說臧克家的《烙印》，「用了素樸的字句寫出了平凡的老百姓的生活。」

40 年代，茅盾側重於對報告文學、戲劇與新詩的評論。如對曹禺、郭沫若的劇作給予了高度評價，對曹禺的《日出》，他渴望早日排演；稱《屈原》是一枚原子彈，震幅遼闊而久長。茅盾對解放區的文藝創作，傾吐了滿腔的熱忱。他先後寫有《關於〈呂梁英雄傳〉》、《關於〈李有才板話〉》、《論趙樹理的小說》、《讚揚〈白毛女〉》等文章，向國統區乃至海外廣泛宣傳解放區文藝成就，擴大作家影響。茅盾對趙樹理評價很高。

解放後，茅盾則以更多的熱情扶持晚輩。從勝利初關注工業題材的創作，工人作者的成長，到把嶄露頭角的女作家介紹給讀者，扶植少數民族青年作家等等，留下了無數的文壇佳話。《談最近的短篇小說》、《讀書雜記》等單行本的印行，對於舉薦作者、繁榮創作、提高讀者的審美素質發揮了重要的指導作用。人們不會忘記，如今活躍在文壇上的壯年作家，大都受過茅盾的點撥。這些作家有峻青、茹志鵑、陸文夫、李準等等。

歷史進入新時期後，茅盾這個文藝老兵也鬥志昂揚，勉勵作家投入到創作中去。當馮驥才、竹林等人的新作需要肯定時，茅盾及時給予了幫助，使他們順利地走上了文學之路。

為此，吳祖緗在《雁冰先生印象記》中稱茅盾為「新文學的老保姆」。這是最為形象和最為恰當的評價了。

4、默默無聞做嫁衣──茅盾的文藝編輯

茅盾一生跟編輯有緣，在這方面施展了才華。茅盾從事編輯工作歷史悠久，卓有成效。在建國前後，他主編和參與編輯的文學期刊、報紙副刊很多，影響大的有《小說月報》、《文學》、《文藝陣地》、《文聯》、《立報‧言林》、《文匯報‧文藝週刊》、《譯文》、《筆談》、《人民文學》等等刊物。這裡，主要擇其主編《小說月報》和《文藝陣地》經歷介紹之。

《小說月報》主編

茅盾為了幫助《小說月報》和《婦女雜誌》革新，寫了不少文章，故受到編譯所所長高夢旦的青睞，起用他主編《小說月報》。所以，《小說月報》自 12 卷（1921 年）1 號起，由茅盾一人編輯。茅盾主編後的刊物設有「論評」、「研究」、「譯叢」、「創作」、「特載」、「雜載」等專欄，初期側重翻譯和

介紹，後來則以較多的篇幅發表創作。

茅盾負責《小說月報》的編輯工作，只有兩年的時間。當時才不過 25～26 歲的他，獨自主持《小說月報》的編務，不僅要審閱大量的來稿，而且還親自為刊物撰寫和翻譯許多文章、作品及大量的覆信，能力極強。改革前的刊物，印數只有 2000 冊，改革後的第一期印了 5000 冊，馬上銷完，各處分館紛紛來電要求下期多發。於是第 2 期印了 7000 冊，到第 12 卷末期，已印 10000 冊。僅從這數量上，就可以看到改革是成功的。

革新後的《小說月報》的主要貢獻是：一、翻譯和介紹了外國文藝理論、文藝思潮和作品。從古典主義、浪漫主義、現實主義、自然主義、新浪漫主義以至於象徵主義、韃韃主義等，都在評介範圍之內。它注重俄國文學及弱小民族文學，曾出過「俄國文學研究」、「被損害民族文學」專號。二、在中國新文學運動蓬勃發展的時期，它最早地就文學創作問題展開討論，出過專輯，對新文學創作的繁榮和發展有重要意義。三、發表了不少新文學作品，培育了一批文學新人。前者如冰心的《超人》、《最後的使者》、《離家的一年》、《瘋人筆記》，葉紹鈞的《母》、《火災》、《旅路的伴侶》，落華生的《空山靈雨》、《商人婦》、《綴網勞蛛》等。後者如潘垂統、徐玉諾、汪靜之、梁宗岱、朱湘等。

中國現代文學史發展證明，《小說月報》推動了文學研究會的發展；文學研究會則推進了中國現代文學的發展與繁榮。所以有人說，一個刊物帶動了一個流派；一個流派則帶來了燦爛的現代文學。

商務印書館的老編輯陳原回憶：當年把革新號原封退回，表示抗議的人，看到《小說月報》革新引導了爾後文學事業的興盛，自己也歡欣鼓舞地參加了先進的行列。陳原贊道：

> 商務印書館作為現代中國的一家嚴謹認真的出版社，為曾經擁有茅盾這樣一個——以全副精力『為人作嫁』的高標準編輯……而感到光榮和自豪。（陳原《景仰和思念》，收入《茅盾九十誕辰紀念論文集》，中國茅盾研究學會編，作家出版社 1987 年版）

《文藝陣地》主編

《文藝陣地》創刊於 1938 年 4 月 16 日，半月刊。茅盾親自編至第 2 卷第 6 期。該刊是抗戰時期普及最廣、影響最為深遠的全國性文藝刊物之一。陸定一、張天翼、葉聖陶、李南桌、劉白羽、周而復、草明、豐子愷、戈寶

權、老舍、田間、沙汀，等等作家，都在這陣地上用文學的武器做過戰鬥，出現了不少名作和新人。茅盾本人更表現了高度的戰鬥熱情，他除了認真負責編輯工作之外，還幾乎每期都寫文章。尤其是短論和書評二欄，大部分稿件都是他自己執筆的，每期都有，有時一期達五六篇之多。如創刊號上，茅盾除了寫《發刊詞》和《編後記》之外，還寫了短論2則、書評3篇。

茅盾聽說廣州印刷條件差，簡直不能和上海比，實在放心不下，便從香港到廣州查看。創刊號校樣出來了，他發現幾乎滿篇錯字，只得花一周時間校錯字。巴金見過茅盾編輯手稿：「我才發現他看過、採用的每篇稿件，都用紅筆批改得清清楚楚，不讓難辨的字留下。」（巴金《悼念茅盾同志》）可見，他除了獨自聯繫稿件、編輯刊物外，還得親自校對，然後再把一本本刊物輸送到全國各地。

《文藝陣地》發表了幾篇影響深遠的作品。如創刊號上的《華威先生》，這是一篇不到5000字的短篇，以天翼特有的幽默筆調描寫了一個抗戰中出現的新人物——想包辦救亡運動的國民黨的「抗戰官」——華威先生。這是抗戰爆發後，在文藝作品中出現的一個重要典型人物。他的出現有很強的現實意義。因為當時文藝對現實的反映已出現了一種偏向：只歌頌光明而不敢暴露黑暗，似乎一暴露黑暗就有損於抗戰力量，就會影響統一戰線。而事實上黑暗面比比皆是。當時國民黨已開始對人民抗日加強控制和防範，就在小說發表的當月，武漢的國民政府無理解散了「青救」、「民生」和「蟻社」等進步抗日團體。主張一味歌頌的，首先是國民黨，他們正是想在這歌頌的掩護下幹罪惡的勾當。因此，《華威先生》一登出，他們就大肆咆哮，說這是諷刺政府、破壞抗戰等等。一些神經脆弱者則憂心忡忡，更多的反應則是拍手稱快。小說也引起了延安文藝界的重視和討論。茅盾也兩次撰文，表明自己對暴露黑暗的態度，表明自己對華威先生的看法。後來，茅盾也把華威先生寫入到自己的作品中。綜上所述，便可看見《華威先生》產生的廣泛影響。

《差半車麥秸》是《文藝陣地》上另一篇膾炙人口的作品，它發表在第3期，作者是姚雪垠。這篇小說以反映現實的迅速和刻劃人物的真實生動及成功地運用北方農村口語獲得了廣泛的好評。當時它引起的轟動不下於《華威先生》。《差半車麥秸》是一個農民的綽號，表示不夠數、不聰明的意思。他不懂得什麼是抗日，在游擊隊裡，他一方面暴露了農民小生產者自私狹隘的缺點和本性，另一方面他那中國農民固有的忠厚、淳樸、機警、勇敢等特性

也得到了發展，他的民族意識和集體觀念大大地加強了，他開始懂得了革命的意義。他作戰勇敢，在一次激烈戰鬥中身負重傷，卻仍然掙扎著要「留下來換他們幾個」，關鍵時刻表現了不怕犧牲的英勇精神。整篇小說 8000 餘字，作者給我們提供了一個典型環境中的典型人物，一個在抗戰烈火中成長起來的中國大地的主人。

《差半車麥秸》不僅在國內得到了廣泛的讚譽，而且也引起了國外的注意。葉君健把它譯成英文在美國一進步的刊物上發表了。為此，茅盾還專門請人圍繞小說的內容作了 3 幅木刻，作為英文版的插圖。

茅盾在《文藝陣地》上的戰鬥，得到了中共中央和八路軍駐香港辦事處主任廖承志的關心和指導。廖承志派從事文化聯絡的杜埃去拜訪茅盾，把重慶出版的《新華日報》送給茅盾，並告訴他，以後各期都定期轉給他。茅盾如獲至寶，捧著《新華日報》說：「有了它，我就有了指路明燈。」

由於黨的支持，茅盾以他超凡的組織才能和號召力，組織到了許多來自抗日前線、敵後根據地、延安解放區和大後方的好稿子。作為曾受過茅盾關注的青年作者陳沂，儘管已進入山西抗日前線，仍受到茅盾和《文藝陣地》的感召，他曾寫稿託人帶往香港，可惜遺失了。

由此可見：《文藝陣地》也是辦得轟轟烈烈。

協助他人編輯刊物

茅盾還經常協助他人編輯刊物。如《文學月報》，由周揚主編，但茅盾也協助審閱稿件。艾蕪 1931 年到上海，開始叩上海文壇的大門，連叩幾次都沒成功，偶爾發了幾篇小東西，連稿費也討不到。儘管魯迅先生與他和沙汀關於小說題材的通信在《十字街頭》發表，給他不少鼓舞，但並未能改變他不景氣的創作局面。由周揚主編的「左聯」機關刊物《文學月報》1932 年 6 月創刊。艾蕪投了一篇描寫電車工人生活的小說，被退回了。他又投了《人生哲學的一課》，這是根據自己漂泊生活的經歷而寫的。周揚接到稿子後，「又轉茅盾看過，說可以用了……《人生哲學的一課》在《文學月報》1932 年 5、6 期合刊上發表了，受到了文藝界和讀者的讚賞。從此，艾蕪以《南行記》為總題，不斷發表描寫滇緬漂泊生活小說」。（見廉正祥：《流浪文豪——艾蕪傳》）

30 年代，《文學》是一個大型的文學刊物，主編由鄭振鐸、傅東華二人擔任。由於傅東華主要忙於中學國文教科書，所以，《文學》實際的籌備工作，

茅盾不得不多方照應。傅東華把審定創作稿件和給《社談》欄寫文章這兩大項工作都給了茅盾，還要他寫作品評論。如刊物 1～3 卷的「書報述評」欄共刊登文章 43 篇，其中就有茅盾寫的 28 篇。

由於國民黨文化專制，《文學》常遭亂抽亂砍。茅盾催鄭振鐸由北平回滬，到傅東華家商量對策，變被動為主動。最後決定出幾期專號：翻譯專號、弱小民族文學專號、創作專號和中國文學研究專號。這幾期專號得以順利通過。

《文學》連出兩期外國文學專號，刺激了作家的翻譯熱情。魯迅由此想辦一個專登譯文的雜誌，提高譯品質量，茅盾表示贊成。這個刊物就是《譯文》，茅盾和黎烈文協編，主編是魯迅。茅盾推薦了黃源為《譯文》編輯人，魯迅很滿意，3 期後，魯迅讓黃源試編。開頭幾期，稿件幾乎全部由魯迅、茅盾和黎烈文包了。

茅盾不僅幫助他人編輯刊物，而且還熱心幫助他人編輯叢書。

著名的《中國新文學大系》得以順利問世，這是與茅盾的幫助分不開的。趙家璧說，茅盾對良友文學出版事業的熱心支持，不下於魯迅。「他對我最大的幫助，是在『大系』最初落實期間所提的寶貴意見。」「我把編輯『大系』的總體設計帶去請教他，他非常高興地接受了。他不但答覆了我提出的問題，還為小說集、散文集如何分工，找哪幾位編選者最適合，給了我明確的指示。他自己也愉快地接受了擔任關於文學研究會成員的小說集的編選工作。」（趙家璧《編輯憶舊》）

趙家璧在《編輯憶舊》中，還追敘了茅盾對未完成的《世界短篇小說大系》的關懷。茅盾對趙家璧擬出版《世界短篇小說大系》的計劃贊成，並準備承擔一部分編選工作，後因工作忙，推薦巴金、魯彥等人編。當他們對俄國前後變化的稱呼難以統一時，寫信請教茅盾。茅盾回答：革命前為俄國，革命後為蘇聯。（《茅盾書信集·致趙家璧》，中國現代文學館編，百花文藝出版社 1987 年版）

艾蕪的成功，茅盾助了一臂之力；《文學》創作稿，由茅盾審定；《譯文》創刊，茅盾鼎力相助；《中國新文學大系》總體構思，茅盾灌注了心血。這些業績，都在文學史上留下了佳話。

5、窮本溯源　取精用宏——茅盾的文學翻譯

翻譯理論

　　茅盾作為新文學運動先驅者之一，數十年來不僅辛勤地從事譯介外國文學的具體實踐，而且更從世界文化交流與革新中國文學的高度就譯介外國文學的目的、原則與方法等問題，在理論上作過許多深刻的闡述，產生了深遠影響。黎舟多年從事茅盾與外國文學關係研究，在專著《茅盾與外國文學》的第一章第一節中，全面、系統地闡述了茅盾譯介外國文學的理論。

　　傳播「世界的現代思想」與尋求藝術上的借鑒。這是茅盾從事翻譯的最主要的目的。由於茅盾當時處在一個有全國影響的新文學刊物《小說月報》主編的地位上，因而籌畫對外國文學的譯介工作，更為有利。他情況熟悉，指導思想明確，能更為充分的論述。他說：「我們為人生的藝術而介紹西洋小說。」他強調道：「介紹西洋文學的目的，一半果是欲介紹他們的文學藝術來，一半也為的是欲介紹世界的現代思想——而且這應是更注意些的目的。」（見《新文學研究者的責任與努力》）

　　選材原則：「切要」、「系統」、「合乎我們社會與否」。這是茅盾提出翻譯選材的 3 個重要原則。切要：就是要考慮時間、人力上的經濟，選最要緊最切用的先譯；系統：就是指不能隨便地亂譯，而要根據西洋文學發展史，考慮作品發表的時間程序；合乎我們社會與否：即指要結合中國社會的實際情況，選擇最需要最合適的來翻譯。茅盾所提出的 3 個選材原則，是以中國社會現實的需要與讀者易於接受為核心的。

　　譯介外國文學的步驟與必備的修養：茅盾既主張從理論與歷史發展的角度，介紹外國文學流派，又重視體現流派、風格的外國文學名著的翻譯。翻譯外國文學，不僅必須同時精通漢語和所譯作品的語言，而且還必需具備多方面的知識修養。所以，茅盾強調在翻譯之前，「自己先得研究他們的思想史，他們的文藝史，也要研究到社會學、人生哲學，要欲曉得各大名家的身世和主義。不然，貿然翻譯出來，譯時先欲變原本的顏色，譯成後讀的人讀了一遍又要變顏色，那是最可怕的」！（《現在文學家的責任是什麼？》）

　　翻譯外國文學作品的標準和方法。關於翻譯外國文學作品所應達到的標準，茅盾強調的是保留原作的「神韻」，「文學作品最重要的藝術特色就是該作品的神韻」，「灰色的文學我們不能把他譯成紅色；神秘而帶頹喪氣的文學我們不能把他譯成光明而矯健的文學。」（《新文學研究者的責任與努力》）與

作品「神韻」相並的是「形貌」，在翻譯時兩者不易同時並存的情況下，茅盾主張保留「神韻」。在翻譯外國文學作品所採取的具體方法上，茅盾早期主張「直譯」，但這「直譯」並不是「死譯」。解放後，茅盾指出：「適當照顧原文的形式上的特殊性，同時又盡可能使譯文是純粹的中國語言——這兩者的結合是完全可能的和必要的。」（見《為發展文學翻譯事業……奮鬥》）

由此可見：茅盾的翻譯理論是全面的。

翻譯歷程

第一個歷程：從文學為人生出發譯介外國文學。在 1919 年至 1924 年間，茅盾是在為人生文學觀指導下譯介外國文學的。他主要做了 3 個方面的工作：

首先，全面、系統而又有重點地介紹歐洲文藝思潮，為反對封建舊文學，提倡新文學提供思想武器。

其次，介紹、評論近代歐洲的著名寫實主義作家，如托爾斯泰、福樓拜等等。茅盾介紹評論這些作家的創作時，闡明了文學必須表現自己民族的思想和生活。

再次，翻譯近代外國文學作品。為適應廣泛借鑒的需要，茅盾既翻譯寫實主義作品，又翻譯象徵主義作品。

第二個歷程：對社會主義現實主義作品的介紹。新文學運動第二個 10 年，茅盾用翻譯作為反對「文化圍剿」的一種重要鬥爭形式，大力介紹蘇聯的社會主義現實主義文學。他懷著深厚的革命感情，親切地將法捷耶夫的《毀滅》、綏拉菲摩維奇的《鐵流》等作品說成是「我們」的，並親自翻譯了吉洪諾夫的揭露帝國主義罪惡陰謀的小說《戰爭》。他還以十月革命後具有嶄新內容的蘇聯小說為例，說明寫實主義必將回來，這種「新寫實主義」應該成為中國新文學的建設目標。

第三個歷程：翻譯蘇聯衛國戰爭時期的文學作品。抗日戰爭時期，茅盾為適應當時政治形勢需要，著重譯介反映蘇聯衛國戰爭的文學作品，如巴甫連柯的長篇小說《復仇的火焰》、格羅斯曼的長篇小說《人民是不朽的》以及描寫當時蘇聯前線、敵後及後方生活的短篇小說。這些作品不僅深刻揭露德國法西斯的殘暴，而且還真實地表現了蘇聯人民在衛國戰爭中的巨大力量及其源泉。茅盾談到翻譯目的時說：「翻譯的用意，無非想讓讀者看看，同樣在戰爭中，人家是怎樣的。」（見茅盾回憶錄，下冊）

與此同時，茅盾還與著名外國文學翻譯家戈寶權合譯了羅斯基撰寫的傳

記小說《高爾基》。茅盾很推崇高爾基，多次評價高爾基作品。

第四個歷程：建國後介紹外國文學，作出了新貢獻。茅盾曾任《譯文》第一任主編，並參與了《世界文學》的編輯工作。茅盾在《為發展文學翻譯事業和提高翻譯品質而奮鬥》報告中強調：翻譯工作必須有組織有計劃地進行，並將它提高到藝術創造的水準。

在新時期，茅盾又連續發表了《學習魯迅翻譯介紹外國文學的精神》、《為介紹及研究外國文學進一解》等論文。1980 年，茅盾為自己的譯文選集出版寫了序言，提出如以「信達雅」為標準，「既需要譯者的創造性」，「又要完全忠實於原作的面貌」等等觀點。這是茅盾從事外國文學翻譯經驗的科學總結。

從這 4 個歷程來看，介紹外國文學，也成了他一生中持續很長的文學活動。他始終關注世界文壇發展，時時介紹、翻譯優秀作品，目的就是為了推進國內文學發展，給人們提供健康的精神食糧。他的努力是有價值的，後人不會忘記的。

李岫教授介紹：茅盾翻譯過的短篇小說達 23 個國家 40 個作家；劇本為10 個國家 12 個作家；雜記、回憶錄則涉及 8 個國家。（見《文藝報》1996 年7 月 5 日 6 版）

《世界文學》前主編高莽在《茅盾與蘇聯作家來往散記》中披露了鮮為人知的細節，用事實來表明茅公那敏銳的藝術目光。

與蘇爾科夫談海明威

1955 年 10 月，茅公在西總布胡同作協外聯部接待了以蘇爾科夫為首的蘇聯文化代表團。

1946 年，茅公訪蘇時與蘇爾科夫相識，一別就是九年。蘇爾科夫（1899～1983)是詩人，那時他脫下軍裝不久，負責大型《星火》週刊，兼任《文學報》編委。20 年代末，蘇爾科夫是拉普領導成員，這次他來華的身份是蘇聯作家協會第一書記。

茅公與蘇爾科夫如今都是各自國家作協的領導人，都屬於老一輩作家。茅公比他年長 3 歲。那天，老友相會十分熱情，談得很隨便。

記得話題轉到海明威（1899～1961）的中篇小說《老人與海》時，二人的觀點出現了差距。海明威是他們同輩的美國作家。茅公肯定海明威在這篇小說中的成就，說主人公老人的性格和心理刻畫都有深度、有功力，而且說

《世界文學》雜誌準備發表。蘇爾科夫則認為海明威的作品帶有悲觀和宿命論的色彩，對社會主義國家的青年讀者有消極影響。他似乎是從蘇美關係的角度對待美國文學的，認為《老人與海》不值得推廣。我為他們二人做翻譯。當時給我的印象，蘇爾科夫似乎尚未讀到這篇小說，所以只是泛泛講些對海明威的作品的想法，並沒有涉及《老人與海》的具體內容。

《老人與海》於 1956 年在茅公主編的《譯文》（即後來的《世界文學》）雜誌 12 月號上發表了，譯者朱海觀。讀者對小說反應甚好。在當時處處以蘇聯為榜樣的時代，刊物上能發表這樣一篇作品是要有一些突破精神的。一兩年以後，蘇聯的《外國文學》雜誌也發表了《老人與海》。可見我國像茅公這樣學識淵博、融通中外，具有獨到見解的老一輩作家，對待外國文學的評價要比蘇聯同行更有遠見，更加公道。可惜這種評價在當時常常由於政治原因而不能推廣。

翻譯作品的歷史經驗

黎舟在其專著的第一章中，將茅盾譯介外國文學的歷史經驗歸納為以下 4 個方面：

首先是研究和譯介外國文學的密切結合。一個翻譯家對外國文學的全面、深入的瞭解程度，對他的翻譯工作有著直接的影響。茅盾身兼二任，他既是一位優秀的外國文學翻譯家，又是一位具有遠見卓識的外國文學研究專家。他對外國文學的譯介是與他對外國文學的研究工作同時起步的。茅盾在《譯文學書方法的討論》一文中，就談到了翻譯與研究的並重問題：「（1）翻譯文學書的人一定要他就是研究文學的人。（2）翻譯文學書的人一定要他就是瞭解新思想的人。（3）翻譯文學書的人一定要他就是有些創作天才的人。」他在晚年仍強調說：

> 翻譯一部外國作家的作品，首先要瞭解這位作家的生平，他寫過哪些作品，有什麼特色，他的作品在他那個時代占什麼地位等等；其次要能看出這個作家的風格，然後再動手翻譯他的作品。很重要的一點是要能將他的風格翻譯出來。譬如果戈里的作品與高爾基的作品風格就不同，蕭伯納的作品與同樣是英國大作家的高爾斯華綏的作品風格也不同。（《茅盾譯文選集·序》）

其次，既重視社會功利目的，又不忽略藝術技巧的學習。茅盾譯介外國文學，首先將它服務於中國人民的革命和建設事業。因為功利性明確，所以

也就始終堅持正確的方向，爲中國人民提供了許多有益的精神食糧。同時，他對那些雖無明顯的政治傾向性，而在藝術上卻有可供借鑒之處的作品也是適當翻譯的。如他爲鄭振鐸主編的《世界文庫》所譯的一組散文就相當優美。

再次，廣泛介紹和重點借鑒。茅盾從譯介外國文學開始，在選題上就既有由中國社會改革與新文學發展需要所形成、確定的重點，同時又不局限於此，還注意到一定的廣泛性。如 20 年代初期，他一方面既著重介紹歐洲的寫實主義文學，因爲它所具有的直面社會人生的特點，最適合中國社會的需要；另一方面，他又明確主張「非寫實的文學亦應充其量輸入」，從而介紹過象徵主義、表現主義、未來主義等文學流派。茅盾在晚年還主張：從外國文學求借鑒，不應劃地爲牢，「即使反面材料，也有借鑒的作用。」（見《爲介紹及研究外國文學進一解》）這種觀點，是對長期存在的外國文學借鑒上的「極左」的觀點的一種有力的批評。

最後，在取精用宏中革新、創造。茅盾譯介外國文學，善於吸收、融化和揚棄，以實現「取精用宏」，創造具有鮮明民族特色的「劃時代的新文學」爲最終歸宿。

茅盾文藝思想的形成與發展，既深深植根於中國社會，同時又受現代西方文藝思想影響。如早期的爲人生思想，就是如此。從爲人生轉到無產階級文學觀的轉變，除了自身思想政治變化外，也與他受到蘇聯文學影響有關。

茅盾的文學創作也有借鑒外國文學的成分。他將這種學習、借鑒與繼承本民族優秀的文學傳統結合起來，並在此基礎上革新、創造，從而創作出了不朽的《子夜》等作品。

因而，許多人常稱茅盾爲「學貫中西」的大家，是言之有據的。

二、馳名中外

1、海內評述──國內的茅盾研究

《中國大百科全書·中國文學卷》中，多次收入了有關茅盾的條目，如作品典型人物形象、主編報刊名稱等等。這是對茅盾文學地位的最重要的肯定。

綜觀《中國大百科全書》中的人物條目，入選的人物字數通常只有幾百字，配發的照片也只有一幅。而有關茅盾（沈雁冰）的介紹，字數逾萬字，

配發的照片也不少。這表明茅盾在文壇上的重要地位已得到普遍公認。

國內的茅盾研究，始於 20 年代。1927 年 9 月《幻滅》發表後，以茅盾署名的作品相繼問世，並轟動了我國文壇。從此，關於茅盾作品的評論一直不斷湧現。粗分起來，茅盾研究可以劃分為 4 個階段。

第一階段研究。這個時期指大革命失敗後到「左聯」成立前。研究的對象主要是關於茅盾早期創作。當時，國內十幾種文藝期刊，如《清華週刊》、《文學週報》、《小說月報》、《海風週報》、《太陽月刊》、《創造月刊》和《新月》等，都先後發表了近 30 篇評論茅盾創作的文章。足見文壇對茅盾的反應是廣泛和強烈的。這些評論文章，大部分收入到 30 年代初出版的兩本茅盾研究論文集裡，即伏志英編的《茅盾評傳》和黃人影編的《茅盾論》。

這個階段研究的特點，是同 1928 年「革命文學」論爭緊密地聯繫在一起的。這時期的評論文章，內容集中在對《蝕》三部曲、《野薔薇》和《從牯嶺到東京》等作品的評論上。特別圍繞著以《蝕》為代表的茅盾早期創作的評論問題，評論界眾說紛紜、褒貶不一，出現了尖銳的分歧。這種分歧主要發生在革命文藝陣線內部，焦點集中在對茅盾早期創作的思想傾向性和藝術真實性的認識與評價上，同時也廣泛涉及革命文學運動中的一些重大的理論問題與實踐問題。當年，潘漢年曾代表中宣部召開了座談會，「傳達了中央對這場論爭的意見，認為主要的錯誤是教條主義和宗派主義，要求立即停止對魯迅和茅盾的批評。」（夏衍回憶）

這個時期，評論者對茅盾早期創作的藝術特色，也進行了初步的探討。大多數文章，都肯定作者精細的心理描寫，特別是稱讚他善於刻畫小資產階級時代女性的個性與心理，認為這是作者在藝術上的成功之處。

第二階段研究。這個階段包括 30～40 年代，即「左聯」時期和抗戰前後時期。這個階段是茅盾創作活動最活躍的時期，也是他在左翼文藝運動中的重要地位與巨大影響不斷加強的時期。因而，關於他的作品評論也日趨活躍與深入。這時的茅盾研究有兩個顯著的特點。

首先，左翼文藝陣營及進步文化界，對茅盾及其作品的評價，由分歧逐步趨向一致，即基本上都肯定茅盾對革命文學所做的重大貢獻。與此相反，由於懼怕茅盾作品在廣大讀者中的巨大影響，國民黨統治當局則採取查禁與限制的政策。一些御用作家與右翼文人，也竭力貶低，否定茅盾作品的意義。

對茅盾從 30 年代初至 40 年代末所發表的大多數作品，革命的進步的文

化界與廣大讀者，普遍持歡迎與肯定的態度。他們對茅盾一系列作品的評價，意見雖不盡相同，但在一些基本問題上，如對茅盾作品的思想內容與藝術成就，以及他的作品的現實意義和在現代文學史上的重要地位，都採取了積極肯定的態度。特別要指出的是，1945 年黨的「七大」閉幕十來天後，在中國共產黨駐重慶辦事處負責人周恩來、董必武、王若飛同志的領導下，重慶文化界於當年 6 月 24 日舉行了盛大的慶祝活動，祝賀茅盾 50 壽辰與創作活動 25 週年。與此同時，他們還決定，重慶《新華日報》從 1945 年 6 月 24 日起，連續編發為祝賀茅盾 50 壽辰的專刊。專刊上先後發表了由廖沫沙起草、經周恩來和王若飛修改的《中國文藝工作者的路程》、王若飛的《中國文化界的光榮，中國知識分子的光榮——祝茅盾先生 50 壽日》，以及柳亞子和葉聖陶等人的詩文。7 月 9 日，延安的《解放日報》也發表了《重慶文化界慶祝茅盾先生 50 壽辰》的長篇報導，並轉載了王若飛等人的文章。在慶祝活動期間，還首次發起了茅盾文藝獎金的徵文活動。這次慶祝活動，是對茅盾前半生的文學成就與社會活動，進行比較全面、系統的一次綜合評論。這次慶祝活動反映了黨和人民對這位卓越的無產階級文化戰士和偉大的革命作家的深厚感情與崇高的評價。

30 年代，國民黨發動「文化圍剿」時，曾把茅盾的《蝕》、《虹》、《野薔薇》、《路》、《三人行》、《子夜》、《春蠶》等大部分作品，列為禁書。在戰火紛飛的 40 年代，國民黨對《腐蝕》、《清明前後》等作品，也竭力加以貶低與限制。當《清明前後》在重慶公演並轟動了陰霾的山城時，國民黨中央廣播電臺急忙在特別節目裡，大肆宣傳劇本「內容有毒素，叫看過的人自己反省一下，不要受愚，沒有看過的不要去看。」（夏丏尊《談〈清明前後〉》）

這時期茅盾研究的第二個特點，主要集中在對《子夜》、《春蠶》、《腐蝕》和《清明前後》等名著的分析與評價上。整個茅盾研究工作，基本上還停留在單篇的、零散的、隨感式的評論階段。系統的、深入的綜合研究和資料的搜集、整理工作，可以說還沒有開始。截止解放前夕，尚無系統的茅盾研究的專著出現。

第三階段研究。這個階段是指文革前的歷史。從建國初期到反右鬥爭前，隨著茅盾作品的陸續再版，隨著高等院校中文系開設現代文學史課程與中學語文教材選入茅盾作品，茅盾的作品在新中國讀者中又廣泛流傳了，關於茅盾研究的工作也逐步活躍起來了。

　　這時期的主要特點是，茅盾研究基本上是結合大、中學校的現代文學教學，也爲適應一般讀者的鑒賞需要進行的。因此，研究工作主要以評析作品爲主。這時期全國各報刊上發表的文章，內容主要集中在對《子夜》、《春蠶》、《林家鋪子》、《白楊禮讚》和《蝕》等作品的評論上。特別是 1956 年的社會主義三大改造任務完成的前後，對《子夜》、《林家鋪子》的評論明顯地增多。1954 年由泥土社出版的吳奔星的《茅盾小說講話》，是這個時期的一部具有代表性的著作，是解放後第一部比較系統的茅盾研究專著。這時期出版的一些中國現代文學史著作，如王瑤的《中國新文學史稿》、丁易的《中國現代文學史略》、劉綬松的《中國新文學史初稿》等，都設有茅盾的章節，對茅盾的文學活動與創作成就，作了比較全面的介紹與評析。這些著作，在解放初期的茅盾研究中，有較大的影響。

　　1958 年以後到 60 年代初，隨著黨的雙百方針的貫徹和學術界對現代文學研究的重視與加強，隨著《茅盾文集》十卷本以及各種選本的出版，茅盾研究的工作出現了一個高潮。

　　這時期的特點是，不僅研究的範圍擴大了，而且綜合性、系統性的研究工作也得到了重視。有些評論者開始從史的角度來探討茅盾的思想發展與文學成就，對茅盾在中國現代文學史上的貢獻與地位作出總的評價。這時期所發表的茅盾研究論著，大致包括以下 3 方面的內容：

　　首先，綜合性或評析性的研究專著與論文。從 1958 年以後，先後出版了 4 種茅盾研究專著，即王西彥的《論〈子夜〉》，邵伯周的《茅盾的文學道路》，葉子銘的《論茅盾四十年的文學道路》和艾揚的《茅盾及其〈子夜〉等分析》。王西彥與艾揚（翟同泰）的著作，重在幫助讀者鑒賞茅盾的作品。邵伯周、葉子銘的著作，則注重於系統地論述茅盾的文學道路及各時期的主要代表作，並力圖就茅盾對我國現代文學運動的傑出貢獻及其作品的得失，作出全面的評價。此外，還有一些評論文章，就茅盾在某一時期或某一方面的成就與問題，進行系統的研究或比較的分析。

　　其次，作品評論。這時期的茅盾作品評論，仍然占相當大的比重，而且主要內容仍然集中在對《子夜》等名著和名篇的分析上。與以前相比，所不同的是，有些評論文章對茅盾小說、散文的藝術成就和藝術技巧問題，進行了比較深入、細緻的分析探討。

　　再次，關於茅盾著譯目錄與研究資料的搜集、整理工作，開始得到了重

視。有一些大學的圖書館、研究室和研究工作者，著手搜集、整理、編印了各種茅盾著譯目錄、年表、研究資料。如上海師院、中山大學、山東師院等單位，相續編印了一些茅盾著譯與研究資料目錄。這些資料都是內部出版的。

第四階段研究。這個階段指粉碎「四人幫」至今。黨的十一屆三中全會以來，茅盾研究工作又進入了一個復蘇與發展的時期，出現了新的研究熱潮。這是茅盾研究史上一個最活躍、也是成績最顯著的時期。

1981 年 3 月 27 日，茅盾逝世後出現的規模大、時間長的悼念活動，可以說是黨和人民對這位馳騁文壇 60 餘年的偉大作家所作的第二次歷史性的評價。這次悼念活動，以 4 月 11 日首都各界舉行隆重的追悼大會為中心，大會前後，全國各地的報刊持續發表了大量的悼念文章、詩詞，世界各國的友好人士也發表了悼念文章。這些文章，從各種不同的側面，回憶了茅盾一生的文學生涯與革命活動，高度評價了他多方面的成就，交口盛讚他在中國現代文化運動、特別是新文學運動中的奠基作用與傑出貢獻。尤其是中共中央關於恢復茅盾黨籍的決定和胡耀邦代表黨中央在追悼大會上所致的悼詞，是這次悼念活動期間的兩份最重要的文獻，也是半個多世紀來茅盾研究史上的兩份具有歷史意義的文獻。這兩份文獻，代表了黨和人民對茅盾一生的文學業績與革命活動，作出了歷史性的結論和評價。

這個時期的研究工作，首先是清除極「左」流毒，恢復了馬克思主義的實事求是的學風，就茅盾及其作品的評價問題，做了大量撥亂反正的工作，使茅盾研究重新走上了正軌。如針對 10 年動亂時期流行的一些極「左」的觀點，對茅盾的作品重新進行了評價；最早出現的一些評《子夜》、《林家鋪子》、《蝕》、《春蠶》、《白楊禮讚》和其它作品的文章，大都帶有重評的性質。許多學者力圖運用馬克思主義的觀點，對茅盾一系列作品的社會意義與藝術價值，重新加以肯定；對一些歪曲、否定茅盾作品的「左」的觀點與奇談怪論，也加以駁斥和澄清。同時，一些在「文革」前產生過廣泛影響的茅盾研究專著，也相繼修訂再版。一些新編與所修訂的中國現代文學史著作，也都重新設立評介茅盾及其作品的專章。一些高校也相繼開設了「茅盾研究」的選修課。

其次，加強了研究隊伍的建設。在中國作家協會關懷下，1983 年在北京成立了中國茅盾研究學會。這是我國茅盾研究工作者的群眾性的學術團體。它由中國作家協會直接領導。學會成立 10 多年來，起到了廣泛團結全國各地茅盾研究工作者，發展茅盾研究隊伍，擴大茅盾研究領域和組織茅盾研究的

學術活動，促進茅盾研究成果與資料交流的作用。如主辦了 4 次全國性的茅盾研究學術討論會和兩次國際學術討論會，一次青年茅盾研究者筆會和講習班，協助編輯出版《茅盾全集》，主辦《茅盾研究》叢刊。茅盾的故鄉，也成立了省一級的茅盾研究學會，出版了《論茅盾的創作藝術》論文集。

此外，有些高校也成立了專門的研究機構，來開展茅盾研究，並招收主攻茅盾研究的研究生。目前成立的專門機構有：東北師範大學中文系的茅盾研究室、浙江湖州師範專科學校中文系的茅盾研究室。

再次，在過去已取得成績的基礎上，這時期的茅盾研究在廣度與深度上都取得了可喜的成績。幾十部茅盾研究專著的問世，足以顯示出這個時期茅盾研究的實績。

2、海外評述──走向世界的茅盾

茅盾作品流傳海外的歷史與渠道以及國外茅盾研究的兩個特點，是我們介紹的重點。

茅盾的偉名隨著中國現代文學在世界現代文學中地位的提高，則越來越為世人所矚目。茅盾的作品在海外流傳也越來越廣泛。從時間上看，他的作品流傳海外已有 60 年的歷史；從空間上看，由於流傳渠道的多種多樣，他的作品已遍及全球。從被譯成的 20 多個國家文字的作品來看，其中影響最大的是長篇小說《子夜》和短篇小說《春蠶》。

作家是靠作品走向世界的。從目前來看，最早流傳海外的作品是長篇小說《虹》。1931 年 6 月 15 日出版的《文藝新聞》根據《紐約時報》消息寫道：《虹》出版後美國某大書局即把它列入東亞文學叢書。從 1936 年起，日本源源不斷地翻譯了茅盾眾多的作品。如出版了小田嶽夫譯的《動搖》、《追求》、《秋收》和《大澤鄉》，武田泰淳譯的長篇《虹》，曹欽源譯的《春蠶》，小川環樹譯的《脫險雜記》，尾板德司譯的《子夜》。從 1934 年起，《春蠶》和《子夜》部分章節已在蘇聯發表。不久，蘇聯國家文學出版社出版《子夜》全書。早在 50 年代末，有人統計過，蘇聯共用 10 種文字翻譯茅盾作品，共印 20 次。1938 年，德國出版了長篇小說《子夜》，後來《虹》和《春蠶》等作品也出現了。1936 年，美國人斯諾於倫敦出版了《活的中國》一書，內收茅盾的短篇《自殺》和《泥濘》。二次大戰後，名作家葉君健在劍橋學習和工作時，翻譯茅盾農村三部曲《春蠶》、《秋收》、《殘冬》，在倫敦出版。從

50 年代初期開始，茅盾作品在海外流傳就更加廣泛了。捷克斯洛伐克出版了《子夜》、《茅盾選集》、《腐蝕》和《〈林家鋪子〉及其他短篇小說》。法國譯了長篇《虹》、《子夜》和短篇《春蠶》等作品。羅馬尼亞譯了《林家鋪子》。蒙古譯了《子夜》。印尼譯了《子夜》和《春蠶》。紐西蘭、荷蘭、瑞典、冰島等國都譯了茅盾的作品。拉丁美洲各國的書店裡，在 60 年代初期就有人看到出售茅盾的作品。1974 年在美國出版的伊羅生譯的《草鞋腳》，內收茅盾的《春蠶》、《大澤鄉》。韓國從 1986 年起，陸續翻譯了《子夜》、《腐蝕》、《春蠶》等作品。

　　隨著茅盾影響的不斷擴大，大陸外的華人也出版了不少茅盾的作品。早在 30 年代，當《子夜》在國內遭禁之時，設在巴黎的救國出版社就翻印了《子夜》。後來，翻印的作品越來越多。據葉子銘撰文介紹，他在美國著名的高等學府哈佛大學圖書館裡，看到許多茅盾作品的翻版本。這些翻版本在馬里蘭大學和密西根大學都同樣收藏著。可見茅盾作品流傳已相當廣泛。

　　茅盾作品流傳海外的渠道主要有兩條。自然，在這每一條流通渠道裡，形式又是多種多樣的。所謂的兩條渠道便是外文版和中文版。

　　就外文版的茅盾作品來說，第一種形式是各個國家的學者翻譯作品。這種形式最為重要，對茅盾及作品走向世界起了巨大的推動作用。如《子夜》、《蝕》、《春蠶》等等名著都先後在許多國家得到廣為流傳。同時，這些譯者的名字也逐漸為中國人民所熟悉。如捷克斯洛伐克的普實克和日本的小田嶽夫等等人。第二種形式是建國後外文出版社用英文、法文和印地文翻譯並出版茅盾作品。如《子夜》被翻譯成英文、法文和印地文，《春蠶》集被翻譯成英文、法文、西班牙文。第三種形式是中國學者翻譯在外出版。如《春蠶》、《秋收》、《殘冬》被葉君健翻譯後在倫敦出版。最後，值得一提的是茅盾短篇小說《水藻行》。這是茅盾作品中唯一一部首先在國外發表的。1936 年，日本的山本實彥先生打算在《改造》雜誌上介紹一些中國現代文學作品，請魯迅幫他選一些好作品。同時，山本實彥先生還特地提出要有茅盾的一篇作品。魯迅把這件事告訴茅盾，並且表示願意將茅盾的作品親自譯成日文。後來，由於病重，不能堅持翻譯，魯迅便將茅盾的稿子寄往日本山上正義處，請他代譯為日文。山上正義曾譯過《阿Ｑ正傳》，魯迅瞭解他。1937 年山上正義譯的稿子在《改造》上發表。這稿子就是短篇小說《水藻行》。

　　就中文版的茅盾作品來說，大陸上流傳到海外的亦有一些，如美國的一

些大學就藏有《子夜》和《虹》等等作品，但流傳的數量不會很多。在世界上流傳數量很多的茅盾作品，基本上都是在大陸以外的地區印刷的。

我們先談翻版書。在 30 年代，《子夜》遭難之際，有人送給了茅盾一套分上下冊的道林紙精印的《子夜》，版式和開明版一樣，只是正文前加了一篇《翻印版序言》。送書的人還告訴茅盾，翻版此書的是「救國出版社」，是在巴黎的一批進步華僑辦的。這種保全書的全貌翻版，是功德無量的。另有一種翻版，將作品掐頭去尾，添換上一種新的翻譯名稱來吸引讀者。如收藏在美國哈佛大學聞名於世的燕京圖書館裡的茅盾作品，經葉子銘先生查證，就有 5 種書是盜版。如由香港九龍南華書店出版的《少女的心》，共收《少女的心》、《色盲》、《曇》3 個短篇。首篇《少女的心》就是茅盾的短篇《一個女性》，篇名是盜版者擅自改動的。這種缺德做法，目的很明顯，藉此來招徠讀者。除了香港翻印茅盾作品外，臺灣也翻印過茅盾的作品。如臺北啓明書局在 60 年代曾印過《神話研究》。

近年來，香港也出版了一些茅盾的作品。如《脫險雜記》由香港時代圖書有限公司出版。長篇小說《鍛煉》也由香港時代圖書有限公司出版。此外，早在 40 年代，茅盾的散文集《如是我見我聞》也是在香港出版的。

國外的茅盾研究有兩個顯著的特點。其一，半個世紀來，國外研究茅盾的學者和著作大大增加了。目前的茅盾研究已進入了第二代或第三代。捷克的普實克是歐洲最早研究茅盾的漢學家，他的學生高力克曾到我國學習，回國後發表若干篇研究茅盾的文章和專著，已成爲新一代茅盾研究專家。費德林是蘇聯老一代的漢學家，研究過茅盾。當茅盾於 40 年代訪問蘇聯的時候，索羅金還是一個大學生，曾聆聽到茅盾的講演，而後，他以《茅盾的創作道路》一書擠入了蘇聯漢學家的行列。日本的松井博光是一位中年學者，比起增田涉晚一輩。他曾多次訪問我國，是茅盾生前會見的最後一位外國友人。他的《黎明的文學——中國現實主義作家茅盾》是日本第一本系統研究茅盾生平著作的專著。這種學術研究的繼承性說明，茅盾的著作早已跨越民族和時代的界限，成爲各國人民共同的財富。

其二，對茅盾的研究，遍及歐、美、亞各洲，研究趨向日益深入、日益準確。歐洲以蘇聯研究人員爲多，亞洲以日本的研究力量最爲雄厚和活躍。試以日本茅盾研究會爲例。1984 年 3 月 27 日，茅盾逝世 3 週年那一天，日本茅盾研究會成立於大阪。這是繼中國茅盾研究學會之後在國外成立的第一個

專門研究茅盾生平、思想、著作及其影響的學術組織。該會代表（會長）是
太田進教授，事務局設在大阪外國語大學中國語學科是永駿研究室，現有會
員30多人，其中有不少人是日本的中國現代文學研究專家和著名學者。如松
井博光，丸山昇、相浦杲、清水茂等。日本茅盾研究會定期出版會報，會報
由我國著名茅盾研究專家、東北師大中文系孫中田教授題寫報頭。研究會每
月開一次會，一方面分析日本學者研究茅盾的成果，一方面會員報告個人的
研究成果，互相討論。日本茅盾研究會成立幾年來，以其活動的卓有成效及
研究成果的不斷問世引起我國和其他國家學術界的重視。

　　韓國近年來，對茅盾作品發生了濃厚的興趣。從1986年以來，陸續翻譯
了《子夜》、《腐蝕》、《林家鋪子》、《委屈》、《春蠶》和《夜讀偶記》等作品。
由於這個時期韓國青年學生運動進入高潮，對社會分析批判的風氣甚爲盛
行，所以對茅盾作品也表示關心，無論是青年讀者還是學者。這時出現了十
幾篇研究茅盾的論文，出現了茅盾研究的高潮。目前，韓國的茅盾研究進入
安定發展期，已出現碩士論文4篇，博士論文3篇。（見朴宰雨《韓國的茅盾
作品譯介與研究概觀》，紀念茅盾誕辰百週年國際學術會議交流論文）

　　其中東國大學的金榮哲成果顯著，成果目錄如下：

（1）《茅盾的初期小說研究》（高麗大碩士論文，1982）

（2）《論茅盾的文藝理論和作品世界》(《現代中國文學》創刊號，現代
　　　中國文學研究會，1987)

（3）《茅盾的〈子夜〉研究》（東國大學校，慶州 Campus 論文集，1988）

（4）《茅盾作品的「時代性」小考，以〈第一階段的故事〉爲中心》（中
　　　國現代文學學會，1988）

（5）《茅盾的長篇小說的「時代意識」研究》（博士論文，高麗大研究所，
　　　1991）

（6）《茅盾小說的結構及現實的內容》（《中國語文論叢》6，中國語文學
　　　會，1993）

（7）《茅盾小說及其「時代性」》（《中國語文學》22，嶺南中國語文學會，
　　　1994）

（8）《茅盾的生平研究》（《中國語文論叢》7，中國語文學會，1994）

（9）《茅盾的人物描寫論及其實例》，(《中國語文論叢》10，中國語文學
　　　會，1996）

　　法國除了譯成《子夜》、《春蠶》、《鍛煉》、《虹》、《三人行》、《路》、《蝕》外，尚待付印的還有《子夜》（重譯）、《霜葉紅似二月花》。據《法國博士論文綱目》訊息，有 3 人在從事「茅盾學」研究。（白月桂《法國有關茅盾的研究》，紀念茅盾誕辰百週年國際學術討論會交流材料）

　　茅盾現在是位享有世界聲譽的偉大的中國作家，在世界上重要的百科全書中，如《法國大拉魯斯百科全書》、《英國百科全書》、《蘇聯大百科全書》、《大日本百科事典》、《東方文學大辭典》、《美國 20 世紀文學百科全書》，都寫有關於茅盾的條目，肯定了他在世界文學上的地位。正因為這樣，所以茅盾不僅是屬於中國人民的，同時也是屬於全世界的。茅盾成果是不朽的豐碑，永遠值得人們敬仰。

　　曾經有消息說，茅盾和巴金要合得一次諾貝爾文學獎。不知為何原因，便沒有下文了。金韻琴在《茅盾談話錄》中提到了此事：

　　　　我想起在上海時聽說他和巴金要合得這屆諾貝爾文學獎的事，就順便問問他：

　　　　「雁姐夫，聽說你和巴金都要獲得諾貝爾文學獎，有這件事嗎？」

　　　　「哦！那是在『大參考』上，有過這條消息。我再也不知道別的。『大參考』嘛，是給你參考參考的，不能當真。再說，東方人獲得諾貝爾文學獎的很少，連高爾基和魯迅也沒有得到過，我更談不上了……」

　　　　「聽說魯迅是自己不願意要。真有這件事嗎？」

　　　　「真有這件事……」

　　　　雁姐夫最後說：「但是由於政治利益和立場的不同，特別是文學獎與和平獎的頒發，是不公正的。」

　　　　這使我明白了為什麼一些亞非拉第三世界的國家很少有人得到諾貝爾文學獎的原因。

　　筆者認為，儘管茅盾沒得到過諾貝爾文學獎，但他的文學業績和影響已遠遠超過了不少諾貝爾文學獎的得主。中國文學走向世界舉履艱難，但相比之下，茅盾作品早已廣為流傳於海外，足夠輝煌了！

第三輯　高風亮節

一、特殊園丁

1、翰墨緣——誨人不倦的序

　　在茅盾的文學活動中，有一個值得注意的現象：爲了推薦新人的作品、擴人作家的影響，他給許多作家的作品寫序。據不完全統計，茅盾一生共給32 部作品寫序，工作量是驚人的。這些作品是：鄭振鐸譯的《灰色馬》、華漢著的《地泉》、馬子華著的《路線》、孔另境著的《斧聲集》、宋雲彬著的《玄武門之變》、李南桌著的《李南桌文藝論文集》、張煌著的《種子》、穗青著的《脫韁的馬》、郁茹著的《遙遠的愛》、王維鎬著的《沒有結局的故事》、韓罕明著的《小城風月》、嚴文井著的《一個人的煩惱》、甘永柏著的《暗流》、丁聰作的《〈阿Q正傳〉插圖》（畫冊）、趙樹理著的《李家莊的變遷》、司徒宗著的《血債》、蕭紅著的《呼蘭河傳》、杜埃著的《在呂宋平原》、董均倫著的《血染灘河》、曾克著的《挺進大別山》、谷峪著的《汗衫》、白刃著的《戰鬥到明天》、中國人民保衛世界和平反對美國侵略委員會宣傳部編的《中國和平之音》、文化部對外文化聯絡事務局編譯的《解放 5 年來朝鮮文教事業的發展》、茹志鵑等著的《百合花》、張聞天著的《張聞天早期文學作品選》、多所大學編的《中國當代文學研究資料》、柳亞子著的《柳亞子詩選》、茹志鵑著的《草原上的小路》、重新出版的《小說月報》、瑪拉沁夫再版的《花的草原》和敖德斯爾著的《遙遠的戈壁》。

直言不諱的序

茅盾爲華漢（陽翰笙）的小說《地泉》作序，在文壇上留下了佳話。1932年，陽翰笙懇請茅盾爲他的《地泉》再版本寫一篇序。茅盾對 1928 至 1930年盛行的「革命文學」是持批評態度的，故告訴他，要寫序，就要批評《地泉》，因爲《地泉》也是用「革命文學」的公式寫的。華漢也頗有肚量，仍然堅持請茅盾寫。所以，茅盾寫了《〈地泉〉讀後感》。茅盾在序中開門見山地說：「本書的作者問我對於這本書有什麼意見，我的回答是：這正和我看了蔣光慈作品後的所有的感想相仿。」接著，他花了近一半的篇幅來分析、批評蔣光慈的作品，指出蔣光慈在作品中是「臉譜主義」地去描寫人物，「方程式」地去布置故事，用「標語口號」式的言詞去表達感情，這種「革命文學」不可能有深切感人的力量。《地泉》亦有這種傾向。茅盾認爲《地泉》的失敗方面「就其成爲當時文壇的傾向一例而言，不但對於本書作者是一個可寶貴的教訓，對於文壇全體的進向，也是一個教訓。」對茅盾這篇直言不諱的序，華漢居然一字不動地編進了《地泉》新版內。作者這種接受不同意見的雅量，亦使茅盾非常欽佩。茅盾在晚年談到此事說：「我這篇直言不諱的評論，陽翰笙一字不動地編進了《地泉》新版內。這種接受不同意見的雅量是令人欽佩的。這種雅量，新進作家們應奉爲榜樣。」（見茅盾回憶錄，中冊）

陽翰笙在悼念茅盾的文章中談到，他當時是「左聯」的黨團書記。茅盾經常與他一起商量工作，「因而，當我們和他談工作或問題的時候，他都是鄭重其事地聽，嚴肅認眞地想。對，他就接受；不對，他出於對左翼文藝事業的責任感，就提出意見，決不苟同。」（陽翰笙《時過子夜燈猶明》）可見茅盾敢於打破情面觀念，實屬不易。

提攜新人的序

出版難，以前也如此。老闆往往先看作者名字，再看內容。因而陌生的名字想要出單行本，機會甚微。爲了打破這個陋習，茅盾萌發了編一套專門發表無名作家作品叢書念頭。在以群等人創辦的自強出版社的支持下，茅盾主編出版無名作家叢書，以提攜新人。叢書命名爲《新綠叢書》。爲擴大影響和打開銷路，茅盾給每一本書寫一篇序。《新綠叢書》第 1 輯作品是穗青的《脫韁的馬》。小說原名爲《一匹脫了韁繩的馬》，是寫抗戰初期爲抗戰洪流所覺醒的叢山角落裡的一個青年農民，怎樣堅決地走上了抗戰的道路。茅盾讀了原稿，驚奇地發現這是一部少見的佳作。茅盾寫了序，以群和姚雪垠也寫了

很長的讀後感，予以推薦。

　　《新綠叢書》第 2 輯發表的是郁茹的《遙遠的愛》。茅盾最初接到該稿子，當天從重慶市區回唐家沱，在船上就把小說瀏覽了一遍。他發現這是小說的後半部，寫一個青年女子終於掙脫了小家庭愛情的圈子而投入大時代的洪流裡。作品具有女性作家所擅長的抒情氣氛，具有細膩的心理描寫和俊逸的格調。茅盾很高興，後見到以群，建議他把這後半部先在刊物上發表；等小說前半部寫出來，把它定為《新綠叢書》第 2 輯。郁茹的回憶敘述了茅盾對她的關懷：「誰知才過了兩天，以群同志就來找我了，他說沈先生看了我的稿子非常高興，要他立刻在《文藝陣地》上發表，還叫他轉囑我一定要把前半部趕寫出來，送給他老人家看。那幾天我根本沒睡過覺，簡直像個上足了汽的火車頭那樣去趕寫小說的前半部，我交出這部份稿子後⋯⋯可是一點也不相信我的小說真會發表，誰知不久就看到校樣。更使我萬分欣喜的是，沈先生親自為我取了郁茹這個筆名，又替我給小說定名為《遙遠的愛》。以群同志還告訴我小說的全部準備出單行本，沈先生正在親自為這本書寫序言。《遙遠的愛》出版時，我已經因在重慶無法呆下去而到了西北。我收到書後只是一遍又一遍地讀著沈先生的序言，細細尋思他對這個稿子所作的評論」。（郁茹《悼念我的第一位老師——茅盾》）

　　《新綠叢書》一共出了 3 輯。第 3 輯是《沒有結局的故事》。輯入兩個中篇：王維鎬的《沒有結局的故事》和韓罕明的《小城風月》。茅盾都給作品寫了序。後來，《新綠叢書》就流產了。

　　甘永柏（甘祠森）是政治活動家、經濟學教授。他在 1943 年以民族工業遭遇為題材創作的長篇小說《暗流》（1946 年上海文光書店出版），茅盾曾為之作序，認為這部小說是國民黨統治「窒息下的呻吟」，「呻吟和浪漫蒂克的交錯，使這本小說有一種光彩、一種情趣、一種美。」儘管他倆彼此相當熟悉，一同並肩戰鬥，但茅盾並不知道甘祠森就是甘永柏。解放後不久，茅盾通過文聯寫信給甘永柏，親自邀他加入中國作家協會。可見，茅盾一直沒有忘記甘永柏這個作者，期望他在新的時期創作出佳作。對於這段神交，甘永柏是非常感動，在日記中有記載。他也寫了悼念茅盾的草稿，可惜沒有卒章。（文山《茅盾與甘永柏》，《茅盾研究》第 2 輯）

帶來麻煩的序

　　1951 年初的一天，一位部隊青年作者白刃來拜訪茅盾。他將長篇小說《戰

鬥到明天》的校樣遞給茅盾，請求為這部作品作序；並且希望能早點寫好，這部書已經領導審閱，本月出版。茅盾讀了部隊青年作家白刃的長篇小說《戰鬥到明天》後，寫道：「讀了《戰鬥到明天》，我很受感動。這部小說對於知識分子，是有一定的教育意義的……自『五四』以來，以知識分子作主角的文藝作品，為數最多，可是，像這部小說那樣描寫抗日戰爭時期敵後游擊戰爭環境中的知識分子，卻實在很少；我覺得這樣一種題材，實在也是我們的整個知識分子改造的歷史中頗為重要的一頁，因而是值得歡迎的。」

不久，這部小說出版了，然而卻遭到了極其粗暴的批評和有組織的圍攻。說它歪曲了這個，醜化了那個，是株大毒草，要把它連根除掉。因而茅盾也受到了牽連。

1952 年 3 月上旬，《人民日報》編輯部轉給茅盾 3 封讀者來信，指名批評他為白刃小說作的序。黨中央機關報轉來的讀者批評，可得認真接受，於是茅盾提筆給編輯部覆信。誰料到，3 月 13 日出版的《人民日報》，在其第二版上，竟以《茅盾關於為〈戰鬥到明天〉一書作序的檢討》為題，發表了茅盾的覆信——《檢討書》。這可是茅盾一生中第一次遇到的啊。茅盾的「檢討」是頗有特色的，在籠統的陳述後，他寫道：「文藝工作者的思想改造過程是長期的、艱苦的，要勇於接受教訓、勇於改正；我接受這次教訓，也希望白刃同志在接受了這次教訓後，能以很大的勇氣將這本書來一個徹底的改寫。因為，這本書的主題（知識分子改造的過程）是有意義的，值得寫的。」上面的話表明，他將「接受這次教訓」，將有效地給青年作家以幫助。他對白刃的希望，的確使白刃受到鼓舞，振作起改寫的勇氣。1958 年，《戰鬥到明天》的修改本問世，10 年浩劫中又遭到批判。1982 年出版第 3 版時，作者特地在《前言》中寫了一段話：

> 十分抱歉！當《戰鬥到明天》第一次遭到圍攻之時，茅盾同志
> 也受了連累（這件事至今想來，心中仍感不安），但是茅盾同志仍以
> 長者風範鼓勵後進的精神，在報上公開指出這個題材有教育意義，
> 要我鼓起百倍勇氣把小說改好。

從這裡，我們亦可推想到茅盾的覆信，也許表面上是「檢討」自己，實質上是在保護作者。事實證明已達到了這樣的效果。這真是茅盾毫無自私自利的精神體現。

我們知道，給一本書寫序，得讀畢全書，或者最少也得讀完它的基本部

分，這跟寫其他短文比較起來，常常得花上更多的精力。可見，這 32 篇的序言，得耗費茅盾多少心血啊！園丁之情，躍如紙上。可歷史發展到「文革」前夕，他竟碰到更大的麻煩：「最近在一次文藝界小範圍的內部會議上，中宣部長陸定一點名批評了茅公，稱茅公是資產階級文藝路線的代表人物……作協整理了一份批判爸爸的材料，其中把爸爸解放後所寫的獎掖提攜青年作家的大量評論文章，說成是與黨爭奪文學青年……」（韋韜、陳小曼《茅盾的晚年生活》）

2、給沒有祖國的孩子厚愛——茅盾與東北作家群

關注東北作家群

「東北作家群」由於失去家園，帶頭吶喊，一直引起人們的研究興趣。「東北作家群」指的是「九・一八」事變後，從日本帝國主義佔領下的東北流亡到關內的一批文藝青年，主要是蕭軍、蕭紅、端木蕻良、羅烽、舒群、白朗等作家。這些作家，仇恨日僞，眷戀鄉親，渴望著早日光復國土，創作了不少反映東北人民鬥爭生活的作品。這些作家幾乎都是在上海出了名的。「所以說，在 30 年代的上海文壇很出了一批有才華的東北青年作家」。（茅盾語）

大家都知道魯迅熱情扶助了東北作家群，如他對蕭軍的成名作《八月的鄉村》書稿作了校改，寫了序言，將本書列為「奴隸社」出版的《奴隸叢書》之二出版；又爲蕭紅的成名作《生死場》作了序。如同魯迅一樣，茅盾也是盡力相助東北作家群，爲東北作家群的成長作出了巨大的貢獻。

東北作家群在小說領域有突出的成就，這就引起了茅盾的關注；反過來，茅盾的關注又使東北作家群的創作特色更有成效。當「九・一八」事變後的第二年，這個群體還沒有作爲一種特有的文學現象出現於文壇的時候，李輝英就以他的短篇《最後一課》邁入「左聯」《北斗》作者的行列，成爲第一個以反映抗日爲主題的東北作家，隨之他又以 10 萬字的長篇《百寶山》，最早揭露和控訴了日本法西斯在東北的血腥罪行，開始引起人們的注意。茅盾曾對其多部作品給予了肯定。茅盾說：「作者李輝英，不是一個陌生的名字。他是東北人，『九・一八』前後在上海，開始了寫作。蘆溝橋事變時，他在北平，（？）最近 10 個月內，他是出入於戰地的許多青年作家內的一個。徐州突圍後，他到武漢住過一些時候，現在又到前線工作去了。

《北運河上》是他戰地服務經驗之一部。

從一方面看來，《北運河上》雖然保存了作者一向的明快的風格，但仍覺不很簡練，並且觀察也不怎樣深入；可是從這部作品所觸到的（而且也是作者所意識地提出的）問題看來，它應當受到較高的評價與廣泛的注意。」（見茅盾書評《北運河上》）

茅盾除了重點關注李輝英、端木蕻良和駱賓基外，還同其他東北作家有聯繫：對蕭紅、白朗、羅烽等人作品都評過。如蕭紅逝世 4 週年紀念會，茅盾親自參加，並被推為會議主席。這個紀念會是由在重慶的東北文化協會舉辦的。茅盾還親手為蕭紅的《呼蘭河傳》作序。這是一篇別致、優美的序言，它熔敘事、議論、抒情於一爐。就體裁論，可介於散文與論文之間。整篇文章，不洋洋灑灑，也非咄咄逼人，而是親切、委婉、倜儻、自如，讀來情深意切，催人淚下。

受茅盾激賞的端木蕻良

端木蕻良原名曹京平。1928 年，他在南開上學時投入新文化運動。1932年在北平加入「左聯」。1933 年開始寫長篇小說《科爾沁旗草原》。這是一部揭露地主階級欺壓剝削農牧民的罪惡、讚揚「九‧一八」時期東北人民抗日激情和義勇軍愛國行為的長篇小說。茅盾與他接觸也正是這個時候。

茅盾負責《文學》來稿審定任務，經茅盾之手，端木蕻良在《文學》月刊上先後發表了短篇小說《雪夜》和《鷺鷥湖的憂鬱》。後者受到茅盾激賞。小說從一個守夜人的眼裡看出東北農村的陰淒景象，染滿「憂鬱」的色彩。良友圖書出版公司 1936 年 12 月出版的《二十人所選短篇佳作集》，茅盾選了6 個短篇，其中就有端木蕻良的短篇小說代表作《遙遠的風沙》。作品寫的是一群鬍子同敵偽拚搏的故事。全文 10000 字，一氣呵成，使讀者始終在這勾人的蒼涼雄渾的美感中低徊詠歎……因此比沈從文和老舍的小說更生動，更具魄力。作者在形象化的描寫上具有鬼才和強烈的獨特風格。

茅盾在回憶錄中追憶道，端木蕻良引起他的注意，是因為讀到了他投給《文學》的稿子。稿子很不錯，署名為「蕻良女士」，故茅盾以為又出現了一位有才華的女作家。後來見了面，才知道是位男士。端木蕻良取出一部長篇小說的手稿──《科爾沁旗草原》給茅盾，請予審閱，並說這是處女作，取材於自己的家世，是在清華大學時寫的。茅盾閱後覺得「寫得很有氣魄，而且文筆流暢，在當時的長篇小說中實屬難得」。「我覺得他的長篇小說比短篇

小說寫得好。我把這部長篇小說推薦給開明書店」。

開明書店接受出版《科爾沁旗草原》，並安排在華美印刷所排版，不料，日本人的大炮擊中了華美印刷所，小說無法出版了。端木蕻良回憶道：

> 我再次到茅盾先生家裡時，先生高興地取出了一個布包兒來，他很快把布包兒打開，從中取出兩部稿子來，一部是先生的，另一部就是《科爾沁旗草原》。
>
> 茅盾先生告訴我說，這是徐調孚先生得知華美印刷所起火，便親自跑到火場中，把這兩部稿子搶救出來。徐調孚先生說，無論如何也不能讓這兩部稿子燒掉。
>
> 我心頭不覺一熱。因為我和徐調孚先生並不相識，我相信他也沒有看過這部原稿。他只是從茅盾先生口中知道有這麼一部稿子，徐調孚先生出於對一個青年作者的愛護，才這樣做的。
>
> 茅盾先生把稿子交給我說，「你好好保存吧！等有機會了再付排。」
>
> 我說：「仍然放在先生這裡吧，只要有機會，就讓它和讀者見面吧！」
>
> 茅盾先生欣然收下了。而開明書店夏丏尊先生和葉聖陶先生，竟然答應重排、重印。（端木蕻良《文學巨星隕落了》）

《科爾沁旗草原》1939 年 5 月由開明出版，爾後，40 年代，50 年代，乃至 80 年代，該作品均重版過。這是一部描寫「九・一八」前後十年間東北農村生活的作品。它描寫了封建地主的沒落和農民的鬥爭，塑造了一個理想的農民反抗者的代表人物大山。同時，小說還著重地把筆墨用在地主知識分子丁寧身上。

國內學術界對這部小說評價並不高，倒是香港的學者同茅盾一樣，給它予以高度的評價。司馬長風在《中國新文學史》中列出了專題來介紹小說：

> 《科爾沁旗草原》是很不容易讀的小說。缺點很多，很嚴重。但是某些方面的成就，又耀古驚天、舉世無雙……（1）作者顯然深受托爾斯泰等俄國作家的影響，所寫的人性，頗有彈性和深度，尤其是丁寧，多重的矛盾，聚集於他身上……（2）小說的題材和作者的筆法，都表現了鮮明的對襯美……（3）本書的另一異彩，是雄渾的氣魄。《科爾沁旗草原》寫的不是一個或幾個角色的遭遇和哀歡，

而是那塊茫茫無際的大草原、各層各色的人物，新文化與舊意識的衝擊和漩流，日軍侵略的風暴的大時代，以及農民革命的暗流。在讀這部小說時，不時感到作者的野心太大了，可是他居然把這許多龐大目標變成大畫卷，大交響樂，一氣描繪出來，演奏出來，不能不使人驚嘆作者超絕的筆力。

受茅盾多次關懷的駱賓基

駱賓基是東北作家群中年齡小和成名晚者。中篇小說《邊陲線上》，是他在圖門江參加義勇軍的抗日游擊生活的實錄。《邊陲線上》成稿後，他通過《文學》編輯部，把稿子寄給了茅盾。茅盾覺得這小說題材很有意義，把東北這一特定環境的氛圍寫得相當誘人。缺點是作者運用文字的能力比較差，錯別字亦不少。茅盾寫信給駱賓基，邀請他到《文學》編輯部來談話，除了想告訴他說明推薦作品外，還想瞭解一下東北的情形。見面後，茅盾問了不少有關東北的情況和駱賓基本人的狀況。他得知駱賓基現寄居在一個朋友的親戚家裡，每天靠吃大餅油條過日子。當《邊陲線上》爲天馬書店接受後，茅盾要書店預支部分稿費給駱賓基，以救他燃眉之急。「八‧一三」戰火後，駱賓基投筆從戎，去當了救火隊員（日機濫炸閘北，引起大火，原有消防力量不足，故組織專業救火隊）、運輸隊員，後被編入後備隊開赴前線打了兩天仗，見到了滿戰壕的死屍。上海守軍撤退後，他又沒事做了，生活又陷入貧困。茅盾便把他介紹給吳覺農。因爲吳覺農在浙江辦了一個農場。同時，他給駱賓基一些盤纏，讓他前往浙江。後來，駱賓基在那裡參加了新四軍。

《邊陲線上》得到茅盾的指教：作者和茅盾商討過思想和技巧上的幾個問題，還接受茅盾的意見改寫了其中的一二章。沒來得及出版的《邊陲線上》，幾乎毀於戰火，幸而王任叔把它搶救出來，仍舊交給茅盾。茅盾又把它推薦給了文化生活出版社。

在茅盾編輯、巴金發行的《烽火》週刊上，駱賓基以在上海參加抗日救亡生活爲基礎，接連發表了短篇作品《救護車裡的血》、《我有右胳膊就行》、《在夜的交通線上》、《難民船》、《拿槍去》、《大上海的一日》、《一星期零一天》等 7 篇。茅盾不僅編發了這 7 部作品，而且當這 7 部作品列入了文化出版社《烽火小叢書》第 5 種出版時，他還寫了《〈大上海的一日〉》，發表在《文藝陣地》上，推薦駱賓基作品。茅盾在文中回憶了他當時發稿的情景：

當《救護車裡的血》這一篇到了我手裡時，我知道他是在怎樣

的環境下寫成的：終日奔波乃至夜間也要出發幾次，嗅的是血腥和
火藥氣，看的是斷肢破腹的屍體，只要有幾分鐘的時間，抓到了任
何紙筆，他就寫；──他是用他的心血來寫，為控告敵人的殘暴而
寫。

駱賓基參加了新四軍後，給茅盾主編的《文藝陣地》寄來了連續登載的
長篇稿件。茅盾給這些稿件起了一個總題目為《東戰場別動隊》。《東戰場別
動隊》經茅盾之手，共發了6段。

駱賓基認為，他抗戰時期的小說代表作之一，是鮮為人知的《膠東的
「暴民」》。他寫道：「如果作為『抗戰文學』來說，《東戰場別動隊》與《罪
證》都是 1938 年的作品，還有它的稚嫩處。後一部幾乎不為人知的《膠東
的『暴民』》應該是屬於作者這一時期的代表作之一了。」這篇小說又與茅
盾有關了。這是個中篇，從 1941 年 11 月 1 日起在香港由茅盾主編的《筆談》
半月刊連載，並配以丁聰插圖。小說初名為《仇恨》，連載 3 期後，太平洋
戰爭爆發，香港淪陷，《筆談》終刊。小說未刊出部分手稿在作家的九龍寓
所裡遭到洗劫，1943 年才補完。《膠東的暴民》塑造了中國抗日軍人高占峰
的形象。

茅盾晚年對駱賓基的古金文研究很欣賞。可惜駱賓基的這一成果並不為
學術界重視，為此，劉金同志曾在《文匯報》上發表呼籲文章。金韻琴在《茅
盾談話錄》中寫道：

「今天談到了駱賓基。雁姐夫對駱賓基的大膽爭鳴，十分賞識。他說駱
賓基是文史館裡最年輕的人。解放以後，曾在農村蹲點，體驗生活，並寫了
一些小說，後來卻研究起古金文來了。他大膽得很，能獨立思考，敢於爭鳴，
不囿於郭沫若、楊榮國的金學理論，自己獨創了一套新的。」駱賓基自敘道：
「我於 1972 年從事古代典籍及古金文的考證（五帝金文與唐虞金文）和研究，
已逾 10 年⋯⋯並於 1975 年將整理的謄清稿先後都送給沈公審閱過，1976 年
並以《金文新考》第 3 輯《兵銘集》為沈公 80 歲賀儀。」

通過上面介紹，我們可以認識到，給予東北作家群關注最多、時間最久、
影響最大的便是茅盾。茅盾最關注他們的作品，自然是那些洋溢著愛國主義
內容的作品。在這方面，對駱賓基幾部作品編發、評價最為明顯。可以說，
東北作家群在文壇上產生很大的影響，是與茅盾的努力分不開的。

3、培養中國多民族的作家隊伍——茅盾與少數民族作家

培養馬子華和李喬

建國前，茅盾早已著作等身，但仍熱心助人。人們總是說，茅盾培育了幾代作家（其中包括少數民族作家）。

我國少數民族作家書面語言的功底在解放前相當薄弱，只出現了爲數很少的作家。在這少量的作家中，茅盾對他們是傾注了心血的。如滿族作家端木蕻良、白族作家馬子華、彝族作家李喬，他們的成長都離不開茅盾的幫助。端木蕻良與茅盾的關係，前面已有介紹，故略。下面介紹茅盾與馬子華、李喬的關係。

白族作家馬子華與茅盾素不相識，名字在當時的文壇上也頗爲陌生。他將自己發表的中篇小說《他的子民們》寄給了茅盾。茅盾閱後寫了一篇書評《關於鄉土文學》。在文中，茅盾先概述了作品內容，然後給作品予以高度的評價：「描寫邊遠地方的人生的作品，近來漸漸多起來了；《他的子民們》在這一方面的作品中，無疑的是一部佳作。作者似乎並不注意在描寫特殊的風土人情，可是特殊的『地方色彩』依然在這部小說裡到處流露，在悲壯的背景上加了美麗。」與此同時，茅盾還熱情去信鼓勵作者：「我以爲你這部小說寫得好的；我不知道你是不是第一次寫作，——我想來也許是的，從描寫的技術上看得出你還有點拘束，有些地方不大老練，然而你已能支配材料，並且把題材認識得很正確。我祝你繼續努力。」

後來，馬子華勤奮創作，接連寫了 10 個短篇。他將這 10 個短篇稿子又寄給了茅盾。茅盾在認眞閱讀多遍的情況下，給馬子華寫了近 1500 字的長信，逐一分析了 10 篇作品，並提出了具體的修改意見。馬子華虛心接受了茅盾的意見，並想將茅盾的這封長信作爲他小說集子的序言。茅盾謙虛地認爲不行，怕一家之言有不妥之處，引讀者到錯誤認識上去。茅盾建議道：「我給你上個條陳吧！你找紺弩和其他你所熟悉的人，要他們各人寫點意見，你把來信一併作爲『附錄』（連我那信）印在書後。這個辦法可名爲『集體』的『跋』，比只有一人的『介紹式』的『序』好多了。」後來，茅盾又在另一封信裡關心小說集的出版：「《他的子民們》恐怕生活書店亦無意出版，我覺得不如把此稿加入其他短篇，精選一遍，再找出版家。倘你贊成我再給你想辦法。」這一系列信函表明，茅盾對馬子華的創作是無微不至地關懷的。

彝族作家李喬，以《歡笑的金沙江》三部曲（第一部《醒了的土地》於

1956 年由作家出版社出版，第二部《早來的春天》於 1962 年由作家出版社出版，第三部《呼嘯的山風》於 1965 年由作家出版社出版）馳名中國當代文壇。在他早年從事文學創作之時，亦曾得到茅盾的鼎力相助。

30 年代，李喬在箇舊當礦工。他想用小說的形式來揭露老闆對工人的殘酷剝削和歌頌工人們的反抗鬥爭。於是，他學著寫了一部長篇小說《走廠》。完稿後，他冒昧地寫了一封信，寄給了遠在上海的茅盾，想請他看看這部習作。出乎李喬的意料，茅盾很快就給他——素不相識的陌生人回信：「你不怕麻煩，儘管寄來！」短短幾個字給李喬無限鼓舞。等不得修改，他就將稿子寄走了。茅盾很快又回信說，「統觀你這部作品，平順有餘，波俏不足，唯書中故事人物甚為可愛，極希望能出版，已介紹給天馬書店編為文學叢書。不知你對出版有何意見？」（見李喬《感激和悲痛》，收入《憶茅公》書中）

茅盾的鼓勵，伸出提攜的手，使李喬非常感動。因為千百年來彝族只有口頭文學，沒有書面文學。《走廠》可算是彝族第一部書面文學作品了，茅盾可算是第一個給彝族書面文學予以無私幫助的人了。遺憾的是，「八・一三」後上海淪陷，此書未能出版。負責天馬叢書編輯的巴人，在逃難時將稿子帶到南洋，交給了郁達夫。郁達夫把它藏於土中。抗戰勝利後，郁達夫遭日軍殺害。《走廠》稿子挖出已毀。但茅盾無私地給李喬以文學營養，培植的幼樹終於成材了。

培養多民族青年作家

建國後，由於黨的正確民族政策和文藝政策的貫徹落實，我國各少數民族文學創作空前發展和繁榮，湧現出一大批作家和大量有影響的優秀作品。在這支隊伍的成長過程中，茅盾自始自終都給予了巨大的關懷和熱情的幫助。經他評點作品、具體指導創作實踐並產生積極影響的少數民族作家不計其數。如果按民族劃分，我們可以看到下面的作家和作品是受到茅盾青睞的：

蒙古族作家瑪拉沁夫和他的短篇小說集《花的草原》，敖德斯爾和他的作品《遙遠的戈壁》；藏族的益希卓瑪和他的《清晨》；哈薩克族的郝斯力汗和他的《起點》；白族的楊蘇和他的《沒有織完的筒裙》；彝族的普飛和他的《婦女隊長》、《門板》；維吾爾族的柯尤慕・吐爾迪和他的《吾拉孜爺爺》，阿・吾甫爾和他的《暴風》，賈帕爾・艾邁提和他的《他錯了》；錫伯族的高風閣和他的《墊道》。

茅盾說：「在我們國家裡，發展兄弟民族的文學是很重要的一件事，而事

實上，各民族不但都有悠久的豐富的文學傳統，而且在解放後的幾年中，他們的文學潛力已有了驚人的發展。」茅盾又表示道：「我們希望以後能按照我們的工作綱要，在發展兄弟民族文學上多做些工作。」茅盾是做到言行一致的。

白族著名詩人和文學評論家曉雪認爲，從洱海邊走向革命的許多文學青年，都曾從茅盾的作品中受到過思想的啓迪；從洱海邊登上文壇的一批批文學作者，都曾從茅盾的藝術中吮吸著豐富的營養，從洱海邊白族人民中湧現出的文學新人，總一再得到茅盾的關懷。事實的確如此。如解放前，茅盾關懷過馬子華的創作。解放後，當 50 年代末白族作家楊蘇剛剛在刊物上發表幾篇小說，茅盾就及時地給予了熱情的肯定和鼓勵；稱讚《沒有織完的筒裙》是：「抒情詩的一個短篇，有強烈的地方色彩……這 3 段故意相似的風光描寫，頗似民歌的重奏，清越而步步入勝。」白族散文家那家倫主要精力從事散文創作。從 1960 年到「文革」前是他散文創作的豐收期，創作了上百篇優美的散文。1980 年出版的散文集《放歌春潮間》，收入了作者 31 篇豐收期的佳作。作者非常重視這個集子，曾寫信給茅盾，請他爲散文集封面題字。茅盾在年邁多病的情況下，仍很快地爲他在雪白的宣紙上題寫了「放歌春潮間」5 個大字。這對一個遠在邊疆的少數民族作家是多麼大的鼓舞啊！

尤其使白族文學愛好者感動的是，茅盾先後爲大理白族自治州下關市文化站主辦的文藝小報《洱海》題寫刊頭和書贈條幅。出於對邊疆少數民族地區群眾業餘文學創作的支持與關懷，茅盾在接到要求題寫刊頭的信後，很快就寫了「洱海、洱海、洱海」這樣 6 個挺拔蒼勁的毛筆字，供刊物編輯部選用做刊頭。在《洱海》出刊到第 8 期之後，茅盾又應約爲《洱海》編輯部書贈了《題白楊圖》詩一首。茅盾題贈的手幅到了洱海，人們奔相走告，爭相傳閱，還有人將它拍照複製，掛號寄給遠方的親人。白族的文藝工作者和愛好者對茅盾的熱情關懷，都感到無比的興奮和激動。茅盾逝世使白族人民「失去了一位熱情的文學導師和辛勤的文藝園丁」。(曉雪《洱海的悼念》，收入《憶茅公》中。)

茅盾把視線亦注射到祖國北部的草原。試以他的《讀書雜記》爲例。在這篇文章中，茅盾對蒙古族著名作家瑪拉沁夫、敖德斯爾的代表性小說均作了較系統、詳盡的評點。爾後，茅盾仍然關心他們的創作。

瑪拉沁夫的短篇小說集《花的草原》出版後，曾贈寄給茅盾一本。他原

本沒有想過茅盾會讀它。後來茅盾給瑪拉沁夫去信，說正在閱讀《花的草原》。當時正值 7 月酷暑。不久，茅盾將評論《花的草原》手稿寄給了瑪拉沁夫。長達萬言的手稿，一筆一劃的勁秀小楷，寫得工工整整。評論對他的短篇小說作了全面而深刻的概括，最後說：「我以爲瑪拉沁夫的作品，好處就在它們都是『從生活出發』。瑪拉沁夫富有生活的積累，同時他又富於詩人的氣質，這就成了他的作品的風格，——自在而清麗。……但是，自在而清麗者不一定雋永。瑪拉沁夫所缺少的，似乎正是這一點。也就是說，從生活出發，還須視野遠大廣博，分析深入細緻。我相信瑪拉沁夫在現有的優良基礎上，終於會給我們以更多的饜足的。」而瑪拉沁夫對此答道：「敬愛的茅公！您 20 年前對我作品過譽的勉勵，將使我今後更加躬勤地寫作，而您對我的創作所提出的無比寶貴的警示，將成爲我終生奮勉進取的目標。這是您的學生的誓言！」

作者的誓言變成了行動。短篇小說《踏過深深的積雪》和《活佛的故事》（全國獲獎小說）爲其代表，改變了「雋永不足」的缺點。這兩篇小說的共同點都著眼於全國性的社會背景，前者將人物置於十年動亂的嚴重後果這樣一個普遍的背景下，來表現人物的高尚精神情操；後者則通過一個活佛的一生的遭遇、變化，來探求一個人類發展的普遍主題：關於神的崇拜的來由及其後果，揭示了相當深刻的歷史內容。可見，瑪拉沁夫的創作有如此的成就，是與茅盾的教誨分不開的。

敖德斯爾說他初學寫作時，僅在內蒙古牧民中有點影響，全國根本無人知道。可萬萬沒有想到茅盾能抽空看他的《歡樂的除夕》，並給予了很高的評價。這對他是非常大的鼓舞。後來，他把剛出版的短篇小說集《遙遠的戈壁》寄給茅盾。沒想到，茅盾竟然很快就親筆給他回信鼓勵道：「您在您這樣年紀所作的成就，超出了上一輩人的同樣年紀所作的，這是我們祖國、也是蒙古族弟兄值得驕傲的。我以爲您此後在創作上還有一個高地必須攻下來，這個高地就是文學語言的個人風格。攻這高地，首先從作品人物的對話使其有個性開始。不同身份、不同性格的人物，他們一開口便有不同，——所謂如聞其聲。王汶石、李準的作品所以引人注目，此爲其重要因素。」（《茅盾書簡》）

《遙遠的戈壁》有一個中篇、14 個短篇。茅盾在《讀書雜記》（14）裡詳細分析了該集子中的作品，給小說以極高的評價：「說眞話，讀他的作品，感到很大的愉快和激動。每一篇（不論多麼長），總是非一口氣讀完不可的。……

如果從漢文本（有些是原稿爲蒙文而經別人翻譯的，有些原稿即爲漢文）來看這些小說的文學語言，我覺得除了人物對話而外，我都是滿意的。不僅滿意，應當說，使我欣然忘倦。」

當敖德斯爾讀到茅盾寫在一本舊英文雜誌背面上，長達萬字以上的長篇評論手稿時，深深地被感動了。他對茅盾說：「您寫那麼長的文章，全面、詳細地評論我那不成熟的作品，這不僅是對我個人的鼓勵和愛護，而且也是對我們蒙古族文學的關懷。我永遠感謝您的培育和教導，今後一定不辜負您對我個人和蒙古族文學的關懷。您親自澆水培土的花壇上，一定能開放出更多鮮豔奪目的花朵。」（敖德斯爾《關懷》）

可以毫不誇張地說，像茅盾這樣的文學大師，能傾盡全力長時間扶持多民族作家並且卓有成效，在現當代文壇上還找不出第 2 位。從民族團結角度來說，茅盾也作出了巨大貢獻。

4、永遠關懷作家——茅盾與陳沂等人的故事

熱情索稿

1981 年 3 月，著名將軍作家陳沂同志，在接到茅盾逝世電報時，正在出席上海市委會議（他當時任上海市委副書記兼宣傳部長），他出於對茅盾的敬仰，當場宣讀了電報內容。大家陷入了悲痛的深淵。當時，他無法集中自己的思路，往事一幕幕在腦中湧現。

陳沂接觸茅盾是在 1936 年的冬天。那時，他剛從國民黨監獄出來，生活困難，便向茅盾和魯迅支持的《中流》投稿，接連被採用了幾篇。陳沂的作品引起了茅盾的注意。茅盾通過《中流》編輯部轉告陳沂，希望他寄兩篇小說來。作爲文學青年，受到大作家的青睞，自然十分感動。陳沂立即整理了一篇反映國民黨別動隊在其家鄉遵義新舟鎮胡作非爲的小說《別動隊下鄉》寄給茅盾。茅盾很快將稿子轉到《文學》雜誌，並寫信通知了陳沂。陳沂看著來信，眞是高興得不得了。可是事隔不久，茅盾又來信告訴陳沂：《文學》的主編王統照認爲作品文理欠通，不打算用。茅盾並不同意王統照的意見，又把作品轉到另一個與《中流》齊名的大雜誌。茅盾以爲這個大雜誌一定會用。最後，不料稿子還是未用，理由倒不是文理欠通，而是小說寫了國民黨的別動隊。他們告訴茅盾，過些天他們可能要和國民黨在一個桌子上辦公（統一戰線），不好再登寫國民黨的事，茅盾只好把文章退還給陳沂，沒有說一句

多餘的話。

　　後來，陳沂和茅盾批評話劇《武則天》的文章，恰好都在《中流》第 9 卷第 2 期上發表。這麼一來，有人攻擊陳沂是茅盾的私塾弟子。這麼一來，反而加深了他倆的關係。「八‧一三」抗戰後，陳沂離開上海，奔赴抗日前線，還得到茅盾的鼓勵和資助。陳沂到了太行山，得知茅盾在香港主編《文藝陣地》，就託劉白羽帶了一篇寫敵後民兵打鬼子故事的小說《喬糞孩》給茅盾，向他報告自己雖然投身於戰鬥生活之中，但還是沒有放棄寫作。

　　建國後，他倆在北京相見，敘起往事時，茅盾說他曾想見見陳沂，但從陳沂的文章中，可以看出是幹什麼的，為避免引起麻煩，還是不見的好。茅盾愛護和扶持文學青年的苦心，使陳沂感到快慰。後來，當陳沂被錯誤批判時，茅盾曾託人帶口信給陳沂，要他「善自珍重」。言簡意賅，陳沂的眼睛禁不住潤濕了許久。

　　陳沂重新工作後，趕去看望茅盾。茅盾耐心聽完了陳沂的敘說後，便鼓勵道：希望你把這些年的生活經歷寫下來，一定會吸引人的。陳沂感到茅盾沒有老，「特別是他關心和愛護文學後學者的精神，一點不減當年。」（陳沂《一代文章萬代傳》）

　　陳沂感謝茅盾的厚愛，爭分奪秒地從事寫作。在繁忙的工作之餘，他竟寫出了近 200 萬字的作品。特別在這幾年，在年逾八旬的情況下，仍抓緊長篇小說《白山黑水》的創作。繼 1992 年《白山黑水》上部問世後，1995 年又完成《白山黑水》下部。1996 年 2 月《白山黑水》上下部曲上海文藝出版社出版。上部已是 3 版，出版社正在重版下部。我想，陳沂完成《白山黑水》創作，自然也有告慰茅盾的意圖。

　　陳沂忘不了茅盾的關懷，在悼文中早就體現：「黨中央收到他的信，3 月 31 日作出決定，恢復他的黨籍，黨齡從 1921 年算起。這使我們這些人，特別是在文學事業上得到他的愛護和扶持的人，感到萬分高興：茅公，尊敬的沈雁冰同志，你不僅是一個國內外馳名的偉大的現實主義的作家，而且也是一個久經鍛鍊的共產主義戰士。」

　　陳沂預言茅盾的《子夜》、《蝕》和《腐蝕》：「這些描寫偉大時代的現實主義的作品，因而一定會萬代流傳下去。」他並且用《一代文章萬代傳》作為悼文的題目，表明他是非常推崇茅盾作品價值的。

　　1996 年 7 月 4 日是茅盾誕辰 100 週年紀念日，文化部、中國文聯、中國

作協、中國茅盾研究學會，舉行了隆重的慶祝、紀念活動。陳沂寫長篇文章，緬懷茅盾同志。他多次對筆者說：現在宣傳茅公的東西太少了，很不應該，你們年輕人要多寫些有關茅公的東西。因而，他看到北京多家單位籌備紀念茅盾百年誕辰活動，非常滿意。他從上海親赴北京參加紀念活動，頌揚茅公偉績，與會代表爲之感動。

來函指教

在著名作家王西彥的腦海裡，有一個永存的記憶：1936 年，他在上海的刊物上發表了幾個短篇小說，有《文學》上的《愛的教育》、《文學界》上的《曙》、《光明》上的《蠱惑》和《作家》上的《毒蟲草》。他在興奮之餘，也有初學者的疑懼——不知道將從讀者和評論界中得到什麼樣的反應。

當時，他知道在年輕的同伴中間，有人曾經給魯迅寫信，甚至寄去習作。他也怦然心動，很想試試。他知道四川北路內山書店，是魯迅轉信的地點。自己習作如能得到魯迅的指點，該是多麼幸運啊，想歸想，卻沒那麼大的勇氣，他終究沒提筆。

就在這時候，他接到了一封意外的來信。就在那天，幾個住處相近的文學青年，聚在一起，批評了王西彥的作品。他正心懷委屈、悶悶不樂時，一封信從門縫裡擠了進來。拆開信，他先看信尾寫信人的名字。霎時間，他簡直不敢相信自己的眼睛：沈雁冰！沈雁冰不就是大名鼎鼎的茅盾嗎？事隔多年，王西彥不能清楚地回憶起當時自己那種心跳手顫的慌亂景象，只記得還來不及仔細讀信的內容，就急忙闖進住在對面同學的房間，把這個好消息告訴對方。那同學開始還不相信，後來仔細看了來信，才信服了。

茅盾在信上說，讀了 4 篇習作後，從《文學》編輯部抄來通訊位址，要把讀後感告訴作者。接著，茅盾對 4 個短篇小說作了分析比較，指出作者應該發揚哪種寫法，不應該採取哪種寫法。王西彥記得很清楚，茅盾認爲不應該採取的寫法，是《愛的教育》裡有些自己頗爲得意的近於油滑取巧的地方。信並不太長，但言簡意賅，既發人深思，又給人鼓舞。

讀完信後，那位同學好像還不敢相信似的，「他怎麼會這樣細心呢？真是！真有這樣的事情！」

王西彥感嘆道：在人的一生中，青少年時代遭遇到的有些事情，儘管對局外人來說也許是無足輕重的，但對他卻能產生影響終身的作用。最近，那位和他共讀茅盾那封來信的同學，從海外給他寄來一張經過複製的照片，就

是 30 年代在北平從事創作的 9 位同學的合影。到了白髮滿頭的暮年，忽然見到這樣的合照，的確產生無窮的慨嘆：

> 而尤其使我感到悵惘的，在這些夥伴中間，除了有一位已經在抗戰初期因病逝世，大都早就放棄寫作。看起來，我可能是在文學道路上的一個踽踽獨行者。我自知才能過於平庸，在創作上很難獲得較高的成就，卻憑著一種執拗的意志，一種連自己也不易說清楚的責任感，不避風雨，忍受孤寂，勉力堅持了幾十年，至今還沒有放下手中這支缺乏光彩的筆。回想起來，30 年代茅盾同志那封熱情的信，應該是一個重要因素。收到信的當天晚上，我就給那位肯對陌生青年傾注這樣深切關心的前輩寫了一封長信。內容雖已淡忘，但記得我寫的其實是一個向關懷者同時也是向自己表示決心的誓言。（王西彥《高大的拱橋》，收入《憶茅公》）

頻頻指導

著名作家姚雪垠說：「茅盾同志是我非常敬佩的一位前輩。從我的青年到老年，我從他那裡得到很多教導、鼓勵和支持。」

1938 年，姚雪垠到武漢，在生活極不安定的情況下，趕寫了兩個短篇小說和一本書簡體的報告文學。其中一篇小說題目為《差半車麥秸》，在武漢沒有適當刊物發表，他便寄給了茅盾主編的《文藝陣地》。姚雪垠匆匆地離開了武漢。過了幾個月，他在旅途上，聽說這篇小說已在《文藝陣地》上發表了，並且受到茅盾同志的熱情肯定。

茅盾不僅當時肯定了這部小說，而且還在不同的場合，多次評價這部小說。他在回憶錄中寫道：「在蘭州的一次講話中說，這篇作品裡，沒有標語口號，沒有講理論，純粹是故事的描寫，可是我們從故事裡自然可以看出深刻的道理和好多問題來。這樣作品，才是真正的文藝。」作品在國內外得到廣泛讚譽。葉君健把作品譯成英文在美國的進步雜誌上發表了，為此茅盾還專門請羅清楨就該小說的內容作了 3 幀木刻作為英文版的插圖。

到了 1974 年，他同茅盾已有 20 多年沒見面，也沒有通信。《李自成》第 2 卷的初稿已經完成，並開始修改。他很想聽聽意見，以便把稿子修改好。這時，他想到了茅盾。因為茅盾有 3 個優點：淵博的學問和高深的理論修養；非常豐富的創作經驗；一貫熱情地幫助文學後進。尤其是最後一個優點。於

是姚雪垠給茅盾寫了信，簡單地談了小說創作情況，希望能得到幫助，以便將第 2 卷稿子修改得好些。茅盾很快來了回信，謙遜而又熱情。茅盾叫作者趕快寄稿子，字跡潦草不要緊，不要請人讀，他自己看。

從此，他倆通信就頻繁起來。茅盾的信寫得很長，有 1000 多字，甚至有 2000 字。茅盾常常先把作品讀一遍，記下要點或初步意見，再讀一遍，考慮成熟，然後再給作家寫信。姚雪垠在創作中的學術探索——「長篇小說的美學」，是茅盾第一個指出來並表示讚賞的。

與之同時，茅盾也看了《〈李自成〉全書內容概要》，也就是全書 5 卷的提綱，約有 8 萬字，油印得很糟糕，簡直沒法看。茅盾看了這本《概要》，很感興趣。茅盾每次接到作者來信，都要回信。作者對此感動地說：

> 由於茅盾同志晚年細讀《李自成》第一二卷，看過我的《概要》，又互相通信較多，所以對我的創作意圖和某些重要歷史問題的看法較爲清楚。他是我的老師，也是眞正知音。我在老年對他的各方面有了較深的瞭解，因而對他敬佩和愛戴之情也超過了年輕的時候。（姚雪垠《一代大師，安息吧！》）

金韻琴在《茅盾談話錄》中也記載道：

> 茅盾看小說《李自成》手稿，十分吃力，眼痛流淚。她翻開稿子，只見雁姐夫對各個單元都提了意見，有的寫在稿頭稿旁，有的用紙條寫了夾在原稿中，主要是把意見寫在紙條上。茅盾還拿出姚的來信說：「這封信裡有姚雪垠擬訂的寫作計劃，十分宏偉，我很佩服他的這種雄心壯志，佩服他不服老的精神。」

從茅盾與陳沂、王西彥和姚雪垠 3 人的關係來看，完全可以說明茅盾爲文壇新人所傾注的極大熱情和精力。一個人做點好事並不難，難的是一輩子做好事。以此類推，一個名人幫助一下新人，也並不難；難的是一輩子幫助新人。這種獻身精神，是在平凡中凸現出偉大的。茅盾之所以活在許多人心中，與他這一輩子提攜新人有很大的關係。

俗話說，「愛屋及烏」。我在研究茅盾的過程中，深感這一點。當我有事求當年受到茅盾影響的諸位時，他們中絕大部分人沒有名人的架子，總是迅速地熱心釋疑解答，爲我治學提供條件，並給予熱情鼓勵。從中，我看到了茅盾的身影。正是在這良好的氛圍中，我才得以完成此書。

二、天長地久

1、寬廣的胸懷──與毛澤東共事

　　何啓君同志的《想起了延安「毛澤東圖書館」》文章，披露了毛澤東同志閱讀過茅盾作品的史實。文章寫道：

　　　　毛澤東圖書館，當年位於延安楊家嶺中央大禮堂的旁邊，是好幾間灰磚平房。我們在中央機關的一般工作人員，是不准入內的。1946 年 9 月間，秋風乍起，有消息說蔣介石、胡宗南要攻打延安。毛主席下令各機關分批轉移，老百姓實行堅壁清野……那一天下午，一批批數不清的書籍，搬運到我們旁邊一個空閒的土窰洞裡。書啊，聽說是『毛澤東圖書館』的，心頭起了波瀾。去看看！是好奇心？是對圖書館主人公的崇敬心……好傢伙！魯迅的，茅盾的，巴金的……（《人民日報》1995 年 3 月 2 日，第 16 版）

　　筆者多年研究茅盾，這是第一次得到毛澤東藏有茅盾作品的消息。

　　幾乎與之同時，筆者又在 1995 年第 1 期《新文學史料》上讀到蔣祖林的一封信，上面也涉及到毛澤東閱讀過茅盾作品的史實，儘管評價不是很高，但我們可以理解是各人的閱讀興趣問題。正因爲毛澤東是詩人，所以顯得對郭沫若有所偏愛；而丁玲是小說家，對茅盾作品評價就高。現將來函抄錄如下：

　　《新文學史料》編輯部：

　　　　貴刊 1993 年第 2 期刊登了我母親丁玲的一組日記《40 年前的生活片斷》（丁玲）。這組日記爲陳明同志整理後提供。經閱丁玲日記原稿（現存我處），發現 1948 年 6 月 15 日的日記中有關毛澤東主席和丁玲的一段談話的記載與原稿不符。現將該處文字照錄如下：

　　《新文學史料》1993 年第 2 期：

　　　　「毛主席評郭文有才華奔放，組織差些；茅的作品是有意義的，不過說明多些，感情較少。」丁玲日記原稿：「毛主席評郭文，有才奔放，讀茅文不能卒讀。我不願表示我對茅文風格不喜，只說他的作品是有意義的，不過說明多些，感情較少。郭文組織較差，而感情奔放。」

　　茅盾與毛澤東結識相當早。1923 年 8 月 5 日，共產黨上海地方兼區執行

委員會召開第 6 次會議,中央委員毛澤東代表中央出席指導,茅盾作爲地方負責人之一出席會議。他倆首次見面。

1926 年國民黨二大後,茅盾任國民黨中宣部秘書。毛澤東是代理宣傳部長。部長一職是汪精衛的,他又當國民政府主席,忙不過來,故請毛澤東代理宣傳部長。這樣,茅盾和毛澤東便在一起共事了。當時的各部,部長之下就是秘書,所以秘書也要由國民黨中央常務委員會通過。毛澤東一家住樓上,茅盾和蕭楚女住樓下。毛澤東請「病假」外出,到韶關視察農民運動,宣傳部部務工作就由茅盾代理。

「中山艦事件」發生時的 3 月 19 日深夜,毛澤東和茅盾都還沒睡,正在談論廣州的形勢。宣傳部圖書館的工友慌慌張張趕到,報告了海軍局長李之龍被捕的消息。毛澤東聽說陳延年往蘇聯軍事顧問代表團的宿舍去了,便也要去。茅盾想到路上已戒嚴,怕不安全,便主動提出陪毛澤東前往蘇聯軍事顧問團宿舍。毛澤東點點頭。到了目的地,茅盾被留在傳達室。茅盾聽到毛澤東的爭吵聲,一會兒又見到滿臉怒容的毛澤東出來。毛澤東主張對付蔣介石要強硬點,可惜沒得到以季山嘉爲首的蘇聯軍事代表團的支持。

茅盾離開廣州與毛澤東辭行時,毛澤東吩咐茅盾到上海趕緊設法辦個黨報。茅盾回滬後立即著手辦,後遭法租界當局的阻撓,沒辦成。

毛澤東緊接著任命茅盾爲駐滬編纂幹事,負責編輯國民運動叢書,這部叢書是爲對外宣傳,對內教育訓練及介紹國際政治經濟狀況用的。

茅盾進入延安後,在延安各界召開的歡迎晚會上同毛澤東相見。茅盾不久到毛澤東住處拜望。6 月初的一天,毛澤東到茅盾住的窯洞來問候,並送給一本剛出版的《新民主主義論》。他倆交談甚久,主要暢談中國古典文學。毛澤東對《紅樓夢》發表了許多精闢的見解。最後,毛澤東建議茅盾到「魯藝」去,因爲「魯藝」需要一面旗幟。7 月間,茅盾已到「魯藝」工作,毛澤東又把茅盾接到楊家嶺長談了一次。那次,他倆主要談的話題是 30 年代上海文壇的鬥爭以及抗戰以來文藝運動的發展。

茅盾到楊家嶺向毛澤東辭行時,毛澤東風趣地說:「你現在把兩個包袱(指茅盾的兩個孩子——引者注)扔在這裡,可以輕裝上陣了。」

毛澤東飛抵重慶後,茅盾夫婦前往八路軍辦事處作了禮節性的拜見。後來毛澤東分別會見各方民主人士,又約茅盾和馬寅初到住處懇談了兩個小時。

建國後,毛主席和周恩來請茅盾擔任文化部長一職,茅盾推脫不了,便

放棄了自己心愛的創作事業，在文化部長的崗位上幹了 15 年。

毛澤東於 1963 年 12 月 12 日和 1964 年 6 月 27 日分別對文藝問題作了批示，嚴肅地批評了文化部的工作。

茅盾作爲文化部部長、中國作家協會主席、《人民文學》和《譯文》主編，豈不是「罪魁禍首」！從聽傳達「兩個批示」開始，茅盾就沉默了。在長達 12 年的時間裡，報刊上沒有他的作品。

毛澤東逝世後，茅盾列入治喪委員會，參加了守靈和追悼會，後來又參加毛主席紀念堂奠基儀式。在毛澤東逝世週年之際，茅盾又獻詞 2 首，高度評價毛澤東的豐功偉績：「革命導師，繼往開來，並世無雙。」從中，我們也可看出茅盾那寬廣的胸懷。

2、親愛者──與瞿秋白友誼

瞿秋白英年早逝，從中國現代革命史和文學史上來說，都是巨大損失。

魯迅與瞿秋白的友誼早已傳爲文壇佳話，足以彪炳千古。但是，茅盾與瞿秋白的友誼還不太爲人們所熟悉。其實，他倆之間的關係，也是不同尋常的。他們之間的親密交往和戰鬥情誼，曾在那爲中國人民革命的勝利而奮鬥的艱苦歲月裡放出光彩。

茅盾和瞿秋白第一次見面是在 1923 年，那時茅盾 27 歲，瞿秋白 24 歲。從他們第一次見面開始，直到 1933 年秋白奉命去中央蘇區前向茅盾告別，這中間除去茅盾亡命日本，秋白夫婦去蘇聯，失去聯繫約 2 年，其餘幾年時間，他們之間的交往幾乎沒有中斷。他們在政治上理想一致，共同爲人類的崇高理想──共產主義奮鬥了一生。他們在文學上志趣相投，相互尊重、相互砥礪和相互切磋，寫下了現代文學史上的動人篇章。從 1923 年至 1927 年，他們這時期的交往主要在政治活動方面；從 1930 年至 1933 年，他們這時期的交往主要在文學活動方面。

政治活動方面：茅盾和瞿秋白都是我們黨的最早的黨員。在 1924 年至 1925 年間，茅盾任商務印書館支部書記，支部會議經常在他家裡召開，秋白代表黨中央常來參加會議。當時他們還是鄰居，茅盾住閘北順泰里 11 號，秋白住在閘北順泰里 12 號。這樣，他們談心的機會也就多了。茅盾在回憶錄裡回憶了「五卅」運動爆發的次日，茅盾夫婦和秋白夫人楊之華一同參加了南京路上的大遊行，他們 3 人都被沖散了，當天晚上大家又聚會在秋白家

裡，與秋白一起愉快地談論運動的情況。

茅盾於 1927 年初來到武漢，任中央軍事政治學校武漢分校的政治教官，後調任《漢口民國日報》總主筆。這個報紙名義上是國民黨湖北省黨部的機關報，實際上是共產黨辦的大型日報，報紙的編輯方針、宣傳內容是由中央宣傳部確定的。那時宣傳部長彭述之仍在上海，武漢的宣傳工作由秋白兼管。這樣，由於工作關係，茅盾和秋白又常常見面了。秋白聽說茅盾要編《漢口民國日報》，便對他說，當前宣傳要有 3 個重點：一是揭露蔣介石反共和分裂陰謀；二是大造工農群眾運動的聲勢，宣傳革命道理；三是鼓舞士氣，作繼續北伐的輿論動員。陳獨秀對《漢口民國日報》登載的有關工運、農運和婦女解放運動的文章不滿，認為太紅了，把茅盾找去，提醒他少登工農運動的消息。茅盾向秋白談起此事，秋白則支持茅盾繼續如此辦報。秋白並主張辦一份共產黨黨報，仍由茅盾任編輯；黨中央負責同志組成社論委員會，負責寫社論。可惜這件事秋白考慮了晚了，不久時局迅速逆轉，辦黨報的事終於成了泡影。

茅盾回到上海後，以武漢生活為經歷，寫了《幻滅》、《動搖》和《追求》。寫《追求》時，他原來是想寫一群青年知識分子，在經歷了大革命失敗後的幻滅和動搖後，現在又重新點燃希望的火炬，去追求光明了。可是，感情驅使的結果，在寫作中，他卻又一次深深地陷入了悲觀失望中。這是因為他得知在革命不斷高漲的口號下推行的「左傾」盲動主義，造成了各種可悲的損失。一些熟識的朋友，莫名其妙地被捕了、犧牲了。他說：「你不為威武所屈的人也許會因親愛者的乖張使你失望而發狂。這些事將來也許會有人知道的。這使得我的作品有一層極厚的的悲觀色彩，並且使我的作品有纏綿幽怨和激昂奮發的調子同時並在。《追求》就是這麼一件狂亂的混合物。我的波浪似的起伏的情緒在筆調中顯現出來，從第一頁以至最末頁。」他這裡所說的「親愛者的乖張」，就是指瞿秋白和他的盲動主義。

文學活動方面的交往：瞿秋白對茅盾及其創作十分關心，他是最早認識、和評價了茅盾作品在現代文學史上的重要地位的評論家。他的批評準確，筆鋒犀利。茅盾對秋白的意見則非常尊重，有些作品在寫作過程中就是根據秋白的意見加以修改的。如《三人行》、《子夜》。下面，我們試以《子夜》寫作的前前後後為例，來說明這兩位偉大作家的深情厚誼。

茅盾於 1931 年 10 月開始《子夜》的正式寫作。這時秋白由於受到王明

左傾教條主義和宗派主義的打擊，被排斥在中央領導崗位之外。這樣，他就有機會把精力轉移到他所熱愛的文學方面來了。這也使得他能有更多的機會和茅盾一起探討創作中的問題。茅盾在回憶錄裡，詳細敘述了他們一起商討《子夜》的情況。當秋白在茅盾家避難的一二個星期裡，他們天天談《子夜》。秋白對全書提出了許多重要的修改意見，如原稿的結尾是吳、趙兩大集團握手言歡，秋白認為要改成一勝一負，這樣就更加突出了中國的民族工業是沒有出路的。茅盾照此修改了。秋白還提出了一些細節問題，如吳蓀甫這樣的大資本家憤怒絕頂而又絕望就要破壞什麼乃至獸性發作，吳蓀甫坐的轎車應該更高級一些等，茅盾都接受照改了。當然，茅盾也不是一味地照改，如秋白關於農民暴動和紅軍活動描寫的建議，因為缺乏實際生活體驗，茅盾終於沒有寫。

　　《子夜》問世不久，秋白就在《申報‧自由談》上發表了《〈子夜〉和國貨年》，高度評價《子夜》是「中國第一部寫實主義的成功的長篇小說」，「應用眞正的社會科學，在文藝上表現中國社會關係和階級關係，在《子夜》不能夠不說是很大的成績。」他還預言：《子夜》的出版，「是中國文藝界的大事件」，「1933 年在將來的文學史上，沒有疑問的要記錄《子夜》的出版。」秋白同年還寫了《讀〈子夜〉》一文，繼續評價《子夜》。在 30 年代，秋白第一個運用馬克思主義觀點給《子夜》予科學的評價，他最早肯定了《子夜》的價值和她在現代文學史上的重要地位。半個世紀過去了，秋白的評論仍然是極其正確的，這就更加顯示了秋白作為卓越的文藝評論家的遠見卓識。

　　解放後，茅盾曾多次著文悼念秋白。1949 年 6 月茅盾發表了《瞿秋白在文學上的貢獻》，論述了秋白在文藝理論、文藝批評、文藝創作及翻譯介紹蘇聯文學等方面的貢獻，其中特別對秋白在翻譯介紹蘇聯文學的工作給予了很高的評價：「秋白是最早介紹俄羅斯文學之一人，也是最早介紹蘇維埃俄羅斯文學之一人。」1980 年 1 月，這是茅盾逝世前一年，他又以多病之軀寫下了紀念秋白的最後一篇文章《回憶秋白烈士》。茅盾在文中對秋白的一生的結論是，「我和秋白相識多年，我始終認為他是一個正直的革命者，一個堅定的共產黨員，一個無私無畏的戰士，一個能肝膽相照的摯友」。從這個結論中，也可以看出茅盾與瞿秋白之間的深情厚誼。

　　《茅盾談話錄》也錄下了茅盾在瞿秋白還未平反前的談話：

6 月 27 日

　　吃罷晚飯，雁姐夫在閒談中說到了北京盛傳要給瞿秋白翻案：
說他不是叛徒，是同志；他在獄中沒有供出黨的秘密，沒有牽連其
他同志，他在犧牲的時候十分英勇的。

　　雁姐夫也認爲瞿秋白不是叛徒……他的鬥爭經驗豐富，分析問
題時能擺出自己獨到的精闢見解。他是一個有頭腦的人。把這樣一
位戰士說成「叛徒」，顯然是不能令人置信的。

3、堅持己見——與陳獨秀交往

　　據新聞媒介最近報導，陳獨秀家鄉——安徽省安慶市決定建陳獨秀陵
園。這是對他一生多方面貢獻的肯定。

　　電影《開天闢地》成功地塑造了性格鮮明的陳獨秀形象。作爲黨的創始
人和新文化運動的勇士，陳獨秀在中國現代革命史和文學史上將永遠佔據其
獨特地位。

　　1920 年春，陳獨秀到了上海，住在法租界環龍路老漁陽里 2 號。爲了籌
備在上海出版《新青年》，他約茅盾（當時叫沈雁冰）、陳望道、李漢俊和李
達等 4 人在家裡談話。這是他倆第一次見面。茅盾對陳獨秀印象良好，說他
舉動隨便，說話和氣，沒有一點「大人物」的派頭。

　　茅盾久仰陳獨秀大名，深受《新青年》影響。《新青年》一到上海，他便
去購買。茅盾於 1917 年和 1918 年間寫的重要論文《學生與社會》、《一九一
八年之學生》，便是讀了《新青年》的結果。

　　茅盾等人自然樂於爲《新青年》撰稿。所以，在移滬出版的《新青年》
第 8 卷第 2 期上，便有茅盾的作品問世。

　　同年 5 月，茅盾到陳獨秀家訪問，當時俄共遠東局維經斯基也在座。陳
獨秀徵求籌備組織中國共產黨的意見，「沈雁冰表示贊成」。

　　同年 12 月，陳獨秀應陳炯明的邀請到廣州辦教育，茅盾等人到碼頭給他
送行。

　　1921 年夏秋間，第三國際代表馬林主張陳獨秀必須回上海負起總書記的
責任。同年 9 月，陳獨秀回到上海。茅盾代表商務印書館出面請他擔任館外
名譽編輯，一年寫本小冊子，月薪 300 元，使陳獨秀從事職業革命時生活有
了保障。

　　茅盾與陳獨秀同在一個支部。支部會議地點就在陳獨秀家裡，每週一次。陳獨秀家被法捕房查抄後，支部會議隨時轉換地點，有時也在茅盾家裡舉行。茅盾當時擔任聯絡員要職，負責黨中央與各地黨組織之間的信件和人員來往的聯絡工作。

　　1928年6月底的一天夜間，陳獨秀突然來到茅盾家裡。茅盾當時正受到國民黨新軍閥的通緝，隱居在家中。陳獨秀開門見山說明來意。原來他現在不問政治，專治聲韻學，近來在研究現存於各省方言中的中國古音，為作一部《文字學注釋》準備材料。目前收羅上海話的古音，特來探討。於是，他寫了幾個字，茅盾夫人用上海話來讀，然後他作音標記下。此外，陳獨秀還談了些對時局的看法。後來陳獨秀入獄，在監牢繼續寫這部《文字學注釋》，抗戰時他在四川江津縣完成。答應出該書的商務印書館收到稿子後，竟沒有出版，十分可惜。

　　他倆最後一次見面是在1938年的2月，地點在武漢。為編《文藝陣地》，茅盾在武漢同許多文化人打交道。有一天，他同馮乃超在一起，馮問茅盾：「想不想見見陳獨秀？」茅盾反問：「他在漢口嗎？」乃超說：「南京陷落前，他就到這裡了，現在他完全自由了，國民黨不再監護他了。我知道他住在什麼地方。」茅盾說：「應該去看看他，已經有10年不見面了」。「於是馮乃超陪我去拜訪了陳獨秀。陳獨秀明顯地老了。他見到我很高興，說：『雖然闊別10年，但我從你寫的小說中見到了你。』他和10年前那次見面一樣，不談政治，但談戰事。他說武漢是守不住的，我們都得走。又說，日本人一定會來轟炸武漢的，如果有空襲警報，他開玩笑說，『我就鑽到桌子底下去。』」（茅盾回憶錄，下冊）

　　建國後，我們國家極「左」思潮嚴重，尤其在「文革」中，達到了登峰造極的程度。陳獨秀不僅在黨史上被列了許多罪狀，而且連創建黨的功勞和發動新文化運動的光輝業績，也遭否定。歷史進入了新的時期後，陳獨秀的命運似乎無多大改變。

　　茅盾在「五四」時期老同志座談會上的發言，就表明了他對陳獨秀的正確態度：

　　　　今天這個座談會，也是百家爭鳴的局面，我提點不同意見。剛才有同志講陳獨秀在北京的情況（《新青年》的社論是在妓院裡寫的），我是第一次聽到。如果是這樣，李大釗和魯迅為什麼還是陳獨

秀的親密戰友呢？我見到陳獨秀是在上海。我認爲陳獨秀在當時是
一個革命家。凡事要一分爲二。對陳獨秀也要一分爲二。當初的時
候，在北方一方，那是李大釗寫了好多篇文章，介紹了馬克思主義
的東西。而陳獨秀爲了反對胡適的《新青年》不談政治，憤然把《新
青年》移至上海編輯出版，上海版《新青年》的第 1 期就有《談政
治》一文，把馬克思主義的基本理論闡述一下；文獻俱在，這是不
能抹煞的。……當初馬克思主義在中國傳播也是有鬥爭的。張東蓀
在他主編的《時事新報》上發表了《由内地旅行而得之又一教訓》，
露骨地攻擊馬克思主義，說社會主義不能行於中國。陳獨秀奮起反
擊，對此文進行批判，寫過兩篇文章。這也是文獻俱在，不能抹煞
陳獨秀那時捍衛馬克思主義的功勞。陳獨秀那時立場堅定，戰鬥力
強，在當時的歷史條件下，他在共產黨成立後被選爲總書記，是事
理之當然。（《茅盾全集》第 17 卷，第 621 到 622 頁）

第四輯　辨析是非

在茅盾研究史上，歷來存在著截然不同的觀點。持不同觀點者，既有政見不同，也有藝術觀不同。隨著時間的推移，茅盾越來越爲人們所認識。尤其是在不少問題上，人們都達成了共識。如茅盾被公認爲文學巨匠，《子夜》被公認爲其代表作。然而，對還有一些重大問題，學術界似乎過於沉默。筆者願就此談點看法。

1、胡風遺作略析──茅盾與胡風關係略探

胡風的《關於 30 年代前期和魯迅有關的 22 條提問》在多家刊物發表後，引起了許多人的關注。其中有多處涉及對茅盾的評價，有的人閱後覺得茅盾爲人似乎有點「欠缺」，並不是像人們常評價的那樣「道德文章爲吾師」。（臧克家語）

爲澄清事實，以正視聽，筆者先將胡風遺作中幾處涉及茅盾的文字引錄如下，然後再闡述己見。

《譯文》停刊的詳細情況怎樣？

> 鄭振鐸起意排除黃源，是從私意出發的。魯迅不能屈服，是由於作家和編輯不能聽憑書店隨意處置的原則立場。在這些糾紛裡面，鄭振鐸們的作爲，得取得茅盾同意，但茅盾又不敢出面作主張。黃源是茅盾介紹給魯迅的，但這時候他表面不置可否，實際上卻和鄭振鐸一氣。茅盾的一貫態度是，只要是和他有關係的書店，他總是站在書店一邊，而不是站在作者一邊的。前次魯迅和《文學》決裂後，當然是由茅盾的說情才恢復了寫稿。這一次，茅盾還是那種

態度。有的讀者以為《譯文》停刊與茅盾有關，魯迅為顧全大局（左翼關係），還作了辨正。到《譯文》復刊時，茅盾還是參加了。魯迅深知他的態度，閒談時有時還談到過，說「茅盾會說闊氣話」。」（見「11 條」）

「民族革命戰爭的大眾文學」這口號是怎麼提出來的？是否是魯迅、馮雪峰以及你一起討論的？當初這口號怎麼會首先由你提出來？《人民大眾向文學要求什麼？》一文是你自己想寫才寫的，還是幾個人決定讓你寫的？

魯迅答徐懋庸文中說先由幾個人商量，其中有茅盾，這也是馮雪峰把茅盾拉進來加強對抗周揚夏衍們，並不是事實。提出口號時，茅盾全不知情。只是馮雪峰要魯迅這樣提時可能先取得了茅盾的同意。茅盾看出了馮雪峰的弱點，又因以他為後臺的《文學》傅東華、鄭振鐸們和周揚等深相結託，所以他對口號問題採取了曖昧的騎牆態度。（見「19 條」）

1936 年 10 月 5 日，魯迅先生在致茅盾的信中說：「『顧問』之列，我不願加入。……」此「顧問」是指什麼？

……對於他們布的這個陣圖，魯迅在給人的信中指出過不止一次。但《文學》在讀者面前還是伸不起腰來。終於，叫傅東華摘下「主編」的桂冠，下野了。改由一直不住在上海的，沒有人事糾葛的王統照來接編。這一來，茅盾大概以為魯迅失去了以傅東華為口實，自己不妨赤膊上陣，連見面商談都好像太屈尊了，用一紙書要魯迅接受顧問的頭銜，替《文學》撐腰了。在停止寫稿一年餘之後，魯迅答應了「當投稿一篇」，解除了「記舊仇，不肯合作」的口實。但拒絕了這個顧問頭銜。而且提到「吃苦不少」的經驗，以及傅東華侮辱他，使他不得不公開聲明退出的往事（「由此發生事端」）。信裡說「顧問之列，我不願加入」，可見顧問不止一兩個。茅盾自己和鄭振鐸當然要負這個名義，如有還有周揚以至夏衍，那「抬舉」魯迅的用心就更誠懇了。這是在魯迅逝世前半個月的事。

當魯迅逝世這個消息震動了全國的時候，連國民黨的孔祥熙和上海市長之流都不得不送個輓聯來，在人民面前表示他們並非人民敵人或進步文化的扼殺者。家住杭州的社會朋友郁達夫都趕來沉痛

地送葬。茅盾卻在離上海只有三四小時火車路的家鄉住著度假，直到喪事過了三四天後才回上海，空著雙手來看一看許廣平，表示他也知道發生了這件事。不幸我正在那裡，看到他那樣難於開口的窘態，就告訴他，喪事情況，胡愈之是知道的。於是他馬上拿起帽子來說，「我找愈之去」，匆匆走了。我沒有看見過他的追悼文的任何記憶，所以說不出他自己當時是怎樣表示他的心情的。

……

從這件事也可以說明：

1、這個「顧問」可以肯定是文學社即《文學》的。

2、兩年來關於《文學》、《譯文》的糾紛，關於傅東華、鄭振鐸的陣圖和文藝家協會的起落，茅盾都與聞，是和他們一氣的。

3、《文學》兩次對魯迅的侮辱態度，茅盾是沒有立場的。（見「22 條」）

（引文均見胡風《關於 30 年代前期和魯迅有關的 22 條提問》，《新文學史料》1992 年第 4 期）

胡風與茅盾的關係問題，也不是三言兩語便可說清的。筆者也缺乏這樣的能力。但我想圍繞引文，擇其要點，陳述有關當事人的材料，使讀者能在幾個主要問題上看出問題的端倪。

首先，二人曾是戰友，但誤會較深。這點，在茅盾回憶錄中也可以看出：

我與胡風只有泛泛之交，而且是由於魯迅的關係。我對胡風沒有好感，覺得他的作風、人品不使人佩服。在當時左翼文藝界的糾紛中，他不是一個團結的因素而是相反。他還在很大程度上影響了魯迅對某些事物真相的判斷，因為他向魯迅介紹的情況常常是帶著濃烈的意氣和成見的。然而魯迅對他卻十分信任，這可以從我向魯迅談到胡風的社會關係比較複雜而魯迅迅速作出的反應中見到。那是在 1934 年秋，我從陳望道、鄭振鐸那裡得知（而他們又是從當時在南京政府做官的邵力子那裡聽來的），胡風在孫科辦的「中山文化教育館」內領津貼，每月 100 元。「中山文化教育館」是孫科的一個宣傳機構，也是他藉此拉攏人的一個機構，它搜羅一批懂外文的人，翻譯一些國際政治經濟資料，發表在他們辦的刊物上。這些人工作很輕鬆，月薪卻高達 100 元。但孫科又怕左派人士打進去，故須有

人擔保，他才聘用。胡風是通過什麼關係進去的，我不知道，但他
把這件事對我們所有的人都保了密，卻使人懷疑。我把這件事婉轉
地告訴了魯迅，因為魯迅與胡風交往甚密，應該提醒他注意。可是
魯迅一聽之後，臉馬上沉下來，顧左右而言他。我也就不好再深談
了。

茅盾當時已是黨外人士了，對胡風的政治面目不夠瞭解。這點，樓適夷
回憶道：他當年到日本從事革命活動，胡風協助完成。「這件事證明胡風當時
是日共黨員，中日兄弟黨關係密切，胡在日本時已與中共中央有聯繫……最
近在武漢文藝刊物《芳草》1 月號中，讀到吳奚如同志所寫的《魯迅與黨的關
係》，才知道自 1933 年底雪峰同志去瑞金後，黨與魯迅的關係胡風是擔任過
聯絡的。這是絕密的黨的特科工作。吳奚如同志參加過這個工作。例如他最
近來信指出雪峰《材料》中說他到上海後一個姓徐的首先接待他，忘了名字，
此人名徐漢光，也是在特科工作的。不知真相的黨內外同志，向魯迅先生警
告對胡風的嫌疑，而受到先生的拒絕，就完全可以理解了。」（見樓適夷《話
雨錄》第 88 頁）

爾後，他倆在魯迅精神感召下，曾並肩戰鬥。胡風回憶了幾點：(1) 魯
迅逝世後，《文學》出了新詩專號兩期。茅盾直接出面約胡風寫稿。(2) 魯迅
逝世後，馮雪峰要胡風編輯一個《工作與學習叢刊》，發表魯迅遺文，約魯迅
晚年接近的重要作家寫稿，藉以擴大魯迅的影響，執行黨的任務。這是有高
度信任的工作，而茅盾也是基本同人之一，特為它寫了稿。(3) 魯迅逝世後，
「茅盾進一步接近我，向我公開了他的住處。」他創辦《吶喊》，對抗戰表態，
「特地要去了我的詩」。(4) 為了抗議國民黨進攻新四軍，他們到了香港。茅
盾編《筆談》。他專誠約胡風稿，期期都有署名胡風（還有高荒）的文章。(5)
建國後直到「闖禍」，他們相安無事，開會見面時還握手言歡。（《胡風晚年作
品選》，第 87～88 頁，灕江出版社 1987 年版）

其次，二人思想有分歧。關於「兩個口號」的論爭，茅盾對周揚他們的
宗派主義是不滿的，對胡風的做法也持批評態度。因為他們意氣用事，都不
利於文藝界團結。

《文學叢刊》上登了胡風的文章《人民大眾向文學要求什麼》，
提出了「民族革命戰爭的大眾文學」的口號。胡風這篇文章的口氣，
好像這個口號是他一個人提出來的，既沒有提到魯迅，也沒有說明

這個新口號與「國防文學」口號的關係。給人的感覺是，胡風要用「民族革命戰爭的大眾文學」口號來代替「國防文學」口號。我看到胡風的文章大吃一驚，因為胡風這種做法，將使稍有緩和的局面再告緊張。我跑去找魯迅，他正生病靠在床上。我問他看到了胡風的文章沒有。他說昨天剛看到。我說怎麼會讓胡風來寫這篇文章，而且沒按照我們商量的意思來寫呢？魯迅說：胡風自告奮勇要寫，我就說你可以試試看。可是他寫好以後不給我看就這樣登出來了。這篇文章寫得並不好，對那個口號的解釋也不完全。（茅盾回憶錄《我走過的道路》中冊，第 323 頁）

而胡風則說：「魯迅逝世前一兩年間，他（指茅盾）那種站在宗派主義立場上的言行，以致產生了他對魯迅的對立感情。」（《胡風晚年作品選》第 112 頁）

胡風還說：「先前，茅盾表示過對『國防文學』口號的擁護，這時候不能不知道那個口號是不能服人的，雪峰又是以黨和他自己的名義要求他，當然樂於藉此轉彎，同意了。前幾年，陳荒煤同志在講話裡說，關於兩個口號的情況，茅盾 3 次寫的都不一樣。因為有的不是事實，在記憶裡不能固定，當然不會一樣了。雪峰這樣遷就茅盾，因為他覺得依靠原則解決問題是遠水不救近火，只好靠人事關係來減輕『國防文學』派的攻勢。」（《胡風晚年作品選》第 102 和 103 頁）

在「兩個口號」之爭問題上，茅盾與胡風各執一端。胡風還引出陳荒煤的講話為其佐證。陳荒煤的講話，我不知到何處覓，因為胡風在文章中沒注明出處。最近，陳荒煤倒有一篇文章，詳細地談了茅盾在「兩個口號」之爭中的表現，這便為讀者提供了第三者的證言，自然可信性是很強了。為此，筆者多花費些筆墨將全文引錄如下：

我和茅公的兩次會晤

荒煤

1935 年春天，我自左翼戲劇家聯盟轉入左翼作家聯盟，在上海只見過兩次茅公，但卻是我終生難忘的兩次會見。

當時我是搞創作的，對理論工作沒有興趣，更談不上有什麼研究。《文學界》創刊之後，沙汀就讓我參加編委會工作，主要是組織

創作；最初的編委還有邱韻鐸、舒群，後來沙汀去參加《光明》雜誌編委，《文學界》就由徐懋庸來負責。

《文學界》雜誌剛剛創刊，立即捲入「兩個口號」的論爭，我也因此始終陷於困惑之中。我當時只是覺得「國防文學」的口號既是黨所提出的，已經在全國發生廣泛的影響，隨之國防戲劇、電影、音樂相繼提出，不明白為什麼胡風個人又提出「民族革命戰爭的大眾文學」的口號，更沒有想到左翼作家內部分裂為兩派。

我個人的處境稍有些特殊。我闖進文壇發表的第一篇短篇小說《災難中的人群》，是由麗尼交巴金轉給靳以，發表在 1935 年《文學季刊》第 3 期，因而先後認識了巴金、靳以、蕭乾、蘆焚等一些北方的作家。轉入「左聯」後，我才認識了周揚、沙汀、艾蕪、徐懋庸、葉紫、舒群、羅烽、白朗等。未到《文學界》前，由於轟紺弩的夫人周穎原在「劇聯」相識，又和轟紺弩、吳奚如熟識，再加上原來「劇聯」認識的一些戲劇朋友，如盛家倫、張庚、呂驥（我們原在武漢「劇聯」）、于伶、趙銘彝、周鋼鳴……更不用說，我到了《文學界》還有幸兩次見到我心目中異常尊敬、崇拜的魯迅與茅盾。

我不搞理論，又沒有參加「左聯」的領導，而且「左聯」很快就解散了，對徐懋庸有些偏激的觀點也不贊成，有時的確對「兩個口號」引起爭論的背景很不瞭解。

更不料「兩個口號」論爭爆發後，原來熟識、互相友好的朋友被認為是兩個派別，還派生出一個「騎牆派」。以茅盾、夏丏尊、王統照、傅東華、葉聖陶等老一輩作家與一些中青年作家於 1936 年 6 月 7 日下午在上海發起成立了中國文藝家協會。魯迅、巴金為首一批作家於 7 月 1 日發表了「中國文藝工作者的宣言」，籌備成立另一個組織。

要我參加中國文藝家協會的發起人並參加這個組織，是我們的黨小組組長沙汀通知我的，說是黨的決定，要建立一個廣泛團結抗日的組織。參加的作家包括了文藝界各方面的人士，但使我感到奇怪與遺憾的是，魯迅與一批主張「民族革命戰爭的大眾文學」口號的作家沒有參加。

在 6 月 7 日的成立大會上，我見到那麼多我所敬仰的前輩作家，熱情地聚會在一起親切交談，真正感到一種團結的精神和力量。這也的確是上海許多年來唯一的一次盛會。

我也就在這次大會中第一次會見茅公。他那黝黑的頭髮，臉色白晰，但有一雙親切和藹而又顯得很機智的眼睛，不高的清瘦的身軀，使我覺得他還年輕。他和青年作家們頻頻握手——一雙令人感到溫暖的手。他始終微笑地加以注視，當我們這些沒見過的作者介紹自己的名字時候，他就再用眼睛打量一下；對我還輕輕重複念了一聲「荒煤」。

會議充滿了熱忱、融洽、團結友好的氣氛，我到得早，坐在前面，看到茅公始終很高興地認真聽取了所有的發言，顯得年輕多了，特別是有人提議給病中的魯迅發出慰問信時，得到全場的歡迎，響起了一片熱烈的掌聲，我看到茅公也興奮地鼓起掌來。

在文藝家協會成立不久，有一天下午，黃源來看我和麗尼，隨便談了一會兒，我還很清楚地記得他從西裝左邊內口袋掏出一張《中國文藝工作者宣言》，希望我們參加簽名。

我和麗尼看了之後都說，我們當然都要參加，凡是主張團結抗日的我們都應該參加，何況還是魯迅、巴金發起的？！

等到發表之後，我才發現原來茅盾等參加中國文藝家協會的朋友們都未參加簽名，只有麗尼和我兩個人在兩邊都簽了名。

不久，我接到一位在日本留學的朋友來信，就認為我是個「騎牆派」。從此流言蜚語，小報消息紛紛傳說茅盾和魯迅分裂了，甚至是在爭奪領導權等等荒誕的謠言。

大約在 7 月中旬，我接到一個通知，說茅公想找些年輕朋友們談談。我那時對「兩個口號」論爭的許多文章也的確有些困惑，有些觀點也的確不暸解、不同意，很想趁此機會聽聽，更想聽聽茅公的看法，所以就去了。

現在我已經記不清楚具體時間和地點了。反正是在近郊區的一幢小樓裡。我到的比較早，屋裡只有兩三位不認識的朋友。這是我第二次見到茅公，可是他失去了中國文藝家協會成立時的那種熱情歡快的笑容，顯得有些憂慮等待的神情，常常沉默地看看手錶。

好一會過去了，大概只有五六位到會，參加「兩個口號」論爭

的主要作家卻都沒有來。最後茅公無可奈何地向到會的朋友表示道歉，說他請幾位理論家、作家都沒有來，證明不願接受調解，他也無能為力了。然後和到會的朋友一一握手告別，我緊緊握住他的手，感到他的手有些涼。

此後，論爭還不斷繼續，更不料徐懋庸給魯迅寫了那樣一封信，更加激化了論爭。

回憶這段歷史，又重讀了茅公的回憶錄《我走過的道路》中「左聯的解散和兩個口號的論爭」，茅盾詳盡地說明了他在「兩個口號」論爭中做了大量的工作，處境十分困難，但卻沒有提到他召開的這次會議。我也沒有看到有人寫文章提到過這件事。也許茅公認為這是他沒有做成的一件小事，可是另一件大事他也沒有詳細談過，他在回憶錄裡明明講到馮雪峰勸他可以在兩個宣言簽字，他也都簽了名，他還因此被小報和有的朋友說是「腳踏兩條船」，但是「中國文藝工作者宣言」在7月號《文季月刊》第1卷第2期公開發表時卻沒有他的名字，在文壇上引起不小的震動。至今也沒有人對這件事作過詳細的說明。到底是誰把茅公排除在「中國文藝工作者宣言」之外的？這可永遠是個謎了。

這兩件事，都正好顯示了茅公在「兩個口號」論爭中，在錯綜複雜的情況下，他一方面力求以他自己和論爭雙方保持良好的關係，盡一切能力對雙方進行調解；一方面也寫了許多文章，對論爭中一些偏激、錯誤和宗派情緒的觀點進行批評。

當時他不是黨員，「左聯」也已解散，但他始終熱情關注文藝界的團結，顧全大局，為執行黨的抗日民族統一戰線的政策作了大量的工作，而且始終尊重魯迅，在一些重大問題上力求理解和尊重魯迅的意見。

到10月間，他又終於和魯迅、巴金、郭沫若以及林語堂、包天笑等各方面有代表性的21人發表了《文藝界同人為團結禦侮與言論自由宣言》，為結束「兩個口號」的論爭作出了不懈的努力。那種認為茅公腳踏兩條船的誤解，特別是說他和魯迅分裂並爭奪領導權，顯然是一種誣蔑！

我回憶與茅公的兩次會晤，重讀了茅公寫的關於「兩個口號」的論爭的回憶錄，我認為我這一段親身經歷的回憶片斷還有一定的

史料價値。雖然病在醫院，一天只能寫幾百字，我還是寫了出來供
研究茅公的同志參考，也藉此表示我對茅公永遠的懷念。

1995.12.1 日於北京醫院

（《文學評論》1996 年第 3 期）

茅盾與胡風思想有分歧，這是事實。但胡風後來遭到不公正待遇，並不
是像某些人所說的那樣，是茅盾爲後來的批判胡風作了鋪墊、定好了基調。

> 北平解放後，1949 年 7 月，全國第一次文代會勝利召開，茅盾
> 代表國統區的文藝工作者作了《在反動派壓迫下鬥爭和發展的革命
> 文藝》的報告，繼承《大眾文藝叢刊》的基調，不指名地批評了胡
> 風文藝思想，這就把問題打成了一個「死結」，並爲後來批判胡風作
> 了鋪墊，定好了基調；原來處於平等地位的爭論的雙方，此時發生
> 了歷史性也頗具「戲劇性」的變化：一方成了文藝工作的領導人，
> 處於發號施令的地位，一方變成了被領導者，屬於聽從指揮的地
> 位……（冀汸《哀路翎》，《新文學史料》1995 年第 1 期）

在這點上，如前所引，胡風倒是如實認爲：從建國到 1955 年「闖禍」，
他倆相安無事。茅盾是文聯副主席、作協主席，胡風是文聯委員和作協常務
理事，開會或見面時還握手言歡。

作爲胡風事件的參與者之一的林默涵，在《胡風事件的前前後後》（見《新
文學史料》1989 年第 3 期）一文中，細緻地回憶了此冤案形成過程，引用了
中央給胡風平反通知：「這件錯案的責任在中央。」他並對胡風問題怎樣由學
術問題變爲政治問題作了回答：「這是一個事先誰也沒有料到的問題。」他在
文中敘述此事經過時，我們幾乎看不到茅盾的「作用」。

相反，茅盾在胡風事件中幾乎有點迴避的態度。丁爾綱說：「反胡風運動
中，儘管他對胡風爲人及其文藝思想早有看法，但直到毛澤東加按語，將其
上綱爲反革命集團，連續發表了批判胡風的 3 批材料後，茅盾才著文聲討。」
（丁爾綱《茅盾　孔德沚》，第 258 頁，中國青年出版社 1995 年版）

第三，胡風態度有偏激之處。正如李兵和王錫榮所說，胡風的材料「也
有未盡準確的。尤其是，在談及一些人事時，似乎帶著過多的感情色彩，雖
說他可以有自己的評價準則，但從被他言及的一方來說，顯然是很難接受的。
尤有甚者，他不僅在敘事中流露感情色彩，而且直接評價別人的爲人。他這

本不是為發表而寫的材料，較之為發表而寫的，一定率直得多，即使評得得當，也未必能為人所樂於接受，何況他可能實在有些偏激，或感情用事呢？」（《新文學史料》1992 年第 4 期）

如關於魯迅逝世問題，胡風在材料中寫道，「當魯迅逝世這個消息震動了全國的時候，連國民黨的孔祥熙和上海市長之流都不得不送個輓聯來，在人民面前表示他們並非人民敵人或進步文化的扼殺者。家住杭州的社會朋友郁達夫都趕來沉痛地送葬。茅盾卻在離上海只有三四小時火車路的家鄉住著度假，直到喪事過了三四天之後才回到上海，空著雙手來看一看許廣平，表示他也知道發生了這件事。不幸我正在那裡，看到他那樣難於開口的窘態，就告訴他，喪事情況，胡愈之是知道的。於是他馬上拿起帽子說，『我找愈之去』，匆匆走了。我沒有看見過他的追悼文的任何記憶，所以說不出他自己當時是怎樣表示他的心情的。」

這段文字，給不明真相的讀者看來，茅盾連孔祥熙等人都不如。事實上，茅盾回鄉後，痔瘡就發足了，身體虛弱，痛如刀割，整天只能躺著。接到魯迅逝世電報次日，他想掙扎回滬，才挪動幾步，就痛得渾身冒汗。他母親說，「你這個樣子還能坐一天的快班船和火車？就算到了上海，也不能讓人抬著你去參加出殯呀。想來喪事總得有幾天，你再休息一兩天，等到能走動了再回去也來得及。」茅盾想想也有道理，便給妻子孔德沚回了電報，要她先協助許廣平料理後事。沒想到喪事辦得很快。他 19 日收到急電，20 日和 21 日病仍未見輕，但從 21 日下午收到的上海報紙上得知，魯迅的遺體已定於今日大殮，明日（22 日）就要安葬了。他知道自己無論如何也趕不及了，即使搭第二天的早班船（茅盾故鄉烏鎮當時沒有火車和汽車，並不像胡風說「三四個小時火車路」），也要下午 5 點鐘到，喪事肯定結束了，何況他還不能走路。所以，茅盾沒能趕到上海給魯迅送葬。這些情況，胡風可能不知道，但對下面的情況，胡風應該是明白的，而且也應該意識到茅盾與魯迅關係是密切的。

魯迅逝世前，茅盾多次陪同史沫特萊，勸說魯迅出國治療，並陪同醫生給魯迅看病。茅盾在回憶錄中提到：

> 真是晴天一霹靂！我不能相信。10 月初，我曾陪《中國呼聲》的編者格蘭尼奇去看望魯迅，還給魯迅照了相。我們見他已恢復健康，談笑風生與過去一樣。格蘭尼奇還對我說：「今天看見魯迅的臉

色和精神比我意想中的好些，可是他若不趕緊轉地療養，總是危險。」
10 月 10 日我又見到魯迅，那是在上海大戲院看蘇聯電影《杜勃洛斯基》，他的精神依然很好，對於我提起的轉地療養連聽都不願聽。13 日我給他去信告訴他我到家鄉小住，他還給我回了信。可是才過了一個星期，怎麼就會故去了！

魯迅逝世後，茅盾一趕到上海，就同德沚、陳學昭到萬國公墓魯迅的新冢前去致哀。茅盾忍著悲痛，立即投身主持魯迅先生紀念委員會的工作。他親自起草，於 11 月 4 日至 25 日，連發 3 份公告，籌畫和辦理紀念活動。他寫了一大批文章宣傳魯迅精神。「茅盾寫的悼念文章《寫於悲痛中》，幾乎就是懺悔書；對未能使魯迅易地療養，他說，『我們太不負責，我們這罪不能寬饒』！」（丁爾綱《茅盾　孔德沚》第 197 頁）

自然，胡風後來對這段史實作了更正。當年他那《關於 30 年代前期和魯迅有關的 22 條提問》，是在獄中寫的。他獲得自由後，與梅志共同回憶，並由梅志於 1981 年 4 月 25 日抄錄的《關於魯迅喪事情況——我所經歷的》，是這樣寫的：

> 四五天（？）以後，我有一次去看許廣平時，正碰上魯迅逝世時在鄉下休息的茅盾，喪事期間他不在場。這天他到了上海，特來向許廣平瞭解喪事情況。我當即告訴他有些情況胡愈之知道。他和胡愈之是有密切關係的。他聽後立即取下帽子就匆匆地去找胡愈之了。
>
> 上面提到過，若干天後開了一次魯迅紀念委員會，應該有茅盾和胡愈之同志。（《胡風晚年作品選》，第 79 頁和 80 頁）

由此想到，既然胡風已作了實事求是的更正，刊物在發表胡風寫於獄中的《關於 30 年代前期和魯迅有關的 22 條提問》時，應做恰當的注釋。因為此時更正的文章和選集均早已問世。材料提供者在這重大問題上不予澄清，實屬不該！儘管茅盾和胡風均已離開人世，但有利於團結的材料，還是應該引用為好。這樣，倒有利於樹立胡風在讀者心目中的形象。

最後，關於茅盾與黃源的關係。胡風在材料中花了許多筆墨為黃源鳴不平。稱茅盾也是迫害黃源的：

> 鄭振鐸起意排除黃源，是從私意出發的。魯迅不能屈服，是由於作家和編輯不能聽憑書店隨意處置的原則立場。在這些糾紛裡

面，鄭振鐸們的作為，得取得茅盾同意，但茅盾又不敢出面作主張。黃源是茅盾介紹給魯迅的，但這時候他表面不置可否，實際上卻和鄭振鐸一氣。茅盾的一貫態度是，只要是和他有關係的書店，他總是站在書店一邊，而不是站在作者一邊的。前次魯迅和《文學》決裂後，當然是由茅盾的說情才恢復了寫稿。這一次，茅盾還是那種態度。有的讀者以為《譯文》停刊與茅盾有關，魯迅為顧全大局（左翼關係），還作了辨正。到《譯文》復刊時，茅盾還是參加了。魯迅深知他的態度，閒談時有時談到過，說「茅盾會說閒氣話」。

茅盾究竟如何對待黃源的，作為當事人黃源自然心中有數。那麼，我們且看黃源的敘述吧：

> 我走上從事文學、追求革命的道路，茅盾同志對我的影響、教育和支持，是起了很大的作用的……而我和魯迅先生的工作關係，正是茅盾同志推薦和介紹的……

《文學》實際上由茅盾主持，成為當時全國影響最大、銷路最廣的進步的文學月刊。「我是這雜誌的唯一的編輯，從此經常出入茅盾同志家裡，向他請示，要稿，很親密，在他直接領導下工作。我以前也出版過幾本翻譯、編譯的書，但那時還在鬥爭圈外，而《文學》是『左聯』和進步文學界反文化『圍剿』的主要陣地之一，我在這裡做後勤工作，已有意識地參加戰鬥了。當時我很年輕，社會經歷、政治覺悟、文學修養都很差，編輯這樣有影響的雜誌，茅盾同志卻很放心，放手。我執行他的指示，也很自覺……」

> 後來我到浙江，和同志們合作，搞了一個崑劇《十五貫》，他曾著文讚賞。1957 年後彼此不通音訊了，但他對陳學昭同志和我的改正問題，一直非常關切……

> 我每想起魯迅先生，必然會聯想到茅盾同志。昔年他們曾同住大陸新村，魯迅有事要商量，就對我說，「你去請沈先生來。」於是座上就出現了茅盾。往事至今歷歷在目。近年來，我翻閱史料，看到在文學戰線上的鬥爭事蹟，茅盾是始終維護魯迅的。（以上引文均見黃源《沉痛悼念導師雁冰同志》，1981 年 4 月 7 日《浙江日報》）

前不久，黃源老人回憶自己一生，又充滿深情地寫了《我是怎麼走向文學道路的》，對茅公給予了高度評價：

> 沒有料及一到上海，突然接觸到「五四」以來萌芽時期的新文

化，這對我的人生，產生了決定性的影響。

　　我的工作，是給客户分發編印好的當天商務報紙，只需早上約一小時就分發完了。回到辦公室，編輯人員各自忙著編務工作，我獨自閒坐著。

　　室內四周擺滿書報雜誌。上海的報紙齊全，雜誌凡商務印書館、中華書局出版的都有。我坐著無事，開始翻閱這些書報雜誌。我過去只讀課本，從高小時起，課餘時間對看舊小說，發生興趣，我不斷搜集舊小說，不斷地看，已成習慣。看到有一大堆《小說月報》，我被吸引了。那是沈雁冰在 1921 年任主編後改革的《小說月報》，全年 12 冊，和新到的 1922 年的每月一冊，合在一起，我開始一本本仔細閱讀。

　　我在一年時間裡，日夜認真地通讀了改革後的最初兩年的《小說月報》，終於進人了新文學的大門。我的文學啓蒙老師就是沈雁冰，雖則我從未親自對他説過，我一生都感激他。

　　《小說月報》改革宣言中説：它將於譯述西洋名家小說而外，介紹世界文學潮流之趨向，討論中國文學革新之方法。沈雁冰在改革第 1 期上發表的《文學和人的關係及中國歷來對文學者身份的誤解》中，就大聲疾呼要「校正那遊戲的消遣的文學觀」，並正面提出「文學的目的是繪畫地表現人生」。

　　這種戰鬥精神及其表現，貫徹在改革後的整個《小說月報》，對我這幼稚的心靈，起了極大的啓發和教育。

　　初進上海時，我也讀禮拜六派的小說，但我漸漸聽從沈雁冰對其所作的正確批評，我就把它們拋棄了。沈雁冰對小說的評介，對我這小讀者幫助很大，他的《春季創作壇漫評》、《評四、五、六月創作》、《讀〈小說月報〉13 卷 6 號》，都是引導我怎樣讀新小說的。如《漫評》中評論的作品，大都是發表在《時事新報》的《學燈》和《民國日報》的《覺悟》上的，這兩個副刊，是我每天必讀的，他的評論幫助我加深對作品的理解。一個文學的新世界在我面前展開。

　　《小說月報》一貫強調翻譯世界文學名著的重要，連載耿濟之譯的《獵人日記》、魯迅譯的《工人綏惠略夫》和鄭振鐸譯的《灰色

馬》，並刊登了弱小民族的翻譯作品，使我跳出「一般青年只在『月光』、『玫瑰』、『酒』上打圈子」，開始閱讀世界文學名著了。特別是《小說月報》1921 年「俄國文學研究」專號、1922 年「法國文學研究」專號和「弱小民族文學」專號，爲我打開了世界現實主義文學的大門。這也是魯迅先生 1906 年在東京探索的文學之路。我以後在國內以至在東京，也是沿著這條「研究」之路探索前進的。

沈雁冰作爲北京文學研究會的代表，他的革新，是革了老牌「鴛鴦蝴蝶派」主持的《小說月報》的命，並把它改成爲中國新文學的主要陣地，繼承和發揚了《新青年》的文學革命的精神，其功績是不可磨滅的。但他也爲舊勢力所不容，他編完 1922 年的《小說月報》，被迫辭去主編職務，由鄭振鐸繼任。我當然仍是它的忠實讀者。

到 1923 年上半年，公司要調動我的工作，這使我不能暢開心懷地攻讀文學書，我得到家庭寬容的允許，下半年又進了別的學校念書。其實我始終還是沿著沈雁冰指出的文學道路，我遍讀能拿到手的中外名著，我挑選白馬湖春暉中學和江灣立達學園就學，也就是因爲那裡有文學名家老師。我認識了學校裡不少文學名家。當然我也是創造社郭沫若、郁達夫的熱心讀者。魯迅的作品，我直到編《文學》時，讀到他的原稿，對照著現實，我才眞正領會到他的偉大而深刻的戰鬥精神。

1927 年下半年，我在勞動大學編譯館工作，爲魯迅講演作記錄，第一次見到魯迅先生。1928 年初我得到老同學陳瑜清的資助，到日本學習日語，在東京，終於認識了心儀已久的前《小說月報》主編、反映大革命的小說家茅盾——即沈雁冰。1929 年我自信通過日英兩國文字，有譯述文學作品的學力，我就回國，獨自投入譯述工作。到 1933 年，譯成幾部外國名家的長短篇代表作，魯迅先生以此爲證，認爲我是一個向上的認眞的譯述者。同年 5 月，我參加了《文學》月刊的創辦工作，進入了文學集體的陣地，意外地在茅盾的直接領導下，參加反文化「圍剿」鬥爭。從 1922 年讀沈雁冰主編的《小說月報》改革號起，時隔 11 年，終於走上了他指引的革命的文學道路，眞是三生有幸。

此後，我又幫魯迅先生編《譯文》，在他親切的指引下工作。

魯迅先生以他自己的行動教導我應該怎樣做人。魯迅逝世後不久，抗戰爆發了。我從文學戰線轉到武裝戰線，參加了新四軍、共產黨，我仍以文藝作武器，爲新民主主義的鬥爭和勝利、爲建設社會主義而悉心服務。60多年過去了，憶及當初在文學社宴會上巴金第一次會見魯迅、茅盾，我也在座，如今只剩下巴金和我2人；而當年抬魯迅靈柩的，也只剩下我們2人。我倆都已是90歲老人了，每次見面，想到魯迅先生，仍然激動不已，兩顆心常緊密地連在一起。

　　前不久，浙江文藝界和新四軍老戰友爲我舉行了慶祝活動。我非常感激，愧不敢當。我有幸跟著魯迅、茅盾等新文學大師走上革命的文學道路；更有幸在黨的領導下參與了新民主主義革命，又親眼目睹我國經過苦難摸索，終於在建設有中國特色的社會主義的理論指引下，走上了社會主義建設的正確道路。（原載1995.6期《收穫》）

2、茅盾牯嶺之行是拒絕參加南昌起義嗎
——與日本學者松井博光商榷

（一）

　　1927年7月23日，茅盾接到黨的指示，當晚乘日本輪船「襄陽丸」號離開武漢前往九江，與連絡人接頭後，再赴南昌。其間因故在廬山牯嶺逗留一月左右。前往南昌未能成行，後去了上海。

　　對這段歷史，日本茅盾研究專家松井博光先生在他的《黎明的文學——中國現實主義作家茅盾》中寫道：

> 當時九江至南昌間的鐵路已爲軍隊控制，在起義（南昌八一起義——引者注）前後被封鎖了。即使如此，大量的共產黨員和國民黨左派都想方設法到達了南昌……

> ……我認爲與其說他已不抱冒生命危險去南昌的決心，不如說他已經斷了參加共產黨的武裝起義的念頭，或者說其中表現了他拒絕的心情。

> 這樣看來，我感到茅盾在東京寫的評論《從牯嶺到東京》，和它題名一樣是帶有新的含義的。也就是說，其中包含著重新質問自己爲什麼不是「從牯嶺到南昌」，爲什麼不選擇在南昌「彈老調」的

道路這樣的意思。他沒有選擇參加南昌起義勇往直前的道路的原因，答案依然是《蝕》。就是說，當共產黨單獨地爲摸索革命道路而在南昌集結武裝時，他選擇了不參加的道路，選擇了記錄投身於大革命的青年知識分子們悲慘形象的道路，也就是堅定了成爲作家的心意。正因爲如此，他才在牯嶺停留期間，通讀了魯迅的著作（回到上海後他寫了《魯迅論》）。

從松井博光寫的這幾段話，我們可以歸納出他的觀點：茅盾牯嶺之行的目的是拒絕參加南昌起義。形成他上述觀點的理由主要有二：一是茅盾想當文學家，在牯嶺曾通讀魯迅全部作品；二是許多共產黨員和國民黨左派在起義前後都到達了南昌，茅盾到達南昌本應沒有問題，他之所以沒有去，則因爲他不願參加武裝起義。

松井博光的觀點如能成立，那就涉及到黨中央對茅盾的評價問題。迄今爲止，筆者未見到一篇對松井博光觀點提出異議的論文。爲此，我認爲很有必要對茅盾牯嶺之行的史實加以澄清。

（二）

1927 年 7 月 23 日晚，茅盾經過一夜的航行，24 日清晨到了九江，上岸住下後，就到黨組織交待的地點—— 一家小店鋪接頭，董必武和譚平山正坐在那裡。譚平山當時是中共中央政治局委員，7 月 16 日到九江。7 月 20 日他曾召集開了一個談話會，大家提出在南昌舉行武裝起義問題。這次會議史稱「九江第一次會議」。董必武與茅盾在武漢共過事，他見茅盾進來，說道：「你的目的地是南昌，但今天早晨聽說去南昌的火車不通了，有一段鐵路被切斷。你現在先去買火車票。萬一南昌去不成，你就回上海。我們也即將轉移，你不必再來。」茅盾不敢多耽誤時間，立即趕到火車站去買票。果然，去南昌的客車票已不賣。原因是南潯線中的馬回嶺一帶通不過，只有軍車才能通行。茅盾只好走出車站，碰到許多同船來的熟人。他們都是準備去南昌的。他們中有人說，可以先到牯嶺，從牯嶺再翻山下去就可以到南昌，這樣就把馬回嶺那一段路越過了。於是，茅盾決定上廬山，借道去南昌。

25 日清晨，茅盾坐車來到了廬山腳下的蓮花洞，從蓮花洞到山上牯嶺，共有 18 里山路，乘山轎兩三個小時即到。茅盾本想乘山轎，可由於同行的宋雲彬與轎工討價還價弄僵了，便步行上山。他們一路走走歇歇，下午二三

點才到牯嶺。茅盾住在廬山大旅社。住定後，他走到街上，無意中碰到夏曦（時任中共中央委員），就向他打聽情況。夏曦說，昨天翻山下去的路還是通的，今天這條路也斷了。說罷，他留下地址，叫茅盾明天再去找他，看還有沒有別的辦法。第二天上午，茅盾去找夏曦。夏曦說，這地方不宜長住，還是回去的好，他本人也馬上要走。茅盾沒有辦法，只得準備第二天回去。當天下午，他們找個嚮導，到御碑亭、仙人洞、天地寺、黃龍寺、黃龍洞和黃龍瀑等處看了一下。「今天所經過的諸處，黃龍洞和黃龍瀑最好。我們在洞裡泉前大石上躺了好一刻，我們又想在黃龍瀑前水潭中洗浴，可惜未帶衣巾，不曾實行。」

遊玩歸來的當天晚上，茅盾突然患了腹瀉。病來勢兇猛，使他一夜間瀉了七八次肚子，第二天就躺在那裡動不得。由於兵荒馬亂，山上沒有醫生，病情無法控制。茅盾每天只好吃託茶房買來的八卦丹，喝些稀飯。瀉了兩天，病情有所好轉，又躺了三四天，他居然能起床稍微走動了。有一天，茅盾看見茶房們在交頭接耳，就上前打聽。他們說南昌出事了，但也說不出個所以然來。茅盾走出旅館，想到牯嶺鎮上打聽消息，走到街上正巧碰到在武漢時認識的范志超。范志超驚奇地問：「怎麼你還在這裡？」茅盾便把自己得病的情況敘說了一遍。范志超聽後說：「這裡不是談話的地方，到你住的旅館去。」到了旅館，范志超介紹了南昌起義情況，又說汪精衛、張發奎等一批人近日在廬山開會，他們中間很多人認識茅盾，要茅盾千萬不要出門走動，有什麼消息，她來告訴茅盾。茅盾當時住旅館的身份是教員，說是利用暑假來玩玩，不巧病了，多住了幾天，故沒有引起懷疑。

范志超過兩天來一次。茅盾得知范不久要回上海，就托她想辦法買一張船票。船票最好能預先買好，一下山就上船，不在九江停留。范志超答應了。8月下旬，范志超來告訴茅盾，開會的人走了，她已託廬山管理局局長買好了船票，明天就下山。第二天，茅盾與范志超乘轎下山，直接上了輪船。這樣，茅盾就離開了牯嶺。蔣介石南京政府通緝名單上有沈雁冰的名字，故他只能隱居家中，賣文為生。在短短的時間內，寫出了《幻滅》、《動搖》和《追求》三部曲。

茅盾在牯嶺期間，先後創作了散文《雲少爺與草帽》、《牯嶺的臭蟲》和詩歌《留別雲妹》，均在漢口《中央日報》副刊發表，並將隨身帶的一本西班牙作家柴瑪薩斯的中篇小說《他們的兒子》的英文本翻譯出來，發表在《小

說月報》第 18 卷 8 號上。

（三）

　　茅盾在廬山牯嶺期間的情況大致如此。對於本書所引松井博光的觀點，筆者是不敢苟同的。

　　第一，客觀事實不存在茅盾拒絕參加南昌起義問題。關於在南昌舉行暴動，在九江的李立三、譚平山等人經過兩次醞釀後，急電請示中央，在武漢的臨時中央政治局常務委員會表示贊同九江同志們的意見。周恩來作為前敵委員會書記，25 日（或 26 日）趕到九江，召集會議，商定積極進行準備在南昌舉行武裝起義。與此同時，中央還將此事報告共產國際，接覆電後，7 月 26 日，中央又舉行會議討論共產國際的覆電。……茅盾原本計劃 24 日去南昌。此時的茅盾無論從他的地位（不在中央工作），還是從時間上，他都不可能在 24 日前知道要在南昌舉行暴動一事。這就無從談起他不去南昌是拒絕參加南昌起義。

　　第二，茅盾上廬山為的是繞道前往南昌。這一點他在回憶錄中講得很清楚：借道牯嶺，繞過馬回嶺，前往南昌。到了南昌，屆時他自然會參加起義。

　　去南昌為什麼要借道牯嶺？茅盾的敘述是否符合事實？下面的一則材料可以印證：「在當時南潯鐵路時通時隔的情況下，有些中共負責人翻廬山，越過不通的一段鐵路，再搭火車去昌，確是事實。丁覺群 1967 年 6 月 8 日的材料中還說到，他按黨的指示從漢來潯開會，與林祖烈接頭後，林祖烈說會議開過了，現在轉移南昌，要丁等數人翻廬山去南昌。由此可見，李立三曾回憶說，他與周恩來等 4 人上廬山，插到德安，繞過馬回嶺這一段不通的鐵路，去南昌。這是極可能的。」

　　茅盾到廬山後為什麼會滯留牯嶺？他本人在回憶錄中同樣說得很清楚：「這時候我卻突然患了腹瀉，來勢兇猛，一夜間瀉了七八次，第二天就躺在那裡動不得了。」

　　我是同意茅盾「病滯廬山」說法的。1987 年第 6 期《大眾醫學》發表的周國然的文章《推拿治療旅遊者腹瀉》，從醫學角度，提供了「病滯廬山」說的有力佐證。

　　茅盾之所以沒有去南昌，是由於「腹瀉」這個客觀原因，並不是主觀上他不願去南昌。

　　第三，松井博光認爲茅盾拒絕參加南昌起義的一條重要理由，是茅盾「堅定了成爲作家的心意」，因而「在牯嶺停留期間通讀了魯迅的著作」。筆者認爲，說茅盾在牯嶺通讀了魯迅的著作，並沒有足夠材料證明這點。

　　在《茅盾論創作》一書中，有這樣一段文字：「兩個月前，在一個山裡養病，竟把他（指魯迅）的著作全體看了一遍，頗有些感想，拉雜寫了下來，遂成此篇。」松井博光據此認定茅盾在牯嶺通讀了魯迅著作。我認爲茅盾的這番話只是託詞而已，意圖無非是想以一個陌生人臉孔出現來評價魯迅，使其文章更受讀者歡迎。因爲茅盾早就同魯迅建立了良好關係。

　　茅盾在回憶錄中敘述到：他愛人帶走了大部分行李，只留下他穿的夏衣。他「病滯廬山」後，無事消遣，正好隨身帶了一本外國小說《他們的兒子》，把它譯了出來。根本未提帶魯迅的全部著作。那麼，在廬山能不能從它處借閱到？這點看來也不可能。因爲當時廬山公共圖書館不對中國人開放。茅盾回到上海後，葉聖陶約他寫《魯迅論》，他卻一下子沒能寫出來，先寫了《王魯彥論》。「我這是避難就易。全面評價一個作家，我也是初次。對王魯彥的作品，評論界的意見比較一致，不難寫；而對魯迅的作品，評論界往往有截然相反的意見，必須深思熟慮，使自己的論點站得住。所以第二篇我才寫了《魯迅論》。」從茅盾這段話中，我們可推測到茅盾在早就熟悉魯迅作品的基礎上，又反覆研究了評論界對魯迅的意見、然後才寫出《魯迅論》。

　　以上所述可以看出茅盾在牯嶺並沒有通讀魯迅的全部作品。松井博光的說法是沒有足夠根據的。

　　第四，茅盾從事「記錄投身大革命的青年知識分子們悲慘形象」的創作活動，並不是在牯嶺決定的，而是在回上海後，在友人的勸說下開始的。茅盾自述道：「1927 年 8 月，我從武漢回到上海，一時無以爲生，朋友勸我寫稿出售，遂試爲之，在四個星期中寫成了《幻滅》。」葉聖陶回憶當時情景，印證了茅盾的自述。葉聖陶當時正編輯《小說月報》，見到遭國民黨政府通緝的茅盾生活沒有著落，便關切地勸茅盾「寫些小說吧。雁冰兄說，讓我試試看，雖說試試看，答應下來就眞個動手。不久，《幻滅》的第一部分交來了。」（《略談雁冰兄的文學工作》）

　　根據以上 4 點的分析，我們完全有理由斷定，松井博光關於茅盾牯嶺之行的目的是拒絕參加南昌起義的說法是錯誤的。

【附】

《黨史文苑》編者按　江西省文聯原副主席、黨組成員、文藝理論評論家、江西省新聞出版局特邀報刊審讀員舒信波同志，在審讀本刊後，為省新聞出版局報刊處編印的內部資料《江西報刊審讀》第 1 期撰寫並發表了此文。文章對本刊作了充分的肯定，並提出了十分寶貴的希望和建議。本刊轉發這篇文章，意在歡迎廣大讀者都來關心、支持本刊，多提建設性意見，幫助我們進一步辦好刊物，使之真正成為廣大讀者的良師益友。（舒文節選如下）

在尊重歷史、實事求是的原則下，可適當充實《探討與爭鳴》欄目。在黨的歷史上由於年深日久，記憶各異的事情時有發生（「文革」中林彪、江青反革命集團蓄意顛倒是非除外）。面對這種情況，不妨披露各種不同的記憶，以喚起同時代人的關心和研究工作者的重視，在眾多的回憶和研究中更接近事實。1994 年第 1 期《茅盾牯嶺之行是拒絕參加南昌起義嗎》，以大量事實回答了許多過去不同的說法。這類文章很有意義，讀者也喜歡看，今後可否有選擇地適當增加。

3、最早全面評價與肯定魯迅的是誰──與張恩和教授商榷

為賢者諱。這是學術研究中常見的現象，是情感所致。但不能過分，不能為賢者貼金。

（一）問題的提出

張恩和教授在其專著《魯迅與郭沫若比較論》中寫道：

　　……毛澤東在魯迅逝世一週年之際，在陝北公學舉行的紀念會上發表了講話，高度讚揚了魯迅的革命精神；此後，1940 年在著名的《新民主主義論》中對魯迅作了科學的、全面的、崇高的評價。這些都已為我們所熟知。毛澤東對魯迅的評價，完全是從實際出發，站在中國革命和社會發展的高度，運用歷史唯物主義的觀點，代表了全國人民的心願和認識。它不但是對魯迅的「蓋棺論定」，也是歷史對魯迅一生作出的結論。在毛澤東之前，如果說還有誰對魯迅的認識比較充分、比較客觀、比較科學，除了瞿秋白曾經對魯迅的思想雜文作過精湛的分析和恰當的概括，就應該首推郭沫若，並且除郭而外，幾乎就再沒有別人。（該專著第 323 頁，天津人民出版社 1989 年 2 月版）

上面引文要點歸納如下：

瞿秋白僅對魯迅的思想和雜文作過評價，並不全面；郭沫若是在毛澤東之前唯一的對魯迅認識比較充分、比較客觀、比較科學的人。總之，最早全面評價與肯定魯迅的人是郭沫若。

對於張恩和教授的上述結論，筆者不敢苟同。我們翻開郭沫若紀念、評價魯迅的詩文，與茅盾評價魯迅的文章相比，存在著明顯的差距。郭的作品有激情，但不具體，過於籠統，並不全面；多是魯迅逝世後寫的，對魯迅的認識過程太長。而茅盾對魯迅的評價，開創了魯迅研究的先河，具有奠基性。這點，後文會詳談。

對於張恩和教授的上述結論，如郭沫若本人健在，恐怕也會持否定態度。郭沫若曾很坦率地說：「要論評魯迅，我自己怕是最不適當的一個人」。這為什麼呢？因為：「想起魯迅和我的關係，實在是不可思議的淡泊。儘管是生在同一國土、同一時代，卻一次也沒有得到晤面的機會，甚至連一次通訊也沒有。」

相反，在「五四」以來的現代文學的先驅中，茅盾與魯迅的關係卻是十分密切的，交誼是非常深的。魯迅在逝世前夕說：「例如我和茅盾、郭沫若兩位，或相識，或未嘗一面，或未衝突，或曾用筆墨相譏，但大戰鬥卻都為著同一目標，決不日夜記著個人的恩怨。」如果我們把魯迅的話稍加闡釋，就可以看出他倆的友誼具有兩個顯著的特點：第一，他倆不僅「相識」，而且相識很早。早在「五四」新文學運動初期，他們就建立了密切的文字之交，在反對封建舊文學、倡導革命的新文學的共同鬥爭中相互支持，結下深厚的友誼。第二，他倆不僅「未衝突」，也從未「用筆墨相譏」，而且都具有共同的思想、藝術傾向；在「五四」以後至「左聯」時期的歷次重大鬥爭中，都能取同一步調，為著同一的目標。他倆在共同的鬥爭中配合默契，成了憂樂與共的親密戰友。

不言而喻，魯迅與郭沫若不僅「不相識」，而且還曾「用筆墨相譏」。

筆者認為，僅從魯迅、茅盾和郭沫若三者的關係來看，最早對魯迅的認識比較充分、比較客觀和比較科學的並不是郭沫若，而是茅盾。

下面，筆者擬從 3 個方面來闡述茅盾的魯迅論，藉以來證實茅盾是最早全面評價與肯定魯迅的偉大的文學評論家。

（二）問題的分析

首先，茅盾是魯迅作品最早的知音和積極宣傳者。他從小說到雜文等幾個方面，對魯迅做了比較充分的肯定。

茅盾主編《小說月報》的兩年之間，除在該刊物上發表魯迅的作品外，並曾多次推崇和介紹魯迅的小說。當一共 9 章的《阿Q正傳》剛發表 4 章時，茅盾即斷定這是「一部傑作」，看出了「阿Q這人很面熟」的廣泛概括性和高度典型性的特點，眞令人佩服他的藝術鑒賞力。

《讀〈吶喊〉》一文是茅盾對魯迅及其作品系統研究的第 1 篇成果。這不僅是《吶喊》出版後第一篇爲之「吶喊」的文章，而且也是第 1 篇有見解有分量的魯迅小說論。在文章中，茅盾概括了魯迅小說的思想意義，並著重分析了《狂人日記》和《阿Q正傳》。他認爲《狂人日記》不論「題目、體裁、風格，乃至裡面的思想」，都是一篇「前無古人」的「奇文」。他認爲，阿Q的精神勝利法，「未必全然是中國民族所特具，似人類普通弱點的一種。」這同後來的法國作家羅曼·羅蘭感受是一樣的。茅盾還分析了《吶喊》的藝術獨創性和在文學史上的深遠影響，指出：「在中國新文壇上，魯迅君常常是創造『新形式』的先鋒」。

《魯迅論》一文是茅盾對魯迅前期小說、雜文全面系統研究的長篇論文。這不是一篇普通的評論文章。在那白色恐怖的歲月，它既表示了對剛來上海的魯迅的歡迎，更重要的是再次肯定魯迅作品的意義和價值，維護了魯迅的地位與尊嚴，駁斥了當時魯迅評論中的一些錯誤論調。眾所周知，在 20年代，圍繞著魯迅及其作品的意義和價值，文壇上一直存在著尖銳的分歧與激烈的爭論的。且不說敵對勢力對魯迅的惡毒攻擊，就在革命文藝隊伍內部，也有創造社和太陽社的同志對魯迅及其作品採取了否定與批判的態度。正是在魯迅的地位與作品的價值受到懷疑、攻擊、否定的時刻，茅盾以鮮明的態度肯定了魯迅的戰鬥業績，對魯迅的小說和前期雜文進行了比較全面、系統的分析評論，高度評價魯迅作品的現實意義與徹底反封建精神。可以說，在瞿秋白的《〈魯迅雜感選集〉序言》發表以前，茅盾的這篇《魯迅論》，是革命文藝陣營中正確認識與評價魯迅的一篇最重要的文章。

《魯迅論》主要圍繞著當時評論界最有爭論的兩個核心問題展開論述的：其一，關於魯迅作品的時代性與現實意義問題，茅盾以大量的篇幅論證了魯迅作品具有強烈的時代性和深遠的現實意義；其二，關於暴露黑暗與歌

頌光明的問題，茅盾認為魯迅給讀者指明了前進方向。

茅盾是魯迅研究史上比較早的強調魯迅雜文具有重大社會意義的一位評論家。「五四」至大革命時期，普遍存在著重魯迅小說而忽略魯迅雜文的傾向。針對這種傾向，茅盾在《魯迅論》中反覆強調魯迅的雜文和小說具有同樣的價值和意義，二者不可偏廢。茅盾說：「在他的創作小說裡有反面的解釋，在他的雜感和雜文裡就有正面的說明。單讀了魯迅的創作小說，未必能夠完全明白他的用意，必須也讀了他的雜感集。」茅盾認為魯迅的雜文充滿了反抗的呼聲和無情的剝露，「反抗一切的壓迫，剝露一切虛偽。」早在20年代，特別是在革命處於低潮的1927年秋，茅盾對魯迅雜文的戰鬥意義作出如此公允而崇高的評價，實在是十分難能可貴的。

其次，茅盾對魯迅評價和研究中的不良傾向展開批評，比較科學地研究和評價魯迅。

茅盾在對魯迅評價和研究中不從作家作品的實際出發，只從片斷的印象、個人的好惡或者門戶之見出發的不良研究方法，多次提出批評。早在1922年，他在一封通信中對有人把《阿Q正傳》理解為插科打諢的「諷刺小說」提出異議。在《魯迅論》中，茅盾列舉了3種人筆下的魯迅形象：小學生認為魯迅「不漂亮」、「又老又呆板」；一位女士認為魯迅並不「沉悶而勇猛」；一位資產階級文人認為魯迅是「官僚」。茅盾認為，這些看法都不是對魯迅著作和魯迅思想有所認識有所研究得出的科學結論，而只是從片斷的感受和個人好惡出發產生的印象，自然是主觀、片面而錯誤的。

早在20年代，在肯定讚美魯迅的一些文章中，也曾出現把魯迅當成「完人」、「超人」的趨向。張定璜的《魯迅先生》一文，被茅盾稱為早期魯迅研究的一篇好文章，但就是這篇文章也有某種片面性，那就是把魯迅描繪成只是「沉默的旁觀者」。在《魯迅論》中，茅盾提出了不同的看法：

> 然而我們也不要忘記，魯迅站在路旁邊，老實不客氣地剝脫我們男男女女，同時他也老實不客氣地剝脫自己。他不是一個站在雲端的「超人」，嘴角上掛著莊嚴的冷笑，來指斥世人的愚笨卑劣的；他不是這樣的「聖哲」！他是實實地生根在我們這愚笨卑劣的人世間，忍住了悲憫的熱淚，用冷諷的微笑，一遍一遍不憚煩地向我們解釋人類是如何脆弱，世事是多麼矛盾！他決不忘記自己也分有這本性上的脆弱和潛伏的矛盾。

　　1928 年的「革命文學」論爭，魯迅和茅盾這兩位現代文學的傑出先驅者，竟然變成了「革命文學」的對立面——主要批判對象。遠在日本的茅盾之所以也受到批判，原因有多種，但其中重要的一條就是所謂「吹捧魯迅」，對魯迅「五體投地」，撰寫了《魯迅論》。

　　茅盾堅持科學地研究和評價魯迅，並不因爲遭到許多人攻擊而改變對魯迅的看法。他在論戰尾聲階段，曾借評葉聖陶的「扛鼎之作」《倪煥之》，就魯迅及其作品的評價問題進行了答辯，指出太陽社、創造社對魯迅的批評並「不公允」。他說：

　　　　我曾經做過一篇論文，對於這些見解，有所辨正；不料人家說我是「捧魯迅」。現在我還是堅持我從前的意見，我還是以爲《吶喊》所表現者，確是現代中國的人生，不過只是躲在暗陬裡的難得變動的中國鄉村的人生；我還是以爲《吶喊》的主要調子是攻擊傳統思想，不過用的手段是反面的嘲諷。

　　　　……我以爲我們應該這樣地去瞭解《吶喊》的內容，雖然同時亦不能不指出《吶喊》是很遺憾地沒曾反映出彈奏著「五四」的基調的都市人生。（茅盾《讀〈倪煥之〉》）

　　茅盾的答辯也是實事求是的。他再次公開肯定魯迅作品深刻的現實意義與徹底的反封建精神，旗幟鮮明地維護魯迅的地位與尊嚴。

　　當魯迅被郭沫若的創造社及太陽社的諸多位同志視爲「封建餘孽」、「二重性的反革命」、「不得志的法西斯帝」的時刻，茅盾敢於一再出來爲魯迅辯護，是很不容易的，使魯迅全家非常感動。許廣平曾說：「茅盾先生從東洋回來了，添一支主力軍，多麼可喜啊！那時，壓迫並不稍寬，茅盾先生當即被注意了。先生和他以前在某文學團體裡本有友情。這回手攜手地做民族解放運動工作，在艱難環境之下，是極可珍視的」（許廣平《欣慰的紀念》）

　　再次，茅盾研究和評價魯迅，並不是隨心所欲、我注《五經》，而是堅持客觀性原則的。

　　茅盾對魯迅的推崇與敬仰，是從閱讀魯迅的作品開始的。早在「五四」文學革命初期，當魯迅剛在《新青年》上發表了幾篇小說，就引起了茅盾的重視和欽佩。他在《評四五六月的創作》一文中特地介紹了魯迅的《風波》和《故鄉》兩篇小說，給予了很高的評價。

　　茅盾在《魯迅論》中也自敘道：「幾年來，常在各種雜誌報章上，看到魯

迅的文章。我和他沒甚關係，從不曾見過面，然而很喜歡看他的文章，並且讚美他。」

茅盾在撰寫《魯迅論》時給自己規定了一條從作家創作的實際出發的文學批評原則，「從魯迅自己的著作上找找我的印象罷。」這篇《魯迅論》主要依據當時已出版的《吶喊》、《徬徨》，以及散文詩集《野草》寫成的。

從《讀〈吶喊〉》到《魯迅論》，茅盾第一個發現並捍衛了魯迅創作的成就。同時，茅盾又用更加開放的眼光光顧文壇，爲新的成績出現而歡與呼。到了《讀〈倪煥之〉》，茅盾一面繼續評述魯迅作品的價值，一面又以卓越的文學的歷史觀和批評家的膽識，在魯迅小說與《倪煥之》的歷史的比較中，大膽而又客觀地肯定了葉聖陶對於魯迅的突破：

> ……然而也正像《吶喊》中的鄉村描寫只能代表了現代中國人生的一角，《徬徨》中這兩篇也只能表現了「五四」時代青年生活的一角；因而也不能不使人猶感到不滿足。……

> 我常常想，「五四」時代是並沒有留下一些表現這時代的文學作品而過去了，現在如果來描寫「五四」對於一個人有怎樣的影響，並且他又怎樣經過了「五卅」而到現在所謂「第四期的前夜」……我這意見，最近在葉紹鈞所作的長篇小說《倪煥之》找到了同感了……這樣有目的、有計劃的小說在現今這混沌的文壇上出現，無論如何，不能不說是有意義的事。這樣「扛鼎」似的工作，如果有意識地繼續做下去，將來我們大概可以說一聲：「五卅」以後的文壇倒不至於像「五四」時代那樣沒有代表時代的作品了。

也是憑著這種客觀性文學批評原則，茅盾還肯定了王統照、王魯彥以及後來其他一些作家在某一方面對於魯迅小說的突破。

（三）問題的結論

我們並不否認，郭沫若自魯迅逝世後，一直到他自己去世，總共發表了20 餘篇紀念、評價魯迅的詩文和講話，聯繫中國革命的實際，從許多角度闡明自己對魯迅的認識。這些認識，組成了他一個完整的魯迅觀。

同樣，除了茅盾與在世時的魯迅有過 10 多年的交往外；從 1936 年 10 月 19 日魯迅逝世以後，到 1981 年 3 月 27 日茅盾逝世以前，爲了學習與發揚魯迅精神，茅盾則寫過更多的紀念魯迅、評論魯迅思想與創作的文章。這些文

章高舉魯迅的旗幟，以深厚的感情與實事求是的態度，對魯迅的思想、創作及其在我國現代思想文化史上的偉大貢獻，做出了精闢的闡述，提出了許多精到的見解。

問題是，究竟誰是最早對魯迅認識比較充分、比較客觀和比較科學的。我們通過從《讀〈吶喊〉》、《魯迅論》到《讀〈倪煥之〉》等論文的分析，便可找到問題的結論：最早全面評價與肯定魯迅的是茅盾，而不是郭沫若。因而，張恩和教授的論斷是不妥的。

這樣，無論從 3 位文學巨人之間的關係來看，還是從現存的文學史料來分析，最早全面評價與肯定魯迅的人物，就應該首推茅盾，而不是郭沫若。因而早有人這樣談及：「可以說，在魯迅研究史上，茅盾是最早認識到魯迅及其作品的意義與價值的重要評論家。」（葉子銘《茅盾漫評》）「在創作上，從《吶喊》到《故事新編》，都是他首先給予正確的評價。……魯迅先生認秋白同志為知己，實際上茅盾同志也是魯迅先生的知己，當之無愧的最親密的戰友。」（黃源《沉痛悼念導師雁冰同志》）

4、茅盾與郭沫若異同論

在一般人心目中，茅盾是文學研究會的代表人物，提倡「為人生」的藝術；郭沫若是創造社的代表人物，主張「為藝術而藝術」。因而，他倆的關係是水火不相容的。的確，在中國現代文學的創建中，文學研究會和創造社是以互相對抗的方式參與的；因而，這兩位文學巨人最初的關係也是相對抗的。例如，郭沫若多篇詩作發表後，茅盾評價甚高。郭沫若從日本回滬後，茅盾便和鄭振鐸請他到半淞園吃飯，當面邀請郭沫若加入文學研究會。郭沫若不僅沒加入文學研究會，反而對茅盾有「看法」。他說：「雁冰給我的第一印象卻不很好，他穿的是青布馬褂，竹布長衫，那時似乎在守制。他的身材矮小，面孔也纖細而蒼白，戴著一副很深的近視眼鏡，背是微微弓著的，頭是微微埋著的，和人談話的時候，總愛把眼睛白泛起來，把視線越過眼鏡框的上緣來看你，聲音也帶著些尖銳的調子，愛露出牙齒咬字，因此我總覺得他好像一隻耗子。——我在這兒要特別加上一番注腳，我這只是寫的實感，並沒有包含罵人的意思在裡面。」

但是，縱觀茅盾與郭沫若的多年的文學活動，我們便不難發現，他倆儘管有過分歧，但更多的卻是並肩戰鬥。如果從時間上來看，30 年代是個分水

嶺。30 年代前，他倆分歧多；30 年代後，他倆共同點多。下面，筆者略述之。

（一）

茅盾與郭沫若的相異處，主要體現在文藝觀、翻譯觀、魯迅觀和歷史劇觀等方面。

茅盾提倡「爲人生的文學」，「文學是爲表現人生而作的。文學家所欲表現的人生，決不是一人一家的人生，乃是一社會一民族的人生。不過描寫全社會的病根而欲以文學小說或劇本的形式出之，便不得不請出幾個人來做代表……下一個字是爲人類呼籲的，不是供貴族階級賞玩的；是『血』和『淚』寫成的，不是『濃情』和『豔意』做成的，是人類中少不得的文章，不是茶餘酒後消遣的東西！」對此，有人概括道：突破傳統思想束縛，徹底揭露黑暗，同情社會底層的被壓迫人民，從黑暗中看到光明的未來。這便是茅盾所提倡的「爲人生的文學」的具體內容。

茅盾從開始走上文學道路，就抱著十分明確的目的，即通過文學去「爲人生」和「改良這人生」，同魯迅一樣。

郭沫若是主張「爲藝術而藝術的」，「文藝也如春日的花草，乃藝術家內心之智慧的表現。詩人寫出一篇詩，音樂家譜出一支曲子，畫家繪成一幅畫，都是他們感情的自然流露：如一陣春風吹過池面所生的微波，應該說沒有所謂目的地……所以藝術的本身是無所謂目的。」郭沫若在理論上以強調文學的非功利性，強調表現主觀自我，強調直覺和靈感爲主。

郭沫若主張「爲藝術」，也有它的積極意義，它反映文學自身覺醒的要求，反對「文以載道」。

儘管茅盾和郭沫若早期對於文藝的認識有著明顯的差別，然而，隨著思想的發展變化，他們在重大問題上很快趨於一致。如「五卅」運動的爆發，他倆都前去戰鬥，都情不自禁揮起如椽巨筆，寫下了壯麗篇章。茅盾從此開始了敘事散文寫作，郭沫若從此開始了歷史劇創作。

新文學運動初期，在有關外國文學的譯介與研究的關係以及由此而涉及的翻譯《浮士德》等作品是否必要等問題上，郭沫若與茅盾之間看法不盡相同，曾經有過論爭。

郭沫若從應更多尊重個人的自由意志出發，比較強調翻譯家的主觀動機與能動作用，認爲「人盡可隨一己的自由意志，去研究古今中外的一切文學

作品……翻譯家在他的譯品裡面，如果寄寓有創作精神；他於翻譯之前，如果對於所譯的作品下過精深的研究，有了正確的理解；並且在他譯述之時，感受過一種迫不得已的衝動；那他所產生出來的譯品，當然能生出效果，會引起讀者的興趣。他以身作則，當然能盡他指導讀者的義務，能使讀者有所觀感，更進而激起其研究文學的急切要求……如果是時，那麼，這種翻譯家的譯品，無論在什麼時候都是切要的，無論對於何項讀者都是經濟的。」（《郭沫若論創作》）

茅盾則注意到翻譯除了主觀動機以外，還有它的客觀效果。他認為，有人純依主觀愛好而翻譯，是他的自由，但有人為適合一般人需要，以救時弊而翻譯，也是他的自由。他明確指出，「我是傾向人生派的。我覺得一時代的文學是一時代缺陷與腐敗的抗議或糾正。我覺得創作者若非是全然和他的社會隔離的，若果也有社會的同情的，他的創作自然而然不能不對於社會的腐敗抗議。我覺得翻譯家若果深惡自身所居的社會的腐敗，人心的死寂，而想借外國文學作品來抗議，來刺激將死的人心，也是極應該而有益的事。」顯然，茅盾更多是從社會需要與翻譯的客觀效果來考慮外國文學選題的。

他倆之間的意見分歧，體現了重主觀、重藝術的浪漫主義與重客觀、重人生的現實主義在對待譯介外國文學上的兩種不同態度。

魯迅在逝世前夕說：「例如我和茅盾、郭沫若兩位，或相識，或未嘗一面，或未衝突，或曾用筆墨相譏，但大戰鬥卻都為著同一目標，決不日夜記著個人的恩怨。」我們把魯迅的話稍加闡釋，就可以看出他倆的魯迅觀。茅盾與魯迅不僅「相識」，而且相識很早，他倆不僅「未衝突」，也從未「用筆墨相譏」，而且都具有共同的思想、藝術傾向。不言而喻，郭沫若與魯迅不僅「不相識」，而且還「用筆墨相譏」。

茅盾是魯迅作品最早的知音和積極宣傳者。他從小說到雜文等幾個方面，對魯迅作了比較充分的肯定。茅盾還對魯迅評價和研究中的不良傾向展開批評，比較科學地研究和評價魯迅。當魯迅被某些人視為「封建餘孽」、「二重性的反革命」的時刻，茅盾敢於一再出來為魯迅辯護，很不容易，曾使許廣平非常感動。

郭沫若坦率地說：「要論評魯迅，我自己怕是最不適當的一個人。」為什麼呢？因為「想起魯迅和我的關係，實在是不可思議的淡泊。儘管是生在同一國土、同一時代，卻一次也沒有得到晤面的機會，甚至連一次通訊也沒

有。」郭沫若與魯迅關係並不「淡泊」。1928 年 8 月，他化名杜荃寫的《文藝戰線上的封建餘孽》一文，對魯迅採取了一筆抹煞的態度。

郭沫若後來改變了對魯迅的看法，發表了 20 餘篇紀念、評價魯迅的詩文和講話，聯繫中國革命的實際，從許多角度闡明了自己對魯迅的認識。這些認識，組成了他一個完整正確的魯迅觀。

郭沫若創作歷史劇成績顯著。他有關創作理論也頗有特色，仍有「浪漫主義」精神。他既喜歡研究歷史，又喜歡用歷史題材來創作。他認為歷史的研究是力求其真實而不怕傷乎零碎，愈零碎才愈逼近真實。史劇的創作是注重在構成而務求其完整，愈完整才愈算得是構成。「說得滑稽一點的話，歷史研究是『實事求是』，史劇創作是『失事求似』」。郭沫若所強調的史劇家要發展歷史的精神，「劇作家的任務是在把握歷史的精神而不必為歷史的事實所束縛。劇作家有他創作上的自由，他可以推翻歷史的成案，對於既成事實加以新的解釋，新的闡發，而具體地把真實的古代精神翻譯到現代。」因而，郭沫若在《屈原》中虛構了嬋娟和僕夫，在《蔡文姬》裡為曹操翻案。

茅盾曾創作過歷史小說，撰寫過長篇論文，探討歷史劇等問題。他在建國後寫，在舊社會，我們曾不得不借古喻今以避開檢查官的壓迫。「郭老在抗戰期間寫《屈原》以古喻今，諷刺蔣介石的假抗戰，真反共。不這樣，戲演不出來。今天就不需要……在今天，我們只要反映了歷史真實，就是古為今用。」

茅盾還是比較強調以事實為基礎進行創作。如他很推崇司各特和大仲馬的歷史小說，但仍批評道：「這兩位歷史小說家不按照歷史的真實而頗多虛構乃至臆造，是不足取的。歷史小說容許有虛構的人和事，但必須是那個歷史時期可能發生的人和事。否則，便是向壁虛造。」（《茅盾文藝評論集》）

茅盾在其長篇論文《關於歷史和歷史劇》的文章中，辯證地論述了歷史和歷史劇的關係。後來，他又強調了這點：「歷史劇當然是藝術品而不是歷史書。《關於歷史和歷史劇》曾屢次指出二者區別之處在於前者必須有藝術的虛構；但既稱為歷史劇那就不能改寫歷史、捏造歷史（此與藝術虛構是兩回事，藝術虛構者，歷史人物雖未作此事，出此言，但按其人其時的條件有百分之百的可能作此事，出此言）、顛倒歷史（把發生於不同時期的事併為一事等等），如果可以完全不顧歷史，那又何必稱為歷史劇？」茅盾還是強調「以史為基礎，在史的基礎上進行創作。」

郭沫若與茅盾在歷史劇創作方面的分歧，正是浪漫主義和現實主義創作方法的體現，各有千秋。君不見，郭沫若在其思想支配下，成為一代歷史劇大家。茅盾的觀點；給人以真實感，讀者樂於觀看真實性的作品。

（二）

茅盾與郭沫若，從 30 年代中期開始有了神交，儘管中途還有隔閡，但畢竟是良好的開端。此後，他倆攜手合作，並肩戰鬥在國統區。

30 年代中期，上海文壇進行著「兩個口號」的論爭。周揚等人提出了「國防文學」的口號，得到了郭沫若等許多人的支持。胡風提出了「民族革命戰爭的大眾文學」口號，得到魯迅的基本肯定。雙方為此展開了論爭，《夜鶯》出了「民族革命戰爭的大眾文學特輯」，《文學界》也出了「國防文學特輯」。

茅盾夾在這兩個口號的中間，頗為難。他曾撰文支持、肯定「國防文學」口號，而魯迅支持的「民族革命戰爭的大眾文學」又有其合理性。他晚年回憶此事時說，「那時我看到了郭沫若在東京寫的文章《國防・汙池・煉獄》。郭沫若在『兩個口號』的論爭中贊成『國防文學』，他在這篇文章中對『國防文學』的解釋很有見地，他說：『國防文藝』最好定義為非賣國的文藝，或反帝的文藝。又說：『我覺得國防文藝應該是作家關係間的標幟；而不是作品原則上的標幟。』就是他這兩句話觸發了我的思路。我考慮，魯迅對『兩個口號』關係的解釋是對左翼作家而發的，因此提出一個是總的口號，是無產階級革命文學的繼承和發展，另一個則是隨時應變的具體口號。」正是受到郭沫若文章的啟發，茅盾寫了《關於引起糾紛的兩個口號》一文，正確地闡明了二者的關係：「我再重複我上面的話，來結束這篇短文罷！

1、『民族革命戰爭的大眾文學』應是現在左翼作家創作的口號！

2、『國防文學』是全國一切作家關係間的標幟！

我們所希望的是全國任何作家都在抗日的共同目標之下聯合起來，但在創作上需要有更大的自由。」

為此，茅盾還給在東京的郭沫若寫過一封信，希望在「兩個口號」的論爭中我們與魯迅步調一致，共同積極地引導青年向正確的方面，使這場論爭早日結束。

在「霧重慶」共同戰鬥。《屈原》是郭沫若歷史劇的代表作，寫於中國抗日戰爭最黑暗的時代。他回憶說：「我寫這個劇本是在 1942 年 1 月，國民黨

反動派的統治最黑暗的時候，而且是在反動統治的中心——最黑暗的重慶。不僅中國社會又臨到階段不同的蛻變時期，而且在我的眼前看見了不少的大大小小的時代悲劇。無數的愛國青年、革命同志失蹤了，關進了集中營。代表人民力量的中國共產黨在陝北遭受著封鎖，而在江南抵抗日本帝國主義的侵略最有功勞的中共所領導的八路軍之外的另一支兄弟部隊——新四軍，遭了反動派的圍剿而受到很大的損失。全中國進步的人們都感受著憤怒，因而我便把這時代的憤怒復活在屈原時代裡去了。換句話說，我是借了屈原的時代來象徵我們當時的時代。」（《郭沫若論創作》）

「皖南事變」發生後，重慶形勢惡化。黨考慮到重慶文化人太集中，為防意外，便作適當的疏散，郭沫若留下，茅盾到香港。茅盾回憶道：「1941年來到香港，正值『皖南事變』和國內政治形勢急劇惡化，使我有一種巨大的緊迫感——必須全力以赴地工作。」茅盾緊接著就寫了日記體長篇小說《腐蝕》。作品以「皖南事變」為背景，通過一個被騙下水的女特務趙惠明的罪惡活動和矛盾心理的自白，控訴了國民黨特務組織的滔天罪行，及時揭露了國民黨反動派勾結日偽，反共賣國的陰謀，有力地配合了當時的政治鬥爭，起了重大的戰鬥作用。《腐蝕》表現了人們敢怒不敢言的重大題材。

郭沫若的歷史劇，是根據現實鬥爭的需要，選擇歷史題材，發展了歷史精神，把革命的理想鎔鑄到典型形象中，有力地為民族解放戰爭服務。茅盾的小說，表現出對黑暗現實的本質和必然滅亡的趨勢揭示得更為深刻，主題的現實性和戰鬥性特別顯著。

文藝整風之後，廣大革命的文藝工作者深入農村和部隊，創作出一批具有劃時代意義的文學作品。新的題材，新的主題，新的人物，新的形式的紛紛出現，顯示了解放區文藝的嶄新的藝術特點與藝術風格。

為了向國統區的人民介紹和宣傳解放區的文學，郭沫若和茅盾都撰文介紹解放區的優秀作品。郭沫若寫了《序〈白毛女〉》、《悲劇的解放——為〈白毛女〉演出而作》、《〈板話〉及其他》，《讀了〈李家莊的變遷〉》、《〈新兒女英雄傳〉序》等文章。茅盾寫了《關於〈呂梁英雄傳〉》、《關於〈李有才板話〉》、《論趙樹理的小說》和《讚頌〈白毛女〉》等文章。

由此可見，他倆特別推崇趙樹理的作品和《白毛女》。茅盾稱趙樹理的作品「已經做到了大眾化」，「這是走向民族形式的一個里程碑，解放區以外的作者們足資借鏡。」郭沫若稱道：「作者存心『通俗』，而確實是做到了。……

因此我很羨慕作者，他是處在自由的環境裡得到了自由的開展。由《小二黑結婚》到《李有才板話》、《李家莊的變遷》，作者本身也就像一株樹子一樣，在欣欣向榮地不斷地成長。」眞是英雄所見略同。

他倆共同在香港《華商報》上撰文，歡迎上演《白毛女》。郭沫若稱劇本的演出，是悲劇的解放，是人民解放勝利的前奏曲。茅盾也同樣認爲，劇本的現實意義是，今天的更爲壯大的人民力量一定能把民族的民主的解放戰爭進行到最後勝利。郭沫若在另一篇文章，稱作品是新的民族形式的嘗試本，嘗試得相當成功。茅盾則在相同文章中肯定道：《白毛女》是中國第一部歌劇。

綜上所述，茅盾與郭沫若的關係是有分有合，主要原因在於創作思想上的分歧所導致的「分」，「聽將令」和對共產主義的追求導致他們的「合」。總起來看，「合」是本質問題，因而他倆算是攜手合作的戰友。這就是本文的結論。

5、對中學教材中茅盾作品的意見

（一）「農村三部曲」寫作與發表的時間考

茅盾農村三部曲《春蠶》、《秋收》和《殘冬》，筆力精悍，膾炙人口，爲廣大讀者和研究者所喜愛。可是，多少年來，對農村三部曲寫作和發表的時間問題，卻眾說紛紜。

有的說，「《春蠶》寫於 1932 年 11 月 1 日，《秋收》作於 1933 年 1 月，《殘冬》也是 1933 年寫的。」

新出版的《茅盾全集》第 8 集，關於農村三部曲的發表時間是這樣寫的：《春蠶》，「本篇最初發表於 1932 年 11 月《現代》第 2 卷第 1 期。」《秋收》，「本篇最初發表於 1933 年 4～5 月《申報月刊》第 2 卷第 4～5 期。」《殘冬》，「本篇最初發表於 1933 年 2 月《東方雜誌》第 30 卷第 4 號。」

茅盾在回憶錄《我走過的道路》中，談到農村三部曲寫作和發表時間，是這樣說的：1932 年 8 月，茅盾祖母去世了，他第二次回鄉。這次奔喪回鄉的見聞，又加深了他對「豐收成災」的感性認識，於是他就決定用這題材寫一短篇小說。「10 月份寫成，取名《春蠶》。」作品發表後，反應比較強烈，一般的評論都是讚揚的多。這時，曾經發表過《林家鋪子》的《申報月刊》主編俞頌華，又找到茅盾，要他再寫一篇農村題材的小說。「於是我就接著《春蠶》的人物和故事，在 1933 年 4 月初寫了《秋收》（發表在《申報月刊》

第 2 卷第 4～5 期上），內容是稻子收成好，老通寶反而欠了債；又在 6 月間寫了《殘冬》（發表於《文學》創刊號）。」

上述材料表明，關於農村三部曲《春蠶》、《秋收》和《殘冬》的寫作和發表的時間問題，各家的看法存在著明顯的分歧。究其原因，我們認為，導致各家認識不一致的因素，不外乎是以下三個方面：

一是將作品寫作和作品發表的兩個時間混為一談。例如，《春蠶》的寫作和發表時間，各家都說是 1932 年 11 月。茅盾在回憶錄中將《春蠶》的寫作時間訂正為 10 月份。其實，早在《春蠶》問世時，作品結尾處已注明寫於 1932 年 11 月。在這裡，是作者把《春蠶》寫作時間往後推了一個月，於是出現了寫作時間與發表時間兩者混為一談的情況。

二是對作品寫作時間回憶產生了記憶上的錯誤。例如，關於《秋收》的寫作時間，一般認為是 1933 年 1 月；而作者回憶錄說是 4 月初寫的。究竟哪一種意見準確呢？經查《茅盾全集小說 8 集·秋收》和《茅盾短篇小說集·秋收》，作品結尾均注明寫作日期為 1933 年 1 月，而不是這年的 4 月初。茅盾在 1933 年 3 月 20 日寫的《春蠶·跋》中，明確寫道，「《春蠶》等 7 篇寫於去年 2 月至今年 1 月。」在《春蠶》短篇小說集裡收有《秋收》。這就為《秋收》寫於 1933 年 1 月，提供了有力的佐證，從而也排除作者關於《秋收》寫於 1933 年 4 月初的記憶錯誤。

三是張冠李戴。例如，將其他短篇小說發表的日期，誤寫為《殘冬》發表的日期。《茅盾全集》第 8 集中介紹《殘冬》寫道：它最早發表於 1933 年 2 月《東方雜誌》第 30 卷第 4 號上。經查證，是茅盾《神的滅亡》發表在 1933 年 2 月《東方雜誌》第 30 卷第 4 號上；而不是《殘冬》。可見，像權威性的《茅盾全集》不免也會出現疏漏的。

筆者根據有關資料，現將農村三部曲各篇寫作和發表的時間整理如下：

《春蠶》，寫於 1932 年 10 月，發表於 1932 年 11 月《現代》第 2 卷第 1 期。

《秋收》，寫於 1933 年 1 月，發表於 1933 年 4～5 月《申報月刊》第 2 卷第 4～5 期上。

《殘冬》，寫於 1933 年 6 月，發表於 1933 年 7 月《文學》創刊號上。

（二）也談《春蠶》的素材和主人公的原型

《中學語文教學》曾經刊載過一篇題為《〈春蠶〉構思特色淺探》的文

章，作者認為，「《春蠶》的故事素材主要來自作者熟悉的『丫姑爺』的經歷：我們家有一位常來的『丫姑老爺』，……他是一個向來小康的自耕農，有六七畝稻田和 20 擔的『葉』。他的祖父手裡，據說還要『好』；帳簿有一疊。然而，近年來也拖了債了。可不算多，大大小小百十來塊罷？他希望在今年的『頭蠶』裡可以還清這百十來塊的債。……後來我聽說他的蠶也不好，又加以蠶價太賤，他只好自己繅絲了，但是把絲去賣，那就簡直沒有人要。茅盾的《故鄉雜記》這位『丫姑爺』就是老通寶的模特兒。」簡言之，作者的結論有二：一是《春蠶》的素材來源主要是《故鄉雜記》中的「丫姑爺」經歷；二是《故鄉雜記》中的「丫姑爺」就是《春蠶》主人公老通寶的原型。對於這個論斷，筆者不敢苟同。現將分歧之點，陳述如下：

關於《春蠶》的故事素材的來源

茅盾先生在《我怎樣寫〈春蠶〉》的創作札記中明確表示，《春蠶》故事素材主要來源並不是《故鄉雜記》中的「丫姑爺」的經歷，而是浙江廣大蠶農經濟凋敝破產的現實。他寫道：「總結起來說，《春蠶》構思的過程大約是這樣的，先是看到了帝國主義經濟侵略以及國內政治的混亂造成了那時的農村破產，而在這中間的浙江蠶絲業的破產和以育蠶為主要生產的農民的貧困，則又有其特殊原因，——就是中國『廠』經在紐約和里昂受了日本絲的壓迫而陷於破產。絲廠主和繭商們便加倍剝削蠶農，用來補償自己少得的利潤。在春蠶上簇的時候，繭商們的壟斷組織已經定下了繭價，注定了蠶農的虧本；在這中間，又有葉商們的壟斷組織操縱葉價，加重剝削。結果是春蠶愈熟，蠶農愈窮困。這一方面知識的獲得，就引起了我寫《春蠶》的意思。從這一點認識出發，算是《春蠶》的主題已經有了，其次便是處理人物，構造故事。至於故事本身，平淡無奇；當時江浙一帶以養蠶為主要生產的農村，差不多 10 家裡有 9 家是同一命運的。」（見《茅盾論創作》）茅盾的自述講得很清楚，正是由於帝國主義的侵略，造成了廣大蠶農的破產，因而促使他寫《春蠶》；自然，蠶農們破產的經濟現實，就是作品故事素材的主要來源。

誠然，《春蠶》故事素材來源也是多方面的。它包括多數的蠶農不幸的命運，農村日趨破產的經濟和衰落的江南農村環境這幾個方面的因素。而《故鄉雜記》中「丫姑爺」的經歷，只是多數不幸蠶農中的一分子，他可算的《春蠶》素材來源之一，但決不能被說成是《春蠶》素材的主要來源。

茅盾從小就生活在浙江的鄉鎮裡，到上海工作後的一段時期內，每年多

夏都要回到鄉鎮過幾個月。鄉鎮及四周農村的變化，他每年都聽到、看到、體驗到。他從小耳聞目睹了因桑葉、繭子價格的漲落而造成蠶農生活的緊張和悲歡；常來他家的鄉親和「丫姑爺」會直率地訴說自身的痛苦和感受。這一切使茅盾對農民的生活有了較深刻的認識，對農民的內心世界有所體察。30 年代初期，茅盾在創作不朽名著《子夜》時，就研究了中國蠶絲業受日本絲的壓迫而瀕於破產的過程。這使茅盾從理論上把握了以養蠶為主要生產的農民貧困的特殊原因。1933 年 8 月，作者回鄉奔喪。在與親朋故友的敘談中，他聽到了不少這幾年來周圍農村和市鎮發生的變故，尤其是關於蠶農的貧困和繭行不景氣的故事，大家都在叫苦。「這次奔喪回鄉的見聞，又加深了我對『豐收成災』的感性認識，於是我就決定用這題材寫一短篇小說。10 月份寫成，取名《春蠶》。」（《我走過的道路》）

　　由此可見，茅盾之所以能成功地寫出《春蠶》來，並不是偶然的（如僅靠「丫姑爺」經歷），而是有其深厚的生活基礎的。應該說它主要是得力於作者長期的生活經驗的積累。除了生活積累外，茅盾對 30 年代初期中國社會的現實觀察與分析，對在帝國主義侵略和經濟危機影響下農村經濟的蕭條、破產情況的觀察與瞭解，這一切對作品的醞釀選材也都起了重要作用。此外，我們說《春蠶》的素材來源主要是《故鄉雜記》中的「丫姑爺」經歷的觀點是不妥的，還因為茅盾本人也反對以某一個人的經歷為描寫對象。他曾指出，為了「人物」而搜集材料時，不但要跟著你所觀察的對象到處跑，而且要跟著許多對象（同樣的對象）到處跑。貪省力，只認定了「一個人」是不夠，必須使你筆下的「人物」和社會上相當的那一群活人之間——同中有異，異中有同。（《創作的準備》）綜上所述，《春蠶》作品故事素材的來源，其中也包括「丫姑爺」的經歷，但不能認為「丫姑爺」的經歷是《春蠶》故事素材的主要來源。

關於主人公老通寶原型的來源

　　在文學創作中，作家塑造人物時所依據的現實生活中的真人叫人物原型，亦稱模特兒。茅盾早就正確地論述了人物與原型之間的關係。他說：要謹防你的「人物」只成為某一個人物的「模特兒」。一般說來，「人物」有模特兒不是壞事，而且應該有「模特兒」。不過挑定了某人來做「模特兒」時，結果就成為此某一個人的畫像，就缺乏了普遍性。成功的「人物」描寫，決

不是單依了某一個人作為「模特兒」。比方說,要寫一個商人罷,應當同時觀察了十幾個同樣的商人,加以綜合歸納。(《創作的準備》)《春蠶》中老通寶這個形象,是有生活原型的;但茅盾決沒有把老通寶寫成是「丫姑爺」一個人的「畫像」。換句話說,事實並不像開頭引文所說的那樣,老通寶人物原型就是《故鄉雜記》中的「丫姑爺」。從目前掌握的材料看,茅盾塑造老通寶這個人物形象時,是以「丫姑爺」和黃財發這兩個人物原型為主體,然後再在他倆身上集中概括了同類人物的某些共同特點而完成的。

首先,茅盾在散文《桑樹》中描寫的黃財發同老通寶有相似之處。《桑樹》中的黃財發是個勤勞的能幹的蠶農。他的新桑地每年能收 30~40 擔葉,但由於繭價太賤,葉價也就更賤了,故收入不佳。他用自家的葉子養蠶,但繭子賣不起錢,只扯了夠本。第二年,他發狠不養蠶,專賣葉;但由於蠶農經濟破產,養蠶人太少,結果是連葉也賣不出去。10 年前的富裕農民黃財發,現在破了產。他不僅需要錢還債,而且還要錢來還糧繳捐。黃財發與老通寶形象聯繫之處表現在 3 個方面:第一,行業相同,他們都是種桑養蠶的農民。第二,經濟狀況相同,他們都是從富裕走向貧困。第三,品質和能力相同,他們都具備勤勞的品質和善於組織生產的能力。黃財發及其種樹養蠶的艱難歷程就和老通寶及其命運有明顯的血緣關係。

其次,老通寶所具有的某些性格,是「丫姑爺」和黃財發所不能比擬的。從作者回憶錄和其他的文章中,我們可以知道,茅盾從小就同農民有來往,瞭解和熟悉他們,對他們有好感。為此,茅盾寫道,「事實早已證明,為了自己的利益,他們是能夠鬥爭,而且鬥爭得頗為頑強的。這是我對於我們家鄉一帶農民的看法。根據這一理解,我寫出了《春蠶》中那些角色的性格。」(《我怎樣寫〈春蠶〉》)我們在老通寶身上看到了他那忍辱負重、艱難掙扎、含辛茹苦所表現出來的同困難作堅韌地搏鬥的精神、毅力和性格,乃是《故鄉雜記》中「丫姑爺」和《桑樹》中黃財發所遠不及的。實質上,老通寶堅韌、頑強的性格特徵,更多的體現在地位低下的貧困農民身上。

綜上所述,茅盾在塑造老通寶這個藝術典型時,不僅是以「丫姑爺」和黃財發為人物原型,而且還在他身上集中概括了同時代許多貧困農民的性格特徵。所以,正確的說法應該是,《故鄉雜記》中的「丫姑爺」是老通寶的生活原型之一,而不是全部:老通寶的生活原型有兩個或三個以上的。

（三）《風景談》三題

關於茅盾赴延安的目的

人教版教材高中語文第 3 冊《風景談》注釋寫道：「這篇文章是作者 1940 年底在重慶寫的。作者曾經應約到過當時的新疆學院講學，1940 年 5 月到 12 月訪問過延安，親眼看到了解放區軍民的戰鬥生活，感受到他們的崇高精神，寫了這篇文章。」把茅盾的延安之行目的，說成是訪問，最早的文字材料是在《文藝陣地》第 4 卷第 12 期上發表的消息：「本刊主編茅盾，應聘去新疆學院任教並主持該省文化協會，已一年餘，近因眼疾甚劇，體亦違和，已請假東歸，茲得來信，已與張仲實共抵西安，順道前往延安一遊，小作勾留。」這裡的文字，在當時也只能這樣寫；但是在今天仍注為「訪問」，是需要加以說明和改正的。

茅盾這次去延安，不是「參觀」、「訪問」，也不是「路過」，而是準備長住的。所以，在延安群眾的歡迎大會上，茅盾曾表示要到前方去，從實際考察中得到生活資料，進行創作。茅盾的決心傳到了前線，據當時有關同志回憶：「那時我遠在太行山的八路軍野戰政治部。我們準備好了隨時歡迎他的到來。」（見傅鐘《鮮紅的黨旗覆蓋在他身上》，《人民文學》1981 年第 5 期）事實說明，茅盾是想在解放區「安家落戶」的。但是，到了 10 月，黨中央接到了周恩來要茅盾去國統區工作的電文。黨中央同意周恩來的意見，仍派茅盾赴國統區工作。茅盾服從了黨的安排。他把兩個孩子留了下來，與董必武同志一起到國統區去了。

茅盾早就嚮往延安。據張仲實回憶：「1939 年 8 月間，周恩來同志去蘇聯醫治右臂的摔傷，路過迪化（今烏魯木齊），茅盾同志和我都被邀去參加了盛世才給他舉行的盛會。第二天，徐夢秋同志（即孟一鳴）告訴我，說周副主席請他轉告我和茅盾同志，說我們可以去延安。我立即把這一消息告訴了茅盾同志，茅盾同志聽了十分欣喜。」他們為受黨的牽掛、關懷而感動和興奮，立刻就商量決定迅速脫離新疆去延安。但是，從盛世才的魔爪下脫身，也非易事。他們不僅不能透露去延安的動機，也不能流露出一去不返的想法。在黨的幫助下，他們終於於 1940 年 5 月離開新疆。「我們經由蘭州到西安後，立即同八路軍駐西安辦事處取得了聯繫，正好朱德總司令剛剛從山西前線到西安，要返回延安。於是，我們就隨同朱總司令一行，向延安進發。5 月底的

一個下午，我們到達了延安。」（張仲實《難忘的往事——與茅盾同志輾轉新疆的前前後後》，《人民日報》1981 年 5 月 16 日）

關於茅盾離延安的日期

由本文開頭的引文中可知，教材注釋中把茅盾離開延安的日期定為 12 月。這是錯誤的。《風景談》寫作日期為 12 月，編者把茅盾離開延安的日期與寫《風景談》的日子相混淆了。

茅盾離開延安的日期應為 10 月份，這點是確實無疑的。《茅盾研究資料》、《茅盾年譜》及一些有關茅盾在延安的文章，都是這樣寫的。茅盾夫婦從延安到西安，在西安又坐了八路軍的軍車經過秦嶺去重慶（茅盾的《見聞雜記》中的《秦嶺之夜》一篇就是記述這次行程的）。12 月 8 日，《新華日報》發表「全國文協茶會，歡迎來渝作家」的消息。報導中華全國文藝界抗敵協會借中法比瑞同學會會址歡迎冰心、茅盾、巴金來渝。周恩來、田漢等百餘人出席，老舍代表「文協」致歡迎詞。

從茅盾的《見聞雜記》本身記敘和《新華日報》的報導這兩方面來看，茅盾是無論如何也不會於 12 月份仍在延安訪問的。故教材注釋中的說法是須改作「茅盾離開延安的日期為 10 月份」。

再次出現的北國晨號畫面

延安的生活，在茅盾的生活歷程中，可以說是非常短暫的。但它給予作家留下了難於磨滅的印象。茅盾在《無題》詩中寫道：

搏天鷹隼困蕃涸，拜月狐狸戴冕旒。

落落人間啼笑寂，側身北望思悠悠。

這「側身北望思悠悠」，是對解放區和革命聖地延安的懷念。茅盾的懷念之情，集中地體現在《風景談》和《白楊禮讚》這兩篇散文中。這些散文都是到重慶後不久寫的，茅盾在《風景談》中，為人們描繪了 6 幅畫面：沙漠駝鈴、高原晚歸、延河夕照、石洞雨景、桃園即景，再就是北國晨號。

4 年後，作者「側身北望思悠悠」，幾年前一個深刻的印象又喚回來了：

那是在北國，天剛破曉，我被嘹亮的軍號聲驚醒了。我起來一看，山崗上乳白色的霧氣中一個小號兵面對東方，元氣充沛地吹著進行曲，他一遍一遍吹，大地也慢慢轉身，終於一片霞光罩滿了高山和深谷。（《茅盾文藝雜論集·為親人們》）

這就是再次出現的北國晨號的畫面，它與《風景談》中的北國晨號畫面相比，

略有不同，少了「荷槍的戰士」。但這無關緊要，因為小號兵的英姿已成了解放區「荷槍的戰士」的象徵，代表和表現了黨所領導的抗日戰士的英雄形象。他是民族的脊樑，也是民族精神的化身。這也就是《風景談》中所說的：那便是真的風景，是偉大中之最偉大者！

再次出現的北國晨號畫面，還鮮為人知，因為它不是出現在散文中，而是出現在書評中。此處特地介紹一番，以便人們更好地學習和欣賞《風景談》。

（四）關於《第比利斯的地下印刷所》文體的質疑

早在 50 年代，茅盾在一些回信中就談了他對《第比利斯的地下印刷所》體裁的看法。如他在致張宗範同志的信中就強調指出：《第比利斯的地下印刷所》是一篇記敘文，而不是地下印刷所的構造說明書，如果用對於說明書的要求去要求一篇記敘文，那就使得記敘文不成其為記敘文了。讀這篇文時，主要是「認識革命運動在地下活動時期的艱苦。那時候參加革命的人冒著極大的危險，還要用智慧創造出隱秘的巧妙的工作方法。」

正因為本文是記敘文，不是說明文，所以茅盾主張讀者不必去糾纏細節。如他在致聞震初的信裡寫道：「我認為讀這篇筆記，注意點不應該放在這些瑣屑細節——如房屋位置、印刷機放在什麼地方等等上，而應當注意在反動政府的統治下，革命工作者的工作是如何艱苦，同時他們的工作方法又如何巧妙。我國雖然沒有這樣的地下印刷所，但革命工作的艱苦情況，和蘇聯是相同的，有些地方甚至比蘇聯更艱苦。因而你們年輕一代應該想到：你們生活在毛澤東時代的中國，是多麼的幸福；這幸福是前一代的人們流血流汗換來的，你們應當珍視它，應該努力學習，爭取做一個毛主席的『三好』學生。這樣才是真正體會了這篇筆記的精神。不去體會這些，而去爭論房屋的位置等等細節，那就是舍本求末了。」（上述兩封信均見自《茅盾書簡》，浙江文藝出版社出版）

而我們現在的教材編寫者，卻把《第比利斯的地下印刷所》當作說明文來處理，把它安排在說明文單元的開頭。說明文單元總的教學要求是：瞭解說明文的特點，初步理解說明的順序。編寫者認為《第比利斯的地下印刷所》學習重點是：「一、說明建築結構和介紹革命史蹟的順序；二、印刷所的營造和作用，革命者的英勇機智。」（見人教版新版初中語文第 1 冊，第 108 頁）由此可見，我們的教材編寫者也使廣大學生「舍本求末」了。

把《第比利斯的地下印刷所》當作說明文來講授，也違背了作者的寫作

初衷。因爲《第比利斯的地下印刷所》最初發表時，從文章的標題上也可以表明它是記敘文。該文最早發表於 1948 年出版的《中學生》第二月號上，當時使用的文章標題是《記第比利斯的地下印刷所》。眾所周知，記某某是記敘文標題的最顯著的特徵。

　　大家都知道，記敘文不僅可以寫人、寫事，而且也還可以寫事物和人物的活動過程。記敘文中並不排斥它具有說明文的因素，正如議論文中也有說明文的因素一樣。所以，我們主張還是應該把《第比利斯的地下印刷所》當作記敘文來講授。

第五輯　名家點評

1、茅盾與馬烽

　　欣聞「山藥蛋」派作家馬烽等人，在筆耕 50 週年之際，獲得了「人民作家」的光榮稱號。這是黨和人民對自己作家的關懷和愛護。與之同時，我想起文壇巨匠茅盾對馬烽的關注和評價。為了讓人們更好地瞭解「人民作家」馬烽的創作歷程和作品特色，筆者將在下面介紹茅盾與馬烽的關係和茅盾的馬烽論。

（一）

　　馬烽在悼念茅盾的文章中曾說過，他和茅盾雖然沒有直接的交往，但間接的交往還是有的。縱觀他倆的關係，我們可以這樣說，茅盾對馬烽的小說創作雖然沒有直接的影響，但間接性的影響也還是有的。

　　《春蠶》吐絲。馬烽在延安學習期間，就接觸到了茅盾的作品。茅盾長篇小說代表作《子夜》，使他感到新鮮，但對其中所描寫的都市生活卻很陌生，有些地方甚至看不懂。因為馬烽一直生長在農村，當然不可能理解上海十里洋場上的事情。後來有人介紹馬烽讀茅盾的短篇小說代表作《林家鋪子》和《春蠶》，這就引起了他很大的興趣：「特別是《春蠶》，給我留下了很深的印象，我覺得這真正是替老百姓說話的作品。雖然我們家鄉不種桑不養蠶，但『穀賤傷農』的悲慘遭遇，從小也經歷過。看了這篇作品以後我曾想：如果自己也有那麼兩下子，將來一定要寫寫老百姓的事情。」事實表明，馬烽走上創作道路後，一直寫老百姓的事情，深受老百姓愛戴，這與《春蠶》是有

聯繫的。《春蠶》吐絲絲未盡。

　　《創作的準備》引路。《創作的準備》是茅盾結合自己的創作經驗爲青年人撰寫的文學入門書。全書共分 8 節，分別是學習與模仿、基本練習、收集材料、關於「人物」、從「人物」到「環境」、寫大綱、自己檢查自己和幾個疑問。此書 30 年代中期問世。馬烽看了這本理論與實踐相結合的文學入門書，收效甚大。因而他說到：「我讀的第一篇作家談創作經驗文章，是茅盾的《創作的準備》。這本小冊子，可以說是我走上創作道路的引路書。」

　　《村仇》點撥。1949 年《人民文學》創刊，茅盾任主編。馬烽寫了一篇萬把字的短篇小說給了編輯部。沒過幾天，秦兆陽告訴他：稿子已經茅盾審閱，認爲寫得不錯。茅盾還提了幾點具體的修改意見，要秦兆陽同作者協商，是否可以作點修改。「秦兆陽同志還對我說：『茅公一再囑咐，不要勉強作者。改不改由作者定』。我聽了很感動，我沒有想到這樣一位大作家，對一個像我這樣普通青年作家的稿件竟然那樣尊重。他的意見提得很中肯，很有道理，我當然按照他的意見修改了。」這篇小說就是《村仇》。這件事一直銘記在馬烽心頭。後來，他出了一部小說集子，便以《村仇》爲書名的。順便指出一點，關於《村仇》發表日期，有些人則把它提前了，這是不對的。如有的人寫到：「1947 年到 1948 年，馬烽參加了土改運動，發表了一些反映土改後農村新人新事的短篇小說，主要有《一個下賤的女人》（後改名《金寶娘》）、《村仇》、《兩個收生婆》、《光棍漢》等。」「當時，他們還不認識趙樹理，但這位人民作家的作品，卻給了他們以極其深刻的印象和啓發，也更加堅定了他們要沿著《講話》提出的文藝方向，走民族化、大眾化、通俗化的創作道路。從此，他們深入火熱的群眾生活，進入了第一個創作高峰期。馬烽的《張初元的故事》、《金寶娘》、《村仇》……等作品，都受到了廣大群眾的歡迎，有的被重慶的《新華日報》轉載，有的榮獲邊區文藝大獎。」

　　長期關愛。馬烽步入文壇後，在創作上曾出現過幾次高潮。茅盾對此一貫予以關心和愛護，先後撰寫了《關於〈呂梁英雄傳〉》、《短篇小說的豐收和創作上的幾個問題》（評《三年早知道》）、《讀書雜記》（評《我的第一個上級》、《太陽剛剛出山》和《老社員》）和《反映社會主義躍進的時代，推動社會主義時代的躍進》等文章，分析其作品得失，論述其作品風格。茅盾像園丁那樣辛勤地培育馬烽的小說創作。馬烽深受感動的是，《村仇》等小說成集子後，馬烽原打算送給茅盾，後考慮他根本不可能有時間看這些書，感到實在沒有

必要給他增加這些額外負擔，於是就打消了送書的念頭。「過了幾年，我看了他發表的一些評論短篇小說創作的文章之後，我大吃一驚。他不僅在繁忙的工作空隙裡讀了許多青年作家的作品，而且對不少篇作品加以分析，寫了詳盡中肯的評論。其中也談到了我的小說，給了我很大的鼓勵，也寄託著他殷切的希望。我看後感動得流淚了。很顯然，他關心的不是某一個認識的青年作家，而是文學創作的下一代；他關注的不是某一篇作品，而是整個新中國的文學事業！」（馬烽《懷念茅盾同志》）

（二）

　　茅盾認為，馬烽的創作風格是，洗練鮮明，平易流暢，有行雲流水之勢，無描頭畫角之態。從塑造典型人物的手法上可以看出來，「馬烽的長處在於用高度概括的手法，通過一系列的日常生活的描繪，在反映農村的階級鬥爭和兩條道路鬥爭的背景上，描寫人物的階級覺悟和思想水準逐步提高的過程。」

　　茅盾概括馬烽的風格，同馬烽的創作主張也是相吻合的。馬烽曾將「山藥蛋」派作家在短篇小說創作上的共同點歸納為「新、短、通」三個字，並以此作為大家進一步努力的目標。「新」就是「大力表現新的時代，新的生活，新的群眾，積極反映生活中新生的、革命的、具有無限生命力的新事物」；「短」，就是指「短篇小說要名副其實，寫得短小精悍」；「通」，就是指「把作品寫得通俗易懂，平易近人」。上述的創作主張，在馬烽的小說中得到生動體現。

　　回到山西後的馬烽，創作上進入了高潮，創作出了《三年早知道》、《「停止辦公」》、《我的第一個上級》、《老社員》和《太陽剛剛出山》等著名作品。這些作品反映了華北農村社會主義革命和建設的沸騰的新生活，洋溢著對社會主義農村的衷心讚頌。對此，茅盾從作品內容角度概括了馬烽的系列小說：「都從各個角度以農業的社會主義改造為背景，描寫了廣大農民的階級覺悟的提高以及具有共產主義思想品質的農村先進人物的精神面貌。人民公社只有兩年的歷史，然而反映人民公社的短篇已經不勝枚舉，其中優秀之作則有馬烽的《太陽剛剛出山》」。

　　茅盾還特別從題材角度肯定了《三年早知道》這部作品。茅盾反對從形式上看問題，以為只有群眾性的鬥爭和運動才算是主要題材。茅盾認為，「有些作品，雖然並沒有寫到群眾性的鬥爭和運動的場面，然而確是在反映社會

主義革命和社會主義建設的偉大變革的精神基礎上，從日常生活中清濾出那些有份量的素質，以巧妙的藝術構思，精確地反映了時代精神，例如大家都熟悉的馬烽的《三年早知道》」，「這些作品的思想教育作用並不小於描寫群眾性的鬥爭和運動的作品。對這樣的作品，我們也給予很高的評價。」茅盾在另篇文章中，評價馬烽的《三年早知道》比胡萬春的《目標》更進一步寫出了從個人主義步步轉變的人物典型；趙滿囤這個人物及其思想變化的過程是有普遍性的，但是作者筆下的趙滿囤同時又有鮮明的個性。茅盾最後的高度評價是：「主題是嚴肅的的主題，但作者避免了處理這樣主題時常見的一套手法，創造性地從合情合理的細節描寫達到了目的。全篇充滿了幽默感，全篇的對話也是很風趣的。這就構成了獨特的風格。」（茅盾《短篇小說的豐收和創作上的幾個問題》）

茅盾對馬烽創作中體現的現實主義精神是極為推崇的。《老社員》發表後，沒有像《我的第一個上級》和《太陽剛剛出山》那樣產生轟動效應。但茅盾卻覺得這篇僅僅 5000 多字的小說並不比《我的第一個上級》或《太陽剛剛出山》差些，而在某種意義看來，甚至可以說強些。茅盾的依據是，賀老栓這個人物在一般的典型性格之外別樹一型，「《老社員》雖然並沒一言正面提出反對浮誇作風，然而賀老栓這個人物的一切行為（他的犟和他的光會磨刀背）正是浮誇作風的堅決的反對者。」風風雨雨幾十年的歷史證明，茅盾的論述是正確的。

從藝術角度來論，茅盾欣賞馬烽通過一系列的日常生活的描繪來塑造人物。馬烽的《我的第一個上級》和《太陽剛剛出山》這兩部作品，就人物典型的刻劃而言，老田和高書記的性格都是靠一些驚人的故事烘托出來的。茅盾對此是有看法的，「如果說老田這個人物典型有可指謫之處，倒不如說它還不夠典型化；因為作者只寫了老田平時的顯得遲鈍的沉著的一面和事變當頭時發揚蹈厲，堅決果斷的另一面，卻也止此而已，故而老田的精神世界的描畫是不夠飽滿的」。就在相同的一文中，茅盾筆鋒一轉，用欣喜的筆調讚頌道：「《老社員》卻不同了，這裡並沒有聳人聽聞的大事件，這裡只有些日常的生活瑣事；然而正從這瑣細的日常生活中寫出了外號『老社員』的賀老栓的性格的各個方面。」《三年早知道》也是通過日常生活小事來描寫人物精神面貌的，作品人物形象紮實，性格特徵鮮明。茅盾在分析了該作品後，自然讚美到，馬烽創造性地從合情合理的細節描寫達到了表現嚴肅的主題目

的。

　　茅盾欣賞馬烽通過一系列的日常生活的描繪來塑造人物，是與他本人的藝術追求有關的。如茅盾的第一個短篇小說《創造》和後來的短篇小說代表作《春蠶》，均是通過一系列的日常生活的描繪來塑造人物、反映生活的。

　　從創作方法來論，茅盾把馬烽的一些小說歸納為革命現實主義和革命浪漫主義相結合的範疇。茅盾認為，許多傑出的作品，從它們的藝術構思方面看來，屬於革命現實主義的範疇，但又都塑造了風貌堂堂的共產主義品質的理想人物。說這些人物是理想的，並不是說現實生活中還完全沒有這樣的活人，而是說這些人物比現實的活人要提高一步，是把許多活人的共產主義品質概括而集中於一個人物身上，所以他是現實的又是理想的。這樣的人物塑造的方法是體現了革命現實主義和革命浪漫主義相結合的精神的。「這樣的作品，在小說中最多，例如《創業史》、《百鍊成鋼》以及馬烽、李準、孫峻青、王汶石等等的一些短篇小說。」

　　馬烽的一些作品，的確如茅盾所言，是體現出革命現實主義和革命浪漫主義相結合精神的。如《「停止辦公」》、《我的第一個上級》、《太陽剛剛出山》，都是馬烽描繪農村各級領導幹部形象的作品。《「停止辦公」》，塑造了一位不知疲倦地為人民服務的縣委書記形象；《我的第一個上級》，塑造了水利局副局長老田的英雄形象；《太陽剛剛出山》，塑造了高書記形象。還有描繪普通百姓的優秀作品，如《老社員》中一心愛社的賀老栓，《臨時收購員》中樂於為人民服務的石二鎖。

　　茅盾在《老兵的希望》一文裡談到，在《講話》的感召與鼓舞下，延安時期就出現了長篇小說《呂梁英雄傳》。這是茅盾 30 年後又一次肯定該作品。30 年前，茅盾看了《呂梁英雄傳》上冊後，便提筆撰寫《關於〈呂梁英雄傳〉》一文，向國統區人民宣傳解放區文學。文章重點概括和介紹了小說的內容，同時肯定了小說採用的對白方言。文章亦指出了小說存在的描寫粗疏的毛病。茅盾說：「大概作者是顧到當地廣大讀者的水準，故文字力求簡易通俗，但簡易通俗是一事，而刻畫細膩是又一事，兩者並不相妨而實相成，為了前者而犧牲後者，未免是得不償失了。同樣的原因，作者對於每一個場面的氛圍的描寫亦嫌不夠。這兩點，可說是本書的美中不足。」（茅盾《關於〈呂梁英雄傳〉》）

2、茅盾論杜鵬程的中短篇小說

（一）

　　當代著名作家杜鵬程同志，是以優秀長篇小說《保衛延安》一書而步入文壇的。該作品真實地反映了解放戰爭時期著名的延安保衛戰的歷史場景，歌頌了毛澤東同志的軍事思想和解放戰爭的輝煌勝利，首次成功地描寫了西北戰場總指揮彭德懷將軍的光輝形象，塑造了以周大勇為代表的一大批指戰員的英雄群像，構成了一幅壯麗的人民戰爭的歷史畫卷。這部作品深受廣大讀者的好評，是我國當代文學創作中的重大收穫。

　　同時，杜鵬程的中、短篇小說創作也取得了豐收，在全國產生了一定的影響，受到了茅盾的關注。對短篇小說的評論，是茅盾評論作家作品的一個重點。建國以來，茅盾一直十分關心短篇小說的發展，從 1950 年就開始寫短篇小說的評論，到了 1958 年至 1962 年，評論就更多。在專門評論短篇小說的 10 多篇文章中涉及的面相當廣，內容豐富，既有單篇作品的具體分析，又有對作家新作品的綜合評述；既有對同一題材的作品的專門評論，又有對同一時期作家作品的全面估價。在 60 年代前後時期，茅盾在多篇文章中對杜鵬程的短篇小說《飛躍》、《嚴峻而光輝的里程》、《難忘的摩天嶺》、《一個平常的女人》、《延安人》、《夜走靈官峽》及中篇小說《在和平的日子裡》進行了分析評論。

　　茅盾的評論，形式多樣，不拘一格。有札記式的，如評《嚴峻而光輝的里程》和《難忘的摩天嶺》；有比較式的，如把《飛躍》與《李雙雙小傳》和《民兵營長》放在一起分析；有抒情式的，如評《延安人》和《夜走靈官峽》；有多角度肯定的，如評《在和平的日子裡》。茅盾通過比較廣泛的評論，及時總結杜鵬程小說創作的成就和經驗，並直言不諱指出作者在創作中存在的問題，幫助他在已有的成績的基礎上繼續提高。這使作者深受感動。杜鵬程同志說：

　　　　現在，我的書桌上就放著最近出版的兩巨冊《茅盾論文集》。我翻閱這些滲透著他二三十年的心血與生命的文字，心情很不平靜。是的，現在活躍在我國文學戰線上的許多作家，有的是他發現的，有的是在他的獎掖下成長的；就像我這樣普通的作家，也從他那些具有深厚知識和卓越見解的評論文章中，獲得了巨大的勇氣和力量。（杜鵬程《知識分子的偉大典型》）

茅盾還從宏觀上把握住杜鵬程的小說創作，勾勒出杜鵬程小說創作的歷史軌跡和風格。

> 杜鵬程的風格的發展，是值得注意的。只要把《在和平的日子裡》同《保衛延安》作一比較，已經可以看出顯著的不同，更不用說他的若干短篇小說了。他的作品中的人物好像是用巨斧砍削出來的，粗獷而雄壯；他把人物放在矛盾的尖端，構成了緊張熱烈的氣氛，筆力頗為挺拔。他的反映和平建設的作品（例如《在和平的日子裡》），描寫環境、塑造人物，都有獨特之處，然而表現創造性和平勞動之詩意的快樂，尚嫌不夠，這是美中不足。短篇如《延安人》、《夜走靈官峽》則比較豪邁而爽朗。

在文章中，茅盾還期望著：「年來作者長期深入生活，參加勞動和鬥爭，這將促使他的風格還要變化，而且更臻成熟。」

（二）

杜鵬程同志說：「我在『文化大革命』前寫的一些作品，特別是短篇小說，有一些他看了。別人的作品在藝術上有極其微小的貢獻，他也能敏銳地覺察出來，並十分珍惜它。」

茅盾從革命的現實主義和革命的浪漫主義相結合的創作方法角度入手，推崇杜鵬程的短篇小說創作。革命浪漫主義和革命現實主義雙結合的創作方法，在詩詞創作中多為常見，如毛主席的詩詞便是這「雙結合」的典範作品。但在小說中，尤其是在短篇小說中，能體現「雙結合」的作品並不多。因而，茅盾認為，對於出現革命浪漫主義精神的作品，「我們應當注意它的革命浪漫主義的傾向，而給以充分的鼓勵，應當肯定它是走向革命現實主義和革命浪漫主義相結合的一條路。」正是出於這種考慮，茅盾揮筆讚美道：

> 我想到了那一對老年的叫人親昵但又叫人敬畏的「延安人」。「粗線條勾勒的老黑和他的老婆的形象給你怎樣的感覺？指揮戰鬥似的工作熱情以及充滿了戰鬥氣氛的運輸和裝卸工作的描寫，難道沒有使你覺得有一種什麼精神在驅使作者採取了這樣誇張的寫法？我是感覺到的。我覺得除了用『革命浪漫主義』這個詞便沒有其他恰當的字眼了。」

我還想起了作者的一篇速寫，《夜走靈官峽》。「這裡沒有一般所謂誇張的手法，這裡也沒有聳立著的用斧頭砍出來的鐵漢似的雕像，這裡只用輕輕的

筆觸在著意渲染的風雪的背景上畫一個小孩子和青年婦女的側影，然而這篇速寫給我的感覺就同《延安人》一樣，也同《一個溫暖的雪夜》一樣。如果你覺得稱它為革命浪漫主義太慷慨了，那麼，總不能不承認這篇小東西的確具有浪漫蒂克的情調吧？」

茅盾對《飛躍》中塑造人物的手法也持肯定態度。茅盾在一篇文章中，用了近 2000 字的篇幅來介紹和分析《飛躍》，而該小說本身僅有萬把字。茅盾先從介紹作品人物入手，敘述故事梗概；然後便分析《飛躍》是如何塑造人物的。他認為小說用了兩種方法來塑造人物：一是用細節描寫來突出人物的獨特的風度，如描寫許栓的從不離身的鐵鍬、炒麵袋、小旱煙鍋、羊皮小煙荷包，以及他那挖煙荷包的習慣；二是用抒情筆調來渲染氣氛，使人物形象更為突出，如關於「會議」上眾人議論紛紛，許栓站起來發言時會場上氣氛的描寫，如誇獎蓮娃如何幹練。茅盾認為，作者的這種塑造人物形象的方法使得這篇作品局面恢宏，筆觸遒勁。最後，茅盾總論道，從整篇看來，作者下筆時，似乎有意追求革命現實主義和革命浪漫主義的結合。全篇的佈局，從大處落墨；塑造人物形象，注重於氣氛的渲染，不吝惜誇張的筆墨；3 個人物的出場都是給布置了浪漫蒂克的場合，用了誇張的抒情的筆法。所有這一切，都有吸引力。這是一種風格。「《飛躍》凝重而樸實，正和平沙萬裡、蒼蒼莽莽的背景相和諧」。

茅盾評《嚴峻而光輝的里程》，最為稱道的是作者把起串連故事作用的「我」，發展為一個陪襯人物。茅盾說，「在作者的第一人稱的短篇中，此篇除了黎局長而外，把那個『我』也從僅僅是串連故事的作用，發展為一個陪襯人物了，這是值得高興的（我們曾經有過不少第一人稱的短篇，其中的『我』不成其為一個人物而只是串連故事的一個線索）。如果《嚴峻而光輝的里程》暗示著像『我』這樣的青年人的發展的過程，我們不免要苛求於作者：讓這個『我』的發展過程再複雜些，再深刻些。」

中篇小說《在和平的日子裡》給茅盾留下了很好、很深的印象，以致他在一篇文章中多次提到這部小說，從不同角度給予讚揚。小說以社會主義革命和建設時期的鐵路工地生活為背景，集中描寫了鐵路接軌前幾天之內發生在工地上的緊張鬥爭，其中有人與大自然的鬥爭，有建設者之間崇高的共產主義思想與卑瑣的個人主義的鬥爭。小說還塑造了眾多的建設英雄，如為工地建設獻出生命的青年英雄劉子青，願將青春獻建設事業的女技術員韋珍，

對工作一絲不苟的老工程師張如松。小說深受讀者歡迎。「工業建設題材的中篇小說爲大家稱賞的，還有杜鵬程的《在和平的日子裡》以及他的其他短篇小說。」

小說以一對革命戰爭時期共過患難的老戰友閻興與梁建之間的思想衝突，構成小說的主要情節。作者站在時代高度，嚴肅提出在和平時期革命者應該如何戰鬥的人生課題。小說熱情歌頌了工程隊長、工地黨委書記閻興，因爲他永葆革命青春；小說大膽地、滿懷激情地批評了副隊長梁建，因爲他已沒有革命幹勁。在革命勝利以後，出現梁建這樣的人物是不足爲奇的，可貴的是杜鵬程能在當時就看到這一點，並予以在作品中得以形象反映。茅盾對此論道：「這才是通過藝術形式反映出來的生活的眞實，即幫助人們認識了現實，也給人們以共產主義的思想教育……我們的優秀作品，幾乎沒有一部不是或多或少地反映了內部矛盾的，除上舉兩書，還有小說《在和平的日子裡》、劇本《敢想敢做的人》等等，都是比較突出的。」

這部小說的哲理性比《保衛延安》更重一些；人物塑造採用把人物聚集在嚴重而艱巨的任務面前，讓各種人物在尖銳的思想衝突中顯現自己的性格特徵。所以茅盾說：「杜鵬程的風格的發展，是值得注意的。只要把《在和平的日子裡》同《保衛延安》作一比較，已經可以看出顯著的不同，更不用說他的若干短篇小說了。」

（三）

杜鵬程同志回憶與茅盾交往的往事時說：

> 他不喜歡平庸之作，特別不能容忍那些在花言巧語掩飾下販賣荒謬貨色的東西。「好處說好，壞處說壞」。茅公就多次指出過我的作品的不足和失敗之處，從而使我得到終生難忘的教益。試想，目前看到不少評論文章，對初學寫作的青年，動不動就封爲「天才」，而不屑於對作品作認眞的藝術分析。這種不著邊際的吹捧，其後果是可悲的。讓我們老老實實地向茅公那種嚴肅的嘔心瀝血的態度學習吧！

茅盾的批評是坦率的，自然也是有益的。茅盾認爲《一個平常的女人》結構和人物描寫，都謹嚴而平穩。但是和杜鵬程其他的作品比起來，這個短篇不算是好的，它缺乏一種使讀者非要一氣讀完不可的魔力。爲什麼？「我以爲可以從兩方面來解釋。第一，作者藉以表現人物的細節都不夠典型化（這

和《老長工》的細節描寫一比較，顯然可見）；第二，作者的流水帳式的表現方法反而使讀者的注意力不集中，也就是說，作者沒有把燈光射在人物的最有特點的部分，而把燈光打在人物的全身，這就削弱了應有的效果。」這樣評論，就指出了問題的癥結所在，可使作者引以爲戒。

茅盾對杜鵬程的創作要求很高，要求他要不斷寫出有新意的作品。因而，茅盾看了《難忘的摩天嶺》後，是不滿意的。茅盾承認小說塑造的主人公張海潮是成功的。這是個有理想，又踏實，意志堅強而又對人細心體貼、帶頭苦幹、善於團結群眾的英雄。作者既從「我」初到摩天嶺的最初幾天的親身經歷刻畫了這個英雄的外形和品格，又用一段回憶寫這位英雄在軍隊時對敵的英勇和對同志的幼稚的、未經鍛鍊的愛護，可說是寫得有聲有色。「然而，這樣的英雄人物，在作者的人物畫廊裡已經有過不少，而這新加的一個似乎並不比過去已有的那些要深刻些，而且，作者用以刻畫人物的手法也還是過去的那一套，不過更見熟練罷了。」

就連給予了好評的《飛躍》，茅盾也沒忘記指出其不足之處來，眞正做到了杜鵬程所言的：好就說好，壞就說壞。茅盾說讀完《飛躍》後，依然有不足之感。掩卷思之，忽然想起來了，小說缺乏的是立體感。我們看到的許栓、蓮娃都有逼人的光彩，然而也都是平面的。這篇小說雖有風骨崚嶒的氣概而仍嫌粗疏。雖然在鐵鍬、炒麵袋、煙荷包等細節上著力刻畫許栓，而無補於人物形象之平面。「所以然之故，我以爲在於結構龐大而內部缺少迴廊曲院；這表現在人物描寫多用濃重的平面渲染而很少在行動中刻畫人物的性格。」

綜上所述，筆者感到茅盾論杜鵬程的小說有以下幾個特點：

全面性。除了長篇小說《保衛延安》外，杜鵬程的中、短篇佳作，均在茅盾的視野之內。

客觀性。茅盾堅持了實事求是的作風，一分爲二地進行評論，使作者心悅誠服接受批評。

藝術性。茅盾注重用藝術創作的規律來評判作品，析其得失，對作者和讀者均有啓示作用。

俗話說，響鼓也要重捶；杜鵬程的創作和茅盾的評論，正體現了這樣的關係。

〔附〕

此一稿完成於 1988 年，承蒙杜鵬程同志審閱。二稿完成於杜鵬程同志逝世後，以示悼念。

為紀念茅盾先生百年誕辰，由中國現代文學館編的《中國現當代文學茅盾眉批本書庫》第一輯問世。此輯共有 4 卷，內含杜鵬程的中篇小說《在和平的日子裡》。茅盾在此小說中作了 483 個標記，寫了 59 條批註。

茅盾先生系統批註過中國現當代文學作品內情，是最近幾年才被披露的。茅盾兒子韋韜將茅盾批註過的 40 餘種文學作品獻給了茅盾故居紀念館。這些珍貴的文學史料在茅盾逝世十週年紀念會上展現，與會者無不驚歎：這是一批無價之寶！

3、茅盾談《紅樓夢》

我認為，茅盾是可以稱得上為紅學家的。在未談茅盾的《紅樓夢》論之前，我先談茅盾與《紅樓夢》有關的二三事。

背誦《紅樓夢》。人們早就傳說茅盾能背誦《紅樓夢》；在一次酒席上，有人為了證實這種傳說，特地點了作品中的一個段落讓他背。茅盾輕鬆自如地將那段背誦了，贏得滿堂彩。

刪節《紅樓夢》。在陳獨秀的提議下，茅盾於 1935 年編了《潔本〈紅樓夢〉》。這部書是以中學生為讀者對象的，只要不影響《紅樓夢》故事情節的部分，茅盾都將它們刪削了。總計前後刪削，約占全書五分之二。據悉，茅盾編的《潔本〈紅樓夢〉》前幾年重新問世。

借鑒《紅樓夢》。茅盾寫於抗戰時期的長篇小說《霜葉紅似二月花》，在人物塑造和謀篇佈局上，深受《紅樓夢》影響。這點，早為評論家所指出。

茅盾的《紅樓夢》論是全面的，從作品思想內容到藝術形式均有論述。同時，茅盾的論述也是深刻的，有自己的真知灼見。下面，我們略作一些介紹。

（一）

《紅樓夢》是寫封建貴族青年賈寶玉、林黛玉、薛寶釵之間的戀愛和婚姻悲劇。小說的巨大的社會意義在於它不是孤立地去描寫這個愛情悲劇，而是以這個悲劇為中心，寫出了當時具有代表性的四大家族的興衰，對腐朽的封建統治階級和行將崩潰的封建制度作了有力的批判。茅盾在《潔本〈紅樓

夢〉導言》中說，全書寫的是婚姻不自由的痛苦：《紅樓夢》前 80 回（即曹雪芹的原作），一方面展開了賈寶玉的「三角戀愛」，一方面也就寫了婚姻不自由的痛苦。不過曹雪芹仍舊不敢明明白白攻擊婚姻不自由的禮教，所以他又造出「通靈寶玉」和「靈芝草」的神話，以為掩飾。

婚姻不自由的痛苦，愛情悲劇的社會根源在哪兒呢？這正是作者所要抨擊的地方。茅盾在另一篇文章中指出：

《紅樓夢》的背景是賈府及其親戚史、王、薛四大家族的崩潰過程，這四大家族象徵著 18 世紀中國封建政權的四大支柱：政權機構、官僚集團、武裝力量、地主官僚資本。曹雪芹的「堪與刀穎交寒光」的筆鋒血淋淋地剖露出這四大支柱已經腐朽到怎樣程度。從作品背景出發，茅盾闡述了作者所抨擊的，「首先在於通過賈寶玉，無情地抨擊了封建社會的上層建築：吃人的禮教、主子與奴婢不同的道德標準、誤盡人才的科舉制度等等。其次則為揭露官僚集團的庸碌無能、上下勾結、貪贓枉法。榮、寧兩府宛然是當時封建政權的縮影。在這等級森嚴、饌玉炊金、詩禮揖讓的小天地內，表面與實際，判若天壤：這裡實際有的，是虛偽巧詐、爭權奪利、剝削者的奢侈荒淫、被奴役者的血淚、被壓迫者的反抗。這不是乾隆朝所謂『太平盛世』的具體而細微的解剖圖嗎？中國古典文學中固多暴露封建社會罪惡的傑作，然而如此全面而深刻地從制度本身層層剝露其醜惡的原形，不能不數《紅樓夢》為前無古人。」（見茅盾《關於曹雪芹》，《文藝報》1963 年 12 月號）茅盾對《紅樓夢》的思想內容所達到空前高度是極力讚揚的。

（二）

一般的觀點都認為，作為小說中進步力量的代表，就是封建貴族家庭的叛逆者賈寶玉。在他身上，體現著初步民主主義的色彩，顯示了一種新的時代特徵。而茅盾則明確闡述，《紅樓夢》是市民文學的代表作；表現在賈寶玉身上的思想積極因素，一方面是繼承了李卓吾、王船山的反封建的思想傳統，另一方面也是中國 18 世紀上半期新興市民階層意識形態的反映。茅盾的這種觀點是較獨特的，幾十年來，他一直持續上述的觀點。

40 年代初，他就提出了「市民說」觀點。他在延安各文藝小組會上演說道：《紅樓夢》是不朽的、古典的市民文學代表作，是值得我們學習的民族形式。所謂的市民文學，茅盾下的定義是：為市民階級的無名作者所創作，代

表了市民階級的思想意識，並且為市民階級所享用欣賞，其文字是「語體」，其形式是全新的、創造的。茅盾說，賈寶玉生活在儒家思想的天羅地網中，但他卻不是這環境中的「孝子」。他不喜歡「代聖立言」的制藝，因為這束縛了他思想的自由發展。在婚姻問題上、待人接物上，他處處與現實發生衝突。賈寶玉最後徘徊於佛家和老莊思想（晉以後虛無主義化了的老莊）之間，據說終究走了佛家的路。賈寶玉並沒有找到應該走的正路，然而他不失為「名教」的叛徒。《紅樓夢》提出了問題，並沒有得出正確的答案，然而它不失為從思想上對於儒家提出抗議的一部傑作。

60 年代，茅盾在紀念曹雪芹逝世 200 週年的文章中仍持「市民說」。他先分析了當時的社會背景：18 世紀上半期的中國，城市手工業和商業雖有發展；而封建經濟仍然占支配地位，封建政權仍然很強大，城市手工業和商業時常受到多種多樣的壓迫和限制。這樣，當時市民階層的上層分子和封建勢力，既有矛盾、又有勾結。而市民階層的廣大底層（小商人、個體手工業者和小作坊所有主）則經濟力量薄弱，且處於可上可下的地位，對封建主義想反抗又不敢，而且也不能反抗到底。這就決定了當時市民階層思想意識中的積極因素（要求廢除封建特權、要求個性解放等等），從來不是以鮮明的戰鬥姿態出現，這也就決定了他們反封建之不會徹底；這也就決定了 18 世紀中國市民階層的歷史命運——不能發展為資產階級。談到賈寶玉的形象，茅盾是這樣說的：《紅樓夢》中賈寶玉的一生，象徵了當時新興市民階層的軟弱性和它的歷史命運。試看曹雪芹怎樣描寫賈寶玉追求真理的苦悶過程：皇皇然參禪悟道以求「解脫」，既無力創造環境，又無力對環境反抗到底，終於以空門為逋逃藪。這是《紅樓夢》思想性消極的一面。不過，在那個時代，做和尚仍然是另一方式的反抗，所以消極之中也還有積極的意義。曹雪芹的反抗封建禮教，要求個性解放的呼聲，直接表現在賈寶玉的婚姻問題上。在反抗失敗以後，寶玉不得不與寶釵結婚，但最後還是「懸崖撒手」，出家做和尚去了。這一悲劇的犧牲品，除了叛逆者的寶玉和黛玉，還有封建制度的擁護者，情場角逐中暫時勝利者薛寶釵。

我們認為茅盾的「市民說」，較準確地概括了作品中的思想意義。人們常說作品是反封建的；而用什麼樣的思想來反封建，對此的論述就少見。可見，茅盾的觀點應該引起我們的注意。

（三）

在《紅樓夢》中充滿著日常生活的描寫，這些描寫是那樣的細膩、逼真，這顯然是受了《金瓶梅》的影響。《金瓶梅》在日常生活的描寫方面取得了很高的成就，但其中也有不少瑣碎的刻劃，缺少深刻的思想內容。而《紅樓夢》則不同。「《紅樓夢》所寫的，只是一些家庭瑣事，──做壽、弔喪、慶元宵、中秋賞月、做詩、鬥牌、看戲、借債、吃醋、挑情，乃至小兒女的口角、清客們的脅肩諂笑；然而在這一切無關國家大事的瑣細的形象中，卻提出了最嚴重的思想問題，要求一個解答。」（見茅盾《論如何學習文學的民族形式》，《中國文化》第 1 卷第 5 期）茅盾的論述表明，《紅樓夢》中日常生活的描寫，都是經過了作者精心的提煉，富有典型性和傾向性。

茅盾在《怎樣閱讀文藝作品》中說，大凡寫得最好的人物，不是用敘述方法來介紹他的面相和性格，而是寫他的聲音笑貌，一舉一動，使人讀完後能夠想像出這個人物的形貌。「《紅樓夢》的人物就是用這個方法來描寫的，甚至可以從人物的說話中想像出他（或她）的丰采，辨出是男是女。」他在《潔本〈紅樓夢〉導言》裡舉了林黛玉的例子：《紅樓夢》寫「人物」的個性，力避介紹式的敘述而從瑣細的動作中表現出來。「林黛玉在書中出場以後，作者並沒有寫一段『介紹詞』來『說明』林黛玉的品貌性格；他只是從各種瑣細的動作中表現出一個活的林黛玉來。讀者對於黛玉的品貌性格是跟著書中故事的發展一點一點凝集起來，直到一個完全的黛玉生根在腦子裡，就像向來認識似的。」對一些主要人物，通過不同情節，從不同的角度層層深入地鏤刻出他們主要的性格特徵，這是曹雪芹塑造人物成功的重要方法。

曹雪芹亦重視細節的作用，茅盾對此也有論述。試以高中課文《林黛玉進賈府》為例。茅盾說：「善於描寫典型的偉大作家不但用大事件來表現人物的性格，而且不放鬆任何細節的描寫。《紅樓夢》寫寶玉和黛玉第一次見面，聽說黛玉『無字』，就送『顰顰』二字：探春問『何處出典？』寶玉便引『古今人物通考』西方有石名黛，可代畫眉之墨，況這妹妹，眉尖若蹙，取這個字，豈不甚美？探春笑他，『只怕又是杜撰！』寶玉的回答是『除了四書，杜撰的也太多呢。』」這一段對話，不過寥寥數語，可是不但從主要地方勾畫出黛玉的形象（『眉尖若蹙』），尤其值得注意的，是『杜撰』一語表現了寶玉的思想。從寶玉愛那些『雜學』這一點上也表現了他的性格，並且

還暗示了這性格和環境的矛盾。下文緊接著寶玉問知黛玉是沒有玉的，就拼命摔自己那塊玉，於是寶玉的形象更加鮮明生動了。這些對話和細微的情節之所以不成為多餘，就因為它們是典型地表現了這個典型人物的性格。」（茅盾《關於藝術的技巧》，《文藝學習》1956 年 4 月號）由此可見，茅盾閱讀是細緻的，分析是令人信服的。

（四）

《紅樓夢》並不是十全十美的，曹雪芹還不能從當時社會的本質矛盾上去看待問題，因此對受害者不幸命運的描寫，還帶有宿命論的色彩。儘管作者對貴族的叛逆者採取了歌頌的態度，但由於自己還缺乏明確的理想，在思想上存有「色空」觀念，所以在作品中就反映出一些虛無主義思想。茅盾稱這種現象是作家受了時代的限制。

他在《怎樣閱讀文藝作品》中分析道：有些作品，從一方面看，有它的進步性，但從另一方面看，這進步性是有限度的。如《紅樓夢》，這部小說主要的是寫兩種思想的衝突，而用三角戀愛的方式表現出來的。這兩種思想，一是以賈政為代表的傳統的封建思想，另一是以賈寶玉為代表的反抗封建思想的虛無主義的思想。賈政的虛偽、十足的頑固堡壘的言行與賈寶玉的「叛逆」行為，形成對照，而最尖銳地表現出來的，卻是賈寶玉對於婚姻不自由的反抗。作者把婚姻問題放在這樣的思想的基礎上來表現，就使讀者看了後思想上起變化，對封建制度發生了疑問，但可惜沒有解決問題。因為結果不僅是寶玉失敗了，出了家，當了和尚，而且他還考上了功名，報了父母之恩，然後出家，這也是一種妥協。「中國和外國都不乏這樣的例子，資產階級或封建階級出身的作家可能寫出很好的作品，他看得深刻，他提出了問題，作品的影響也很大，但一般說來，解決問題的方法是不合我們的要求的，或竟沒有解決問題。例如《紅樓夢》的作者在他那時代還不可能提出正確的解決他那思想問題的道路。因此，在反對封建思想這一點上，他是進步的，而在以虛無主義作為歸宿這一點上看來，他的進步性又大受限制了。這便是作家受了時代的局限。」

鑒於上面的《紅樓夢》論，故我們稱茅盾為紅學家，這不僅不過分，而且是言之有據的。

4、茅盾評高爾基及其代表作《母親》

（一）

　　高爾基是前蘇聯偉大的文學家，無產階級藝術的最傑出的代表，社會主義現實主義的奠基者。高爾基是屬於全世界的大作家，他對茅盾的影響便能證明這點。「高爾基的作品使我增長了對現實的觀察力（這跟魯迅的作品給我的最大的益處是相同的），而其特有的處置題材的手法，也使我在所知的古典作品的手法而外，獲見了一個新的境界。」（見《茅盾文藝雜論集》，下集）同時，高爾基也把目光注視到茅盾身上，他對《動搖》和《子夜》「亦很稱道」。（見莊鍾慶編《茅盾研究論集》）

　　在茅盾文學活動的各個階段中，他對其他民族的精神生活都發生了濃厚興趣，為研究和傳播能夠豐富祖國文化的一切有益東西而作了不懈努力。他為在中國傳播俄國文學和蘇聯文學做了大量工作。他在不同時期寫下的研究介紹、翻譯高爾基的著作及生平的文章，據不完全統計，有 20 篇以上，僅需舉出這些數字便足以說明問題。有人回憶了茅盾翻譯《高爾基》往事：「1945年茅公住在重慶嘉陵江南岸唐家沱。為了要把一本傳記體的小冊子《高爾基》在 3 個星期內完成翻譯和出版工作，我和戈寶權同志乃不得不向茅盾先生求救，請他分擔部分章節一起來翻譯。6 月的山城蒸熱，在油燈下，在蚊蟲圍攻中，茅公慨然接受了這個不情之請，並且如期交卷。當我們讀到他那寫在土紙上蠅頭小楷的工整手稿時，心裡說不出的感奮！」（見葛一虹《在那些嚴酷的日子裡》，香港《新晚報》1981 年 6 月 2 日）

　　茅盾傳播高爾基文學，除了為了推進我國新文學運動的發展外，還在於茅盾本人十分敬仰和推崇高爾基。請看茅盾的自敘：照片、油畫、雕刻、塑像、高爾基作品的各種初印本，以及各種遺物，——構成這博物館的主體，說明了高爾基一生的文藝工作和社會活動。別人的感想如何不得而知，若就我個人而言，則當我訪問普希金，Ｌ・托爾斯泰，或者耐克拉索夫博物館的時候，我的情感中似乎景仰前賢的成分比較多些，但在高爾基博物館，我卻深刻地感到偉大的時代和偉大的人民在我精神上所起的決蕩和感召，而高爾基便是這偉大的人民在那偉大的時代的化身，我幾乎忘記了他也是一個「自然人」了。（茅盾《蘇聯見聞錄》）

（二）

在這裡，我們擇取茅盾從宏觀上研究、介紹高爾基的幾篇文章，概括介紹之。

登在《中學生》創刊號上的《關於高爾基》一文，共分 7 節，用散文的形式來介紹高爾基的著作。茅盾撰寫此文的目的就是要宣傳無產階級文學的創始者和代言人高爾基。茅盾把高爾基的作品分三個時期來介紹和評說：

第一期的作品，主要有《旅伴》、《二十六個和一個》、《福瑪·高爾傑耶夫》、《三人》、《曾爲人的人》等。《曾爲人的人》是高爾基有名的描寫「流浪漢」的先驅作品。第二期作品，主要有《母親》、《夏天》、《懺悔》、《奧古洛夫鎭》等。第三期的作品，有 1913 年的《童年》，1915 年的《在人間》，1924 年的《我的大學》，1923 年的《回憶錄》。《回憶錄》是回憶托爾斯泰、柯洛連科、契訶夫、安特列夫等人的。在第三期作品中，又出現了「流浪漢」人物，可是作者的筆調卻不同了，是平靜的、溫暖的。

茅盾評說有二點。第一，談「流浪漢」。茅盾對高爾基筆下的「流浪漢」很感興趣。因爲高爾基帶進來的一大批「流浪漢」在俄國文壇上是新人。正是這些「流浪漢」的斧砍似的行動，雷鳴似的呼聲，才打破了當時文壇上沉滯憂悶的空氣，預言著一個革命時代將要來臨。茅盾在文中最後寫道：「當人生的灰色時代，像福瑪（《福瑪·高爾傑耶夫》主人公）和葉利亞（《三人》中的主人公）那樣的不滿足，無顧忌，熱烈地追求人生的眞正意義和價值，那樣的『流浪漢』精神，對於靑年是一服健康的補藥。有了這樣的『流浪漢』精神的靑年，然後才能在『聞道』以後作一名勇敢的人生的戰士。」第二，簡論高爾基各時期作品地位。許多評論家認爲高爾基的作品，以第三期爲最佳。茅盾對此是有異議的。他認爲《童年》和《我的大學》等的確是精妙的藝術品，我們在這裡，看見了詩人的高爾基；然而，我們要找社會主義者的、戰鬥的高爾基，那不能不讀他的第二期作品。至於他的第一期作品，是起開風氣、振人心，在灰色空間豁剌剌地閃著電光那樣的浪漫風作用的。在這裡，茅盾是把高爾基的第二期作品放在最佳位子上的。

《論無產階級藝術》，這是茅盾試圖以無產階級文學的基本原理來探索革命文學問題的重要文章。在這篇文章裡，他高度評價了高爾基在文學史上的歷史地位。茅盾認爲，在 19 世紀後半期，描寫無產階級生活的眞正傑作，亦就是能夠表現無產階級的靈魂、的確是無產階級自己發出吶喊的，畢竟並不

多見。最值得我們稱讚的，只有俄國的小說家高爾基的作品。接著，茅盾稱高爾基有 3 個第一：這位小說家，這位曾在伏爾加河輪船上做過侍役、曾在各處做過苦工的小說家，是第一個把無產階級所受的痛苦眞切地寫出來，第一個把無產階級靈魂的偉大無僞飾、無誇張地表現出來，第一個把無產階級所負的巨大的使命明白地指出來給全世界人看！我們仔細地無誤會地考察過高爾基的作品之後，總該覺得像高爾基那樣的描寫無產階級生活的文學家，其理論、其目的，都有些不同於羅曼・羅蘭所提倡的「民眾藝術」。因爲「民眾藝術」不過是一種烏托邦思想而已。

高爾基之所以能成爲無產階級文學的奠基人，這與他本人的生活經歷是有密切聯繫的。描寫無產階級生活的文學，英國的狄更斯早就著手進行了，但他的小說與高爾基的小說是有區別的：讀了狄更斯的小說，只覺得作者原不是無產階級中的人，他只是站在旁邊高聲唱道，你們看，無產階級是這般這般呀！但是讀了高爾基的作品，讀者卻像走進了貧民窟，眼看著他們的汙穢襤褸，耳聽著他們的呻吟怨恨。爲什麼會出現上述的區別呢？茅盾的回答是：「因爲狄更斯自身確不是無產階級中的人，而高爾基等則自己是無產階級，至少也曾經歷過無產階級的生活。」（茅盾《現成的希望》，《文學》週報第 164 期，1925 年 3 月 16 日）

（三）

高中課文《母親》，節選自高爾基的同名長篇小說。這部小說是高爾基的代表作。《母親》的問世，在創作原則上是具有劃時代意義的。高爾基的早期作品是在 19 世紀俄羅斯現實主義的基礎上，吸收了積極浪漫主義的因素，這在某種意義上豐富了現實主義，然而還沒有形成新的藝術方法。「直到《母親》出世，我們才看到一種新的藝術方法。這種新的藝術方法後來爲蘇聯作家所繼續發展，這就是社會主義現實主義。在對社會主義現實主義的一些權威性的闡明中，都強調地指出革命浪漫主義是社會主義現實主義的組成部分。在這個創作原則指導下，蘇聯文學取得輝煌的成就。」（見《反映社會主義躍進的時代，推動社會主義時代的躍進！》，《人民文學》1960 年 8 月號）

《母親》全書情節以母親尼洛夫娜爲線索而展開，深刻地反映出俄國工人運動在無產階級政黨領導下，由自發到自覺的過程，成功地塑造了母親這一具有社會主義覺悟的無產階級革命者的典型形象。茅盾說，狂風暴雨般的革命運動，是《母親》的背景。在海嘯似的革命運動的背景前，我們看見政

治認識很高的產業工人充當了書中的主人公。茅盾稱母親是一個性格在不斷發展的典型形象:「母親是已經到了中年,而且被貧困苦難虐待磨折到了幾乎麻木的農婦,『在革命的主義下復活了,成為勞工運動的急先鋒,社會主義的女戰士。』」(《我走過的道路》,中冊第 46 頁)

茅盾評《母親》,言簡意賅,高度概括了作品所取得的成就和在文學史上的歷史地位。

5、茅盾談趙樹理的小說

(一)

在抗日戰爭初期,茅盾就注重作品的大眾化,「在這抗戰期間,我們要使我們的作品大眾化,就必須從文字的不歐化以及表現方式的通俗化入手。」同時,茅盾談了大眾化的 3 條原則:

(一) 從頭到底說下去,故事的轉彎抹角處都交代得清清楚楚。

(二) 抓住一個主人翁,使故事以此主人翁為中心順序發展下去。

(三) 多對話,多動作;故事的發展在對話中敘出,人物的性格,則用
　　　　敘述來說明。

此後,茅盾還先後寫了《大眾化與利用舊形式》、《利用舊形式的兩個意義》、《質的提高與通俗》、《通俗化》、《大眾化與中國化》、《論如何學習文學的民族形式》和《舊形式、民間形式與民族形式》等等多篇文章。

茅盾認為,大眾化內容是「教育大眾」和「向大眾學習」兩個方面。「前進的宇宙觀和人生觀,是大眾所缺乏,而須我們教給他們;但大眾的生活色彩及其意識情緒,乃是我們所生疏,而須向大眾學習的。兩者不但沒有矛盾,而且是互相依存而發展;必須經由此途,然後『大眾化』問題可得合理的解決。」

茅盾還認為,大眾化發展到更高階段或更深層次,便是「中國化」。「所謂『中國化的文化』,是中國的民族形式的,同時亦是國際主義的。」

正因為有上述的「大眾化」觀念,所以一旦接觸到趙樹理的系列作品後,茅盾是讚不絕口,接連寫了《關於〈李有才板話〉》、《論趙樹理的小說》、《再談方言文學》和《關於創作的幾個具體問題》等評論文章,稱趙樹理的作品「已經做到了大眾化」,「這是走向民族形式的一個里程碑,解放區以外的作

者們足資借鏡。」(《茅盾文藝雜論集》)

茅盾在晚年的回憶錄中談到寫這類書評的目的是:「爲了向蔣管區的人民介紹和宣傳解放區的文學。」可見,茅盾對趙樹理的推崇。

解放後,趙樹理仍努力探索文學創作的民族化、大眾化,重視使自己的作品爲中國老百姓,尤其是廣大的農民群眾喜聞樂見。茅盾對此肯定道:

> 民族化、群眾化的特徵,主要表現在作品的語言,表現在人物的聲音笑貌⋯⋯趙樹理的個人風格早已爲大家所熟知。如果把他的作品的片斷混在別人作品之中,細心的讀者可以辨別出來。憑什麼去辨認呢?憑它的獨特的文學語言。獨特何在?在於明朗雋永而時有幽默感。把趙樹理的風格看作只是幽默,未爲確論。幽默只是形成趙作的風趣的一種手法,而不是它的藝術構思的骨架;就它的整個風格說,應當認爲明朗雋永是主導的。同樣地,如果把趙樹理作品的幽默因素僅僅歸之於散在篇中的解頤妙語,亦未爲確論。趙樹理作品的幽默感還在有概括人物的性格而給他一個形象的鮮明的綽號。

(二)

在這部分中,筆者介紹茅盾對《小二黑結婚》、《李有才板話》、《李家莊的變遷》和《套不住的手》等小說的評論。

《小二黑結婚》是趙樹理的成名作,通常被認爲是通俗文學的代表作。自然,趙樹理也被人們認爲是土生土長、土里土氣的;甚至在作品問世前後,趙樹理所在的太行山文藝界,都有歧視、看不起趙樹理的現象。「文化人座談會結束之後,中共晉冀豫區黨委宣傳部長彭濤召集了一個小型座談會,共開四次,參加者爲徐懋庸、趙樹理、張魚、蕭風和高一帆 5 人,表面上是議論如何在文化上開展對敵鬥爭,實際上還是做徐懋庸的工作,進一步統一思想。這都可見當時文藝界對趙樹理那種眞正具有農民氣質、眞正具有中國作風中國氣派的通俗文藝阻力之大了。」

茅盾是從藝術角度給予作品高度評價的,可謂是空谷足音。「在今天談結構,不好再採取原始的手法,我們不能因爲農村文化水準的低落而跟著它走。拿《小二黑結婚》來說,它的技巧並不是原始的,而是很高級的,它是在戰時寫,在解放區農村裡,得到大多數人的歡迎。從這點看來,說新小說不能

流行於農村，是因為不採用平鋪直敘的手法，這話是不大對的。新小說不能
得到老百姓歡迎的原因，主要是由於語言問題；我們所寫的農村生活所以不
能得到群眾的瞭解與歡迎，是因為我們用自己的語言和情感來寫農村的故事
呀！」

　　茅盾的評論旨在表明，撇開政治因素不談，就藝術而言，生動、形象、
富有表現力的群眾語言是作品成功的重要原因。正如茅盾所注意的，《小二黑
結婚》語言的確頗有特色。就人物的語言而論，作者盡量用普通的、平常的
話語，要求每一句話都能適合人物的特殊身份、狀態和心理。如二諸葛的人
物語言，足以表現出他是一個迷信、固執、愛咬文嚼字、膽小怕事的落後農
民形象。就敘述和描寫語言而論，趙樹理也同樣用的是群眾的語言。如描寫
小二黑和小芹的漂亮，描寫三仙姑在區上的舉動。茅盾強調語言的重要性，
是同趙樹理的認識相吻合的。針對「群眾語言寫不出偉大作品」的觀點，趙
樹理針鋒相對地說：「我搞通俗文藝，還沒想過偉大不偉大，我只是想用群眾
語言，寫出群眾生活，讓老百姓看得懂，喜歡看，受到教育。因為群眾再落
後，總是大多數。離了大多數就沒有偉大的抗戰，也就沒有偉大的文藝！」

　　茅盾認為小說新的技巧表現在 3 個方面：第一，作品開頭時，就要把全
篇作品最重要的部分慢慢露出；第二，故事的發展要一步緊扣一步，故事完
了，主題也正好全部表現出來；第三，在故事中抓緊中心點，著力去描寫，
其他的可以簡略。他以此為依據評《小二黑結婚》。這表明，他是用發展的、
新的眼光看待趙樹理的。

　　《李家莊的變遷》：茅盾曾給這部小說寫過序，名叫《論趙樹理的小說》。
在序文裡，茅盾首先指出作品背景的典型性，「背景是在晉北的一個山村。然
而這山村分明是封建勢力最強大的中國北方廣大農村的縮影。」接著概述了
不倒翁李如珍被打倒的過程。

　　談到技巧，茅盾認為小說已經做到了大眾化，沒有浮泛的堆砌，沒有纖
巧的雕琢，樸質而醇厚，是這部書技巧方面很值得稱道的。

　　茅盾還探討了趙樹理取得成功的奧秘，認為他是在血淋淋的鬥爭生活中
經歷過來的，而且是抱了向民眾學習的誠心的。因而，他的愛憎極為強烈而
分明。他站在人民的立場，他不諱飾農民的落後性，然而他和小資產階級意
識極濃厚的知識分子所不同者，即不因農民之落後性而否定了農民意識及其
恩仇分明的鬥爭精神。在鬥爭中，農民不但能夠克服了落後性，而且能發揮

出創造的才幹。這種藝術技巧的獲得，也是與深入生活密切相關的。茅盾對此論述道，「而趙樹理先生的這種技巧的獲得，我想也別無秘密，就因爲他是生活在人民中，而且是向人民學習，善於吸收人民的生動模素而富於形象化的語言的精華罷了。」

《李有才板話》：茅盾對這部作品似乎特別厚愛，不止一次地予以好評。

茅盾在《關於〈李有才板話〉》一文中，從內容和形式兩方面，對作品給予了肯定。

茅盾說，《李有才板話》讓我們看見了解放區的農民生活改善的鬥爭過程和眞相，使我們知道此所謂鬥爭實在溫和得很，不過開大會由群眾舉出土劣地主的不法行爲與侵佔他人財產的證據；同時也許地主辯護。

茅盾從 5 個方面來證實作品是大眾化的。第一，作者是站在人民立場寫這題材的，他的愛憎分明，情緒熱烈，他是人民中的一員而不是旁觀者。第二，作者筆下的農民是道地的農民，不是穿上農民服裝的知識分子，一些知識分子那種「多愁善感」、「耽於空想式的脾氣」，在他的筆下的農民身上是沒有的。第三，書中人物的對話是活生生的言語，人物的動作也是農民型的。第四，作者並沒有多費筆墨刻劃人物的個性，只從鬥爭（就是書中故事）的發展中表現了人物的個性。第五，在若干需要描寫的地方（背景或人物），作者往往用了一段「快板」，簡潔、有力，而多風趣。

茅盾在文章結尾道：「《李有才板話》是這樣產生的新形式的一種。無疑的，這是標誌了向大眾化的前進的一步，這也是標誌了邁向民族形式的一步，雖然我不敢說，這就是民族形式了。」

茅盾在另一篇文章中，稱《李有才板話》最值得注意，因爲這裡雖有「民間形式」，然而整個作品又和改造過的民間形式有別。「《李有才板話〉中間夾著『板話』，但它本身卻不是『板話』，因此 它不是『民間形式』。但是它亦不是我們所謂『新形式』──舶來的形式。它是一種創造的形式，『板話』部分可唱而敘述部分可以講說，似乎有點像韓起祥的『說書』和江南的『彈詞』，然而它又兩者都不是。」可見茅盾對新穎的「板話」形式特別感興趣，稱這是趙樹理「創造的形式」。

《套不住的手》：這是一篇從日常生活中提煉出具有典型意義的情節，刻劃先進農民性格的好作品。茅盾在介紹了作品內容的基礎上，評價道：「這篇小說的取材，是別開生面的。通過一雙與眾不同的手，戴不住手套的手，描

寫了主人公的勤勞樸質的高貴品質，而且也描寫了主人公的精神世界。」

有些人認為，作品敘述不夠精鍊，長了點。後來的文學史也持這觀點：「但作品也有為著交代人物來龍去脈而敘述不夠精鍊的毛病。」對此，茅盾也意識到，但有自己的見解：「正因為風格的鮮明，所以沒有故事的五千言作品也能引人入勝，不覺枯燥。也許有人覺得這篇作品的有些部分，還可以壓縮些，還可以簡練些，例如開頭一大段交代教練組的如何成立，後邊的關於招待所的描寫，關於老人領頭、青年人響應的清理招待所院子的一段敘述；這個意見值得考慮。但是，可以精簡的字句恐怕不能太多了，否則就會影響到整篇的風格，因為整篇是娓娓而談，談到那裡就是那裡，佈局雖然不拘規格，好在行文從容自如，因而不覺得有拖沓之感。」從文章風格考慮，茅盾基本上是不主張改動作品的。

（三）

本文開頭就講到，茅盾認為大眾化內容是「教育大眾」和「向大眾學習」兩個方面，亦就是既當先生又當學生。茅盾在《論趙樹理的小說》中說：「趙樹理先生已經做到了大眾化。」依據是趙樹理生活在人民中，而且向人民學習，用人民的語言寫出進步性作品。

趙樹理本人的大眾化（或通俗化）觀點，同茅盾上述觀點是近似的，因而寫出了受到讚揚的多部作品。早在 1941 年，趙樹理談到通俗化的意義時就指出：通俗化「應該是『文化』和『大眾』中間的橋樑，是『文化大眾化』的主要道路；從而也可以說是『新啟蒙運動』，一方面應該首先從事拆除文學對大眾的障礙；另一方面是改造群眾的舊意識，使他們能夠接受新的世界觀。」因而，他的作品始終貫徹反封建的主題，以此來引導和感召農民讀者同傳統決裂，改造舊生活，走向新生活。

茅盾多次指出，深入生活是趙樹理成功的基礎。茅盾認為，趙樹理不但能深入生活，而且是抱了向人民群眾學習的誠心的；瞭解了大眾的生活色彩及其意識情緒，才能有的放矢寫作佳品。此外，茅盾在《關於〈李有才板話〉》文章中，也強調指出，深入生活對趙作所起的作用。茅盾強調作家深入生活的重要性，是符合趙樹理的創作道路的。趙樹理的確投身於實際鬥爭生活中去，又在鬥爭中向農民大眾學習，因而他終於突破了以往作家的局限，塑造了一群嶄新的農民形象。茅盾所強調的和趙樹理所堅持的深入生活，是符合《講話》精神的。今天，我們紀念《講話》發表 50 週年，就是要堅持深入生

活；因爲生活是創作的源泉，是一條顚撲不破的眞理。

從藝術角度看，茅盾強調大衆化是語言和表現方式這兩個方面。語言要「不歐化」，表現方式要「通俗化」。茅盾據此觀點，來評判趙樹理作品的。

首先，茅盾最爲欣賞的是趙樹理作品的語言。語言作爲文學的第一個要素，是民族形式的第一個標誌。趙樹理小說的「中國氣派和中國作風」，在很大的程度上是表現在他的作品的藝術語言上的。語言是趙樹理刻意追求的，「能不能多用群衆的語言來寫東西」，這是「普及工作中的一個比較關鍵性的問題。」茅盾是意識到這點的，所以他評趙樹理的作品，特別注意語言特點。如評《小二黑結婚》，就強調語言是使作品成功的重要因素。探尋趙樹理成功秘密時，也歸功於他「善於吸收人民的生動樸素而富有形象化的語言之精華罷了」。縱觀趙樹理幾十年的創作，茅盾把他的風格歸結爲「獨特的文學語言」。自然，趙樹理的作品語言是眞正的民族語言，有著自己鮮明的特色，是值得茅盾讚揚的。

其次，茅盾肯定了趙樹理在形式大衆化方面所做的努力。在表現形式方面，趙樹理十分重視民族的傳統藝術技巧，如評書敘事、描情狀物的藝術，注意將那些「值得學習的辦法繼承下來，再加上自己的發明創造」，形成了自己的一套寫法。

茅盾的趙樹理評論，對確立解放區文學在全國的地位，對確立趙樹理在文學界的地位，對確立通俗化文藝的地位，均起到了積極的推動作用。

【附】原載 1992 年第 2 期《趙樹理研究》，後收入申雙魚等人編《且說山藥蛋派》論文集中，山西人民出版社 1993 年 2 月版。

6、論茅盾與葉聖陶的創作關係

茅盾與葉聖陶之間的交往，長達 60 年之久。他倆相識和保持持久友情的基礎，便在於有共同的文學主張和追求。他倆積極提倡文學反映人生、關心人民疾苦，同情「被損害者與被侮辱者」的現實主義文學主張。因而，他倆都成了主張「爲人生藝術」的文學研究會的發起人。所不同的是，茅盾早年是以文藝理論爲武器，從理論上倡導爲人生的藝術；葉聖陶是小說家，他用作品來支持爲人生的藝術主張。他倆和文學研究會的同人們，共同促進了爲人生藝術理論的發展。

他倆在長達 60 年的交往中，文學活動一直佔據著最主要的位置。下面，

筆者擇其 4 個方面，略做論述。

（一）友誼的紐帶——《小說月報》

茅盾接手改革（小說月報）之際，正愁沒有創作稿件。葉聖陶的短篇小說稿寄來了。茅盾在《小說月報》革新號上便推出了葉聖陶的小說《母》，並推崇地介紹道：「聖陶兄這篇創作，何等地動人，那是不用我來多說，讀者自能看得出。我現在是要介紹聖陶兄的另一篇小說名爲《伊和他》的（登在《新潮》），請讀者參看。從這兩篇，很可看見聖陶兄的著作中都有他的個性存在著。」事隔多年，葉聖陶仍不忘此事：「《小說月報》革新號印出來，我的一篇小說蒙雁冰兄加上幾句按語，表示獎贊，我看了眞有受寵若驚的感覺。」（葉聖陶《略談雁冰兄的文學工作》）

不久，茅盾又在《小說月報》上發表評論文章，肯定葉聖陶的作品《曉行》和《一課》。在著名的《評四五六月的創作》一文中，茅盾指出，描寫勞動者生活的作品顯然和勞動者的實際生活不符；不但口吻不像，連舉動身份都不相稱。如果創作者平日的確和勞動者接觸過的，當不致於如此隔膜。「就我已見的 5 篇看來，聖陶的《曉行》，似乎最熨貼，但可惜是《獵人日記》體的筆記，不是直接畫出兩個農夫，幾個農婦來」。創作者描寫自己環境的作品也不夠理想，「像聖陶的《一課》（《晨報》5 月 17 日）是個『尖兒』，不可多得的，其餘便無足觀（《小說月報》6 月號登過的《墮落》也還自然）。」

可見，茅盾對葉聖陶早期的小說創作，給予了很高的評價。這無疑會促使葉聖陶更加努力創作。反過來，葉聖陶主編《小說月報》，曾向茅盾約稿，促使茅盾開始了小說創作。

大革命失敗後，茅盾回到上海，隱藏在家足足 10 個月。這段時間，他與葉聖陶「過往甚密」（茅盾語），而且「兩家親若一家人」（葉聖陶語）。由於遭到國民黨通緝，茅盾不能公開尋找職業，只能賣文爲生。時值葉聖陶正代編《小說月報》，他對茅盾說：「寫些小說吧。雁冰兄說，讓我試試看。雖說試試看，答應下來就眞個動手。不久，《幻滅》的第一部分交來了。」茅盾在回憶錄中也詳細地談到了此事：他把《幻滅》的前半部原稿交給了聖陶後，第二天葉聖陶就來了。葉說，稿子寫得好，《小說月報》正缺這樣的稿件，今天就發稿。茅盾吃驚道，小說還沒有寫完呢！葉說不妨事，9 月號登一半，10 月號再登一半。葉又說，筆名矛盾一看就知道是假名，如果國民黨方面有人來查問原作者，就爲難了，不如矛上加個草頭，茅姓甚多，不會引

起注意。茅盾同意了。這樣，中國現代文壇上就出現了「茅盾」這個筆名。《幻滅》、《動搖》和《追求》源源不斷地出現在《小說月報》上，在全國引起了轟動。兩年後，三部曲合併成長篇，這就是《蝕》。顯然，葉聖陶對《蝕》的問世和茅盾從事小說創作是起了促進作用的。

與此同時，葉聖陶知道茅盾擅長寫文學批評文章，是「此中老手」（葉聖陶語），便約請他寫了《魯迅論》和《王魯彥論》等著名的文章，發表在《小說月報》上。《魯迅論》刊登在《小說月報》上，既表現了對剛到上海的魯迅先生的歡迎態度，又是對文壇上否定魯迅錯誤觀點的批駁。

《小說月報》是主張為人生藝術的文學研究會陣地。通過編稿和撰稿，他倆相識於《小說月報》，結好於《小說月報》。所以說，《小說月報》是他倆友誼的紐帶。

（二）一錘定音的評論——茅盾論葉聖陶

香港學者司馬長風認為，「以文學論文學，葉先生實在缺乏文采。他的作品，主題不痛不癢（所謂善寫灰色的小市民），文字則平實呆板，很難挑出什麼大毛病，可是絕少動人的精彩；他在誕生期寫的小說，實在沒有值得介紹的。」針對鄭振鐸的論述，他又寫道：「鄭氏所論冰心，葉紹鈞等的小說，遠較誕生期諸家的作品進步，並不完全正確，起碼冰心的小說絕不比汪敬熙的小說好，葉紹鈞也還沒有寫出夠水準的小說。」司馬長風的觀點是與事實不相符合的。所以、我覺得很有必要介紹茅盾的葉聖陶論。

《中國新文學大系‧小說一集》由茅盾所選。《大系》主要是為「五四」以來的新文學運動進行整理總結的，「從『新文學』發展的歷史上看，這條『路』的起點，—— 一些早起者所留下的足跡，是值得保留，研究，而且來一次 10 年的總結。」基於這種認識，茅盾編選小說的態度自然是嚴肅的。他選了 29 位作家的 58 篇作品，其中入選作品最多的是葉聖陶和冰心，各有5 篇小說被選入，可見茅盾對葉聖陶小說的喜愛程度。

同時，茅盾在《中國新文學大系‧小說一集》導言中，對葉聖陶的短篇小說創作進行了總結。茅盾用歷史的眼光考察了葉聖陶小說創作歷程，指出葉聖陶的早期小說（主要是短篇集《隔膜》），雖然從不同角度揭示了一些社會的醜惡現象，但由於時代和作者思想的局限，還認不清改革現實的正確途徑。以至「他以為『美』（自然）和『愛』（心和心相印的瞭解）是人生的最大意義，而且是『灰色』的人生轉化為『光明』的必要條件。『美』和『愛』

就是他的對於生活的理想。」這就使他的有些小說蒙上了一層虛幻的色彩。但不久，這種傾向就得以克服，逐漸形成了自己現實主義的特點，「冷靜地諦視人生，客觀地、寫實地描寫著灰色的卑瑣人生的，是葉紹鈞」。茅盾還肯定了他筆下的人物形象：「他的『人物』寫得最好的，是小鎮裡的醉生夢死的灰色人。」茅盾接著分析了幾組灰色人物，表明葉聖陶的短篇小說是以描寫小資產階級知識分子的灰色生活見長。所以茅盾說：「要是有人問道：第一個『十年』中反映著小市民知識分子的灰色生活的，是哪一位作家的作品呢？我的回答是葉紹鈞！」

茅盾的葉聖陶小說論，影響深遠。如劉綬松著的《中國新文學史初稿》、林志浩主編的《中國現代文學史》和田仲濟、孫昌熙主編的《中國現代文學史》，都引用茅盾的觀點來評價葉聖陶的創作，對茅盾的評論予以肯定。

葉聖陶的長篇小說《倪煥之》，反映了從「五四」到 1927 年這一歷史階段小資產階級知識分子由個人奮鬥到參加群眾革命鬥爭的思想轉變的曲折歷程。作品一問世，具有史家眼光的茅盾便欣喜不已。茅盾認為，偉大的「五四」運動沒能產生表現時代的文學作品。「現在如果來描寫『五四』對於一個人有怎樣的影響，並且他又怎樣經過了『五卅』而到現在這所謂『第四期的前夜』，諸如上文所說創造社諸君的經歷，那亦未必竟是無意義的作品罷。我這意見，最近在葉紹鈞所作的長篇小說《倪煥之》，找得了同感了。」在許多作者視小說為天才的火花，而無須乎修煉，很少人是有意地要表現一種時代現象和社會生活的情況下，茅盾覺得像《倪煥之》那樣有意為之的小說是很值得肯定的。「把一篇小說的時代安放在近 10 年的歷史過程中的，不能不說這是第一部；而有意地要表示一個人—— 一個富有革命性的小資產階級知識分子，怎樣地受 10 年來時代的壯潮所激蕩，怎樣地從鄉村到都市，從埋頭教育到群眾運動，從自由主義到集團主義，這《倪煥之》也不能不說是第一部。在這兩點上，《倪煥之》是值得讚美的。」此外，茅盾還認為小說具有「時代性」，因而成為「扛鼎」之作。

後來的文學史家們在評《倪煥之》時，都引用茅盾的文章。

有人高度評價茅盾的論述：「茅盾對於《倪煥之》的評價，可以說是一種文學史上的定評。」

（三）豐收成災的主題——共同完成

歷史進入 30 年代，江南農村「豐收成災」的生活，一躍成為創作的主題，

茅盾和葉聖陶均有貢獻，為文壇奉獻了不朽的短篇名著《春蠶》和《多收了三五斗》。多年來，這些作品一直被選入中學語文課本中，成為歷史教科書，教育了無數的青年學生。

《春蠶》發表於 1932 年，立刻引起了人們的廣泛注意，得到了文壇上的好評。茅盾受到了鼓舞，又續寫了《秋收》和《殘冬》。這就形成了人們常說的「農村三部曲」。1933 年《文學》創刊，表面上傅東華是主編，實質上茅盾負責審定創作稿件。於是經茅盾之手，《多收了三五斗》在《文學》創刊號上發表。興許是為了引起人們對「豐收成災」現實的注意，茅盾也把自己的《殘冬》登在上面。創刊號 7 日 1 日出版，5 日即再版，25 日 3 版，8 月 15 日 4 版。盛況空前。

「豐收成災」是一種畸形的社會現象。豐收是指風調雨順的自然條件加上勞動人民辛勤的耕作，這是本來應該換取的結果；但事與願違，豐收反而成災。成災則是政治、軍事、經濟多方面的社會原因造成的。敏感的作家們抓住這一生活現象，通過形象反映了帝國主義、封建主義和官僚資本主義壓迫下的中國農民的痛苦生活，從而表現了重大的社會主題。我們把《春蠶》和《多收了三五斗》放在一起，就可以看出它們有以下 3 個共同點。

首先，作品都揭示了「豐收成災」社會原因。為什麼會造成「豐收成災」和穀賤傷農的結局？作品告訴人們：一是洋貨大量傾銷，二是戰爭，三是高利貸盤剝和商業資本家壟斷。

其次，作品都反映了廣大農民的悲慘生活和苦難命運。中國農民世代都是吃苦的，但到了 30 年代，他們的生活確實已到了難以維持的境地。農民對現實不滿，感到世道變了，越變越不像樣了。

最後，作品通過兩代人的思想衝突，寫出了新一代農民的覺醒。《春蠶》中的老通寶與多多頭，《多收了三五斗》中的舊氈帽朋友之間的不同意見，代表了新舊農民對現實的不同看法。這些人中間出現的不願當奴隸的思想正是他們覺醒的開始。

通過上面幾點的分析，可以看出他倆把「豐收成災」這種題材所蘊含的思想盡可能深地開掘了出來，這樣的小說就不同於那些表現農民困苦生活的作品了。由於這兩篇小說思想藝術水準都比較高，被文學史家們稱之為那時短篇小說傑作的代表：「在這個階段裡，老作家們進一步轉變立場，不斷提高思想，努力開闊自己的生活視野。他們一旦把自己比較純熟的藝術經驗用之

於描寫人民群眾的鬥爭生活，短篇小說的創作很快就有了重大的突破了。這種重大突破的標誌，就是一批思想藝術水準都比較高的短篇小說傑作的出現。其中，出色的代表自然是茅盾的『農村三部曲』(《春蠶》、《秋收》、《殘冬》) 和《林家鋪子》。此外，則有葉聖陶的《多收了三五斗》」。

（四）自學成才的人——葉聖陶的茅盾論

葉聖陶多年來一直把茅盾當作自己的摯友。在成都文藝界舉行的慶祝茅盾 50 壽辰大會上，「聖陶的講話十分激動，大聲吶喊，甚至站到了凳子上。這在聖陶是少有的。他說：我們都在黑夜中走路，不管離天亮還有多久，路上還有多少險阻，我們終究會走過去的。茅盾先生 25 年的工作，就好比是舉著一盞燈籠在黑夜裡努力地走，我們祝賀他 50 壽辰，就要像他那樣也拿起一盞燈籠向前走。儘管現在還是黑夜，但光明終將把黑暗照明。」

多年來，葉聖陶一直認為，茅盾是自學成功的人。在茅盾 50 壽辰之際，他寫了《略談雁冰兄的文學工作》；在茅盾誕辰 90 週年的日子裡，他又寫了《紀念雁冰兄》。在這些文章中，葉聖陶首先強調茅盾是自學成功的人，並以編譯工作為例證明。編譯工作不是茅盾的職業，但茅盾把它當作磨煉自己的課程。他專心閱讀外國的文藝書報，注意思潮與流派，又運用他精審的識力，選擇內容與風格都有特點的小說，編譯成集。如《雪人》、《桃園》，被大家認為是最好的選集。葉聖陶還披露了茅盾自學的甘苦：「他把許多的書堆在床頭，紙筆也常備，半夜醒來，想起些什麼，就撚亮了電燈閱讀，閱讀有所得，惟恐其遺忘，趕緊寫在紙片上。」

其次，他認為茅盾創作理性化。茅盾創作小說，一向先定計劃，決不信筆直書，寫到那裡算那裡。他的計劃不只藏在腹中，而且還要寫在紙上，寫在紙上的不只是個簡單的綱要，竟是細磨細琢的詳盡的記錄。「我有這麼個印象，他寫《子夜》是兼具文藝家搞創作和科學家寫論文的精神的。對於那些自認為創作全憑才氣的人們來說，我想，雁冰兄的創作態度很值得供他們作比照。」(葉聖陶《紀念雁冰兄》)

此外，葉聖陶還寫有《茅盾的〈浴池速寫〉》賞析文章，輔導青少年學習茅盾作品、提高寫作能力。在詳細地分析了散文的基礎上，作者總論道：「這篇文章寫得細膩。其故由於作者看得精密。你看他寫一個冷水龍頭，使我們彷彿親眼看見了那『紫銅質的大傢伙』。若不是當時精密地看過，拿著筆伏在桌子上想半天也想不出來的。其餘寫幾個人的形象跟動作的地方也是這

樣，讀者都應該仔細體會。」（葉聖陶《茅盾的〈浴池速寫〉》）

7、茅盾「論陶淵明」評析

陶淵明的作品，千百年來爲廣大讀者所愛好，爲眾多批評家所讚揚。建國以來，陶淵明研究在古典文學領域一直是「熱門」課題，其熱潮方興未艾。

倘若縱觀中國文學批評史，我們不難發現：歷代關於陶淵明的研究，總是隨著時代的變遷而不斷發展的；時代不同，美學趣味不同，人們對陶淵明及其作品的認識和評價往往毀譽紛紜、莫衷一是，無不打上時代的烙印，存在歷史和階級的局限。故王瑤在《陶淵明研究隨想》中著重指出：這是陶淵明研究中一個必須正視的重要現象。（見《九江師專學報》1984 年第 1 期）

建國後，在 50 年代末及 60 年代初，曾展開了一次轟轟烈烈的有關陶淵明的討論，涉及到的問題有：陶淵明總的評價、陶淵明歸隱、陶詩反映現實的程度和方式、陶淵明的藝術成就、陶淵明某些具體作品的評價等。著名作家茅盾也參與了當時的討論，他對陶淵明的生平史實、文學地位、藝術成就及其歸隱等問題，進行了謹嚴的論述。茅盾論陶，言簡意賅，有獨特的見解。茅盾卻謙遜地說，「我不敢自信其沒有錯誤，在百家爭鳴中聊充一個微弱的鳴聲，以就正於對陶淵明更有研究的同志們。」筆者有興趣將茅盾論陶的觀點加以評析，以期引起人們的關注和推進陶淵明研究的深入發展。

關於「躬耕南畝，饑來乞食」的質疑

關於陶淵明生活問題，多年來學術界幾乎都持「躬耕南畝，饑來乞食」的說法。如游國恩等認爲，陶淵明衝破了封建社會鄙視勞動的儒家思想，堅決地走上了躬耕自給的道路。「他本來認爲勞動可以自養，所謂『力耕不吾欺』的，但是他的生活，卻和一般農民一樣，不斷地走著下坡路，經常受到飢寒的威脅，有時甚至不得不出去乞食。」（游國恩等人主編的《中國文學史》第 1 冊第 241 頁）而茅盾卻認爲陶淵明的生活並不窮困。「所謂隱士必貧的話，我以爲在陶淵明身上是找不到的。」他提出質疑的依據有二：

第一，從陶淵明家世看，他不可能貧困。《晉書》、沈約《宋書》、李延祿《南史》都說陶侃第三子名茂，爲武昌太守。茂生逸，逸爲安城太守，孟嘉以女妻之。晉顯宗時，逸因功封康樂伯，食采宜豐，計 1500 戶。逸生 3 子，長曰注，襲封，次即淵明，三曰敬遠，出繼叔延爲後。這樣一個曾封爲伯，食採 1500 戶的次子（淵明），茅盾說他似不至於「躬耕南畝，饑來乞食」，除

非他家因罪被抄，但史無記載。

第二，從陶淵明本身的經歷看，他也不可能窮困。淵明少時，過的是錦衣玉食的生活；後來，據說「親老家貧」，不得已，屈就州祭酒，但因「不堪吏事」，到任不久，就辭職回家；州裡又請他為主簿，他沒有去，而回鄉「躬耕自資」。茅盾分析道：這就同上述史實相矛盾了。因為據封建社會的慣例，長子有襲封的權利，即有奉養母親的義務，為什麼要次子陶淵明來奉養呢？淵明因「不堪吏事」而棄官歸家，可知他還沒有達到非靠薪俸便不能過日子的地步。記載又有顏延之訪問淵明，共飲酒數日，臨走時顏贈陶錢二萬，「淵明悉遣送酒家，稍就取酒」。這件事說明陶淵明不「貧」，二萬錢在淵明看來，只夠買酒而已。茅盾風趣地說道，也許人家把他同王崇、石倫相比，故稱之為「貧」。

我們認為茅盾的質疑是立得住的，理由如下：

茅盾採用陶淵明「始家宜豐」說。茅盾引用的史料，最早見於秀溪《陶氏家譜》。該家譜云：「侃第三子茂，為武昌太守。茂生逸，為安成太守，孟嘉以女妻之；晉顯宗朝，蘇峻叛，隨祖侃征討追其黨，逸至豫章，逸因有功，封康樂伯，食采宜豐計 1500 戶。逸生 3 子：長曰注，襲封；次即淵明；三曰敬遠，出繼叔延為後。」關於陶淵明故里在哪裡，眾說紛紜，正如《五柳先生傳》所言，不知何許人也。而較多較早的史料記載，陶淵明是潯陽柴桑人。因而，我們再從潯陽方面來看，陶淵明的生活也並不會窮困。

首先，他是一個地主，必定會有不少穩定的田租收入。陶淵明出身於仕宦家庭，到他手上家道雖已破落，但祖傳的某些不動產業，卻會依然存在。從他自己的詩文來看，有「上京」、「南村」、「古田舍」、「園田居」等住處。

其次，他並不是窮得像農民一樣須以種田為生。陶淵明的「躬耕南畝」，我們認為，說他參加農田勞動是可以的，但不能把他與終年勞動的農民相提並論，他只是偶爾為之。陶淵明在《歸去來兮辭》中說：「農人告余以春及，將有事於西疇。或命巾車，或棹孤舟。既窈窕以尋壑，亦崎嶇而經丘。木欣欣以向榮，泉涓涓而始流。」這段話雖短，卻和盤托出他的隱居生活。並不是他真的像農人那樣天天勞動，而大部分時間是在組織，是在指揮。陶淵明不是說過「僮僕歡迎，稚子候門」嗎？他的家中既有農人，又有「僮僕」，足以證明他的「躬耕」並不如人們所理解那樣。他的種田是帶有消遣性的，是「性本愛丘山」式的一種愛好的表現。

第三，陶淵明晚年也並不窮困。有種說法認爲，陶淵明在青年時代其家還是個小康之家，尚未窮困潦倒，則是晚年越來越貧窮，過著「老至更長饑」的貧困生活。茅盾引用史料表明，顏延之是陶淵明同時代人，又是詩人的老朋友，他倆交往甚密。「詩人去世前 3 年，顏延之爲始安郡守過潯陽時，還曾造飲於淵明之舍，臨去留錢二萬以爲酒資。」民以食爲天，如果陶淵明眞的是「饑來乞食」，幹嗎不把這二萬錢拿去買米呢？可見陶的晚年也並不窮困。

關於「歸隱」說的否定

陶淵明「歸隱」，乃爲後人所「贈」。這種說法源於顏延之「幽居者也」和蕭統的「潯陽三隱」；稍後的鍾嶸在《詩品》中將陶淵明定爲「古今隱逸詩人之宗」。從此，一千多年來，陶淵明歸隱說產生過很大影響。游國恩等主編的《中國文學史》甚至認爲，「在老莊思想和隱逸風氣盛行的影響下，陶淵明早年便有愛慕自然，企羨隱逸的思想」，「這十多年裡他一直一心處兩端，行動上也是仕隱無常。」何其芳也強調說，「在山林隱逸一派中不但出過一些優秀的作家，而且還出過傑出的作家，如陶淵明。」（《文學史討論中的幾個問題》）

茅盾對「歸隱」說持否定態度。他指出，「把陶淵明算作山林隱逸派的祖師是後代的那些只從表面看問題的文人們幹的蠢事。」究竟什麼是山林隱逸派？茅盾分析道，貨眞價實的山林隱逸派有兩種，一是身居江湖，心縈魏闕的人；又一是身居朝市，心懷江湖的人，兩種都是假惺惺作態的人。有一句成語揭示了前者的底，這句成語便是「以終南爲捷徑」。元遺山曾經以潘安仁爲典型慨嘆過這些人的虛僞，「心畫心聲總失眞，文章寧復見爲人；高情千古閑居賦，爭信安仁拜路塵？」第二類謝靈運可做代表。

茅盾對「歸隱說」的否定，我們認爲是正確的。

首先，從其本身言行中，可以看出陶淵明不是隱世者。在《與殷敬安別》詩中，他的人生態度表達得非常明確：「良才不隱世」。爲了「大濟於蒼生」，少年時代的陶淵明，曾經如《歸鳥》詩中所述，「晨去於林，遠之八表」。後來，因爲「世與我而相違」，便「斂策歸來」。那麼歸向何處呢？《飲酒詩之十九》作了肯定的回答：「遂盡介然分，終死歸田里」，說得明明白白是「歸田里」。陶淵明歸田後，既沒有隱居深山，也沒有割斷紅塵；而是關心世事與鄉間的農民生活，關心他們的疾苦。

其次，從與其他隱逸詩人相比，可以看出陶淵明與他們截然不同。陶淵

明的一生以及他的人格和詩品，可以用他詩中 6 個字來概括，即：「含眞」、「養眞」、「任眞」。眞是陶淵明的藝術特色，眞是陶淵明的魅力所在，眞使他長期地保持了生命力。唯「眞」，方可以「善」，方可以臻乎「美」。眞善美的藝術，可以超越時空的界限而撥動一切人的心弦。陶淵明與其他隱逸者不同，還在於他是在積極追求一種自然的理想，他爲這種崇高理想而實踐。他選擇的田園之路，在肉體上相對來說是艱苦的，然而在精神上卻是舒暢的，特別在創作上獨樹一幟。陶淵明的言行表明，他採取的是一種政治性的退避，並且眞正做到了這一點。與隱士派不同，他追求的不是外在的軒昂尊華、功名學問，而是內在的人格和不委屈以累己的生活，他走的是正確的人生道路。

關於陶淵明思想的論辯

關於陶淵明的處世態度以及他的作品所反映的基本傾向，歷來存在有兩種對立的看法：一種認爲他生活在晉末宋初，又是東晉勳臣陶侃的曾孫，他的地位是隨著晉室的存亡而升降的，故在陶的詩文中，時時流露出傷時憂國的感慨，將他描繪成忠於晉朝、恥事二姓的「忠臣」；另一種意見則認爲陶淵明這位優哉遊哉的「田園詩人」，其偉大之處就在能做到「渾身是靜穆」，就是說，他是超政治的，超現實的。魯迅批評了後一種觀點，指出，「陶潛正因爲並非『渾身是靜穆』，所以他偉大。」建國以來，由於片面強調文藝與政治的關係，因而在批判「靜穆」說的同時，更力求揭示陶詩的政治內容，傳統的「忠憤」說被弘揚到空前的高度，彷彿陶淵明自始自終都是一個熱心效忠晉室的人物。「靜穆」說固然失之片面，「忠憤」說亦不符合陶淵明的思想實際。前者把陶淵明看成純粹的道家，似乎他超脫現實；後者把陶淵明看成純粹的儒家，似乎他眷念晉室，反對劉裕篡晉。

茅盾主張辯證地看待陶淵明的思想。他認爲，「自然，陶淵明的思想是複雜的，有積極的一面，也有消極的一面；我們不宜強調非此即彼，亦不應抹煞其有彼此。」茅盾既不持「靜穆」說，也不談「忠憤」說。他從積極與消極這兩個方面來考察陶淵明思想。因而他說：「但從大體上看來，我以爲積極的因素表現較多者在於他的詩文，而消極因素表現較多者在於他的行爲。」爲此，茅盾特地用《讀山海經》第十首詩，「精衛銜微木，將以塡滄海，刑天舞干戚，猛志固常在」爲例，來分析陶淵明思想中的積極因素。茅盾說，「我們如果說陶淵明是借神話來傾吐其心所嚮往的崇高精神品德，恐怕也不能算

是全然的捕風捉影。」

　　茅盾雖未能進一步展開論述陶淵明思想中的積極因素和消極因素，但他的論斷給我們提供了一個辯證的、整體的思維方式，即能夠真正地從總體上去把握陶淵明思想。早在 30 年代，魯迅就得出了一個極爲重要的結論：「這『猛志固常在』和『悠然見南山』的是一個人，倘有取捨者，即非全人，再加抑揚，更離眞實。」在此以後，有些陶淵明研究者喜歡引用魯迅上述結論，但對魯迅這一結論所具有的方法論的意義，則似乎重視不夠。然而茅盾重視了這點，他的論斷可以說同魯迅的結論在精神上是一脈相承的。換句話講，魯迅和茅盾論陶在方法論上是一致的。

關於《閒情賦》和《桃花源記》的評論

　　《閒情賦》中有 10 段愛情狂想曲，8 次要接觸美人的玉體，何等的狂熱、大膽和坦白。爲此，明末復社領袖張溥在他所編的《〈漢魏六朝百三名家集〉題辭注》中寫道：「閒情等宋玉之好色」。茅盾對張溥的觀點持否定態度。他說：「張溥把《閒情賦》比作宋玉的《登徒子好色賦》，我也有不同看法。」「陶淵明的時代是戰爭頻繁的時代，他目睹老百姓妻離子散；爲了諷刺，他特地寫了纏綿的愛情生活——《閒情賦》。可以說《閒情賦》是當時老百姓妻離子散的悲慘現實，在陶的哈哈鏡中的反映。」我們認爲，從陶淵明所處的時代——天下大亂；從陶淵明所持的態度——關心百姓疾苦；基於這兩點，茅盾談《閒情賦》的寫作意圖是有見地的。

　　對於《桃花源記》的思想性，茅盾給予了高度的評價，稱它是一篇描寫空想社會主義的傑作。茅盾寫道：「至於《桃花源記》，兩年前，論者早已說是陶淵明的『理想世界』；我則以爲不如直說是空想的社會主義，比歐洲的空想社會主義早了千餘年，所不同者，彼以理論的形式，而此則以寓言的形式。」至於《桃花源記》思想的局限性，茅盾也意識到了。他說：「我們也可以說《桃花源記》所嚮往的『理想世界』，只是『羲皇上人』，用現代話，即原始社會，因而是向後看，而不是向前看的。然而我們對於一千幾百年前封建社會一個文人的要求，不能太嚴。在陶淵明的思想中，只能有那樣的追求理想社會的模糊的觀念，這總比那些安於現狀的人們要好得多罷？」總之，茅盾用歷史唯物主義的觀點、立場看問題，實事求是地評價作品，這樣的文學批評是令人信服的，也是值得我們學習的。

　　【附】王朝聞先生發表在《文匯報・筆會》（1994.4.7）上的《再讀魯迅

書簡》（之一）文章，其中有一段是涉及魯迅對陶淵明評價的，特引錄如下，有助於讀者閱讀拙文。

從魯迅《致增田涉》（32 年 5 月 13 日）得知，他幫助對方選取中國有關幽默的文章時，對晉代文人陶潛的評價，態度嚴肅。

魯迅不認為「中國沒有幽默作家，大抵是諷刺作家。」不客氣地指出「迄今為日本所介紹的中國文章，大抵是較輕鬆易懂的東西，堅實而有趣的作品，如陶潛的《閒情賦》之類，一點也沒有譯。」讀魯迅 36 年 2 月 29 日《致楊霽雲》，對陶潛的另一面也不忽視：「靖節先生不但有妾，而且有奴，奴在當時，實生財之道。縱便陶公不事生產，但有人送酒，亦尚非孤寂人也。」

8、茅盾灌溉的《七根火柴》和《普通勞動者》

著名部隊作家王願堅同志在一篇文章中曾經這樣寫道：當今天的中學生在課本上讀到《七根火柴》和《普通勞動者》這兩篇習作的時候，可曾知道，這稚嫩的幼芽曾受到過茅公心血的灌溉！自然，今天的中學生是不知道茅盾與《七根火柴》和《普通勞動者》之間關係的。為此，筆者特撰此文，介紹茅盾與《七根火柴》和《普通勞動者》之間的關係。

（一）

茅盾的心，是向著青年人的。連王願堅他自己也沒有想到，他與茅盾的友誼，是由「火柴」點燃的。王願堅說，1958 年 6 月的一個傍晚，我正在收拾行裝，準備去十三陵水庫參加勞動，接到了這個月的《人民文學》。打開一看，刊物上發表了茅公的文章《談最近的短篇小說》。在這篇闡發短篇小說創作技巧的文章裡，竟然用了相當多的文字分析了我的短篇小說《七根火柴》。使我驚奇的是，文章分析得那麼仔細，連我在構思時曾經打算用第一人稱的寫法、後來又把「我」改成了另一個人物這樣一點最初的意念都看出來了，指出來了。他對那樣一篇不滿 2000 字的小說，竟用了四五百字去談論它，而且給了那麼熱情的稱道和鼓勵。

茅盾給《七根火柴》所作的熱情稱道，首先的原因就在於作品成功地塑造了人物。茅盾斷定道：正是這個無名戰士的形象使得這篇作品發生感人的力量。《七根火柴》約 2000 字，可是生動而有力地描寫了草地行軍的艱苦，刻畫了忠心耿耿的戰士在將要斷氣的一瞬間還專心致意地要把他所保存的七

根火柴連同黨證交託同志轉呈上級。全篇人物形象是鮮明的，故事的發展也很緊湊。表面上看，這不是「第一人稱」的作品，然而作爲故事發展的線索的盧進勇，實在是起了第一人稱的「我」的作用；也許作者不是有意識地要把那個無名的將要斷氣的戰士作爲作品的主人公，然而在讀者的眼中，無名戰士的形象卻比盧進勇的形象要高大得多，而且鮮明得多。無名戰士對革命事業無限忠誠的崇高品質得到了充分的體現。

茅盾給《七根火柴》所作的熱情稱道，其次的原因就在於作品的環境描寫與人物描寫能形成有機的結合。茅盾在《談最近的短篇小說》一文中，先批評了一種不良傾向：大多數短篇小說的環境描寫還不能和人物的行動（包括內心活動）作密切的配合，成爲小說的有機部分；而人物的描寫也還不能繁簡適當、濃淡適度。然後，談到《七根火柴》時，茅盾是這樣讚許的：在結構上，這一篇也有它的優點。全文共計不過 2000 字，似乎不可能有多餘的字句來浪費篇幅，可是作者還能騰出一手來寫環境，烘托出那七根火柴是怎樣地關係著千百人的安全；作者用總篇幅的 2/3 描寫主人公的形象，可是我們並不覺得它和整體的比例不適當，因爲作者在描寫主人公的形象的時候也即是故事在發展的時候，一切都是在動而不是靜止的。茅盾的評語是符合作品本身的。《七根火柴》景物描寫的確十分出色，它的環境描寫起到了推動故事情節發展，從側面烘托人物，突出主題思想的作用。

（二）

茅盾給予《七根火柴》的高度評價，使王願堅非常感動。他回憶道：我被深深地激動了。借著這親切的激勵，我這支「火柴」繼續燃燒起來。幾天以後，在十三陵工地勞動的空隙裡，在一棵苦楝的樹蔭下，我寫出了《普通勞動者》的初稿。短篇小說《普通勞動者》寫的是十三陵水庫工地的一點生活側影，作品初稿的構思和寫作是在工地上進行的。就創作過程來說，作者彷彿是在繁花似錦的花園裡走著，隨手採擷了一朵花。然而，事實上，這篇小說的孕育和準備，或者說創作的生活感受，卻比這要早，而且早得很多。爲什麼孕育多時的《普通勞動者》能在此時此刻問世呢？我們認爲，這與茅盾的評論有關。茅盾的評論猶如催化劑，促使了作品早日誕生。這也正如作者所說的那樣：借著這親切的激勵，我這支「火柴」繼續燃燒起來。

《七根火柴》的環境描寫是得到茅盾好評的，因爲作品能把環境描寫與

人物行動作密切的配合。顯然，茅盾所肯定的這個特點，在《普通勞動者》中又得以採用。因此，我們有理由相信：茅盾的論述，對《普通勞動者》的景物描寫是有影響的。同《七根火柴》一樣，《普通勞動者》也是通過景物描寫，來映襯人物和烘托中心思想的。如寫壩後面工地雄偉、廣闊、火熱的勞動場面，繪出了一幅工地沸騰的戰鬥圖景。這幅圖景，既展示了故事的背景，又為人物的活動和性格的展開創設了一個典型環境。又如寫暴風雨來臨，充分體現了將軍的性格。在暴風雨來臨的關鍵時刻，工地領導不在場，群眾無人組織，林將軍當機立斷，挺身而出，帶領群眾在暴風雨中搶裝沙料，充分顯示出他是一個有高度政治責任感有指揮員的風度和魄力的「很不普通」的領導幹部。

茅盾對《普通勞動者》的評價也是很高的。他在《短篇小說的豐收和創作上的幾個問題》一文中說：我們一定不能不鄭重提到，短篇小說的豐收中還有不少的具有共產主義風格的人物形象是極其出色的。我打算把他們歸在一處總講幾句，因為這些英雄人物不是通過對個人主義或本位主義的鬥爭來表現，而是通過忘我勞動、克服困難、搞技術革新等等來表現的。這一類中間最優秀的作品，例如《普通勞動者》描寫了參加十三陵水庫工程義務勞動的一位老將軍以普通勞動者出現的崇高的共產主義風格。已經有人指出這篇作品的優點，為了節省篇幅，我不打算在這裡重述那些品評了。我願意補充的是：「王願堅的十幾篇作品證明了一條真理，作者要把正面的英雄人物描寫好，就必須真正熟悉他們，全心全意愛他們，如王願堅自己說的，『懷著深深的敬意和強烈的激情去認識和瞭解他們。』收在《黨費》和《後代》兩個短篇集中的作品，都是描寫正面人物的，但並不單調；——英雄人物的性格和內心世界怎麼會單調？那些寫得單調的作品正好證明了那些作者們實在不熟悉他們的描寫對象。除《普通勞動者》而外，還有《親人》、《媽媽》等篇，都從平凡的事件中刻畫了英雄人物的高貴品質和精神世界，特別是將軍一級的老戰士的形象刻畫得相當好。」

在這裡，可以看出，茅盾不僅給《普通勞動者》予以很高評價，而且也指出了作者塑造人物成功的秘訣：熟悉英雄人物。這點，茅盾是說對了。王願堅的童年，是「生活在革命長輩的懷抱裡。」青年時代「又幾乎是在革命前輩的身邊度過的。」因而，隨著生活的積累，「一個念頭越來越強烈：在記述這些人的歷史功績的同時，描寫他們在和平日子裡的生活，表現他們身上

那優良的作風和品質,描繪他們那質樸的生活風貌和美好的心靈。」(見王願堅《〈普通勞動者〉的寫作》,收入《作家談初中語文課文》中,四川教育出版社)

歷史進人新時期後,茅盾與王願堅見面,仍然誇獎王願堅的短篇小說。由於是「火柴」的關係,照相時,茅盾招呼王願堅靠他近一些。王願堅說:「站在這位文學巨人的背後,我又一次感覺到,那顆博大的心仍在向著我們,雖然我們已經不再是青年。」(見《憶茅公‧他灌漑著》文化藝術出版社出版)爲此,王願堅的「火柴」又繼續燃燒起來,《路標》、《足跡》和《標準》等等作品又相續問世!王願堅在致力於長征史的研究過程中,萌發了撰寫大部頭長征作品的念頭。可惜病魔纏身,他去世前還痛苦地念道:我有滿肚子的紅軍史料沒寫出來。可見,他這根「火柴」仍想繼續燃燒下去!事實上,他的「火柴」定會永遠燃燒下去。

9、從接受美學角度談茅盾作品創作

關於文藝創作問題,茅盾早在《從牯嶺到東京》一文中就提出了精闢的見解:一種新形式新精神的文藝,如果沒有相對的讀者界,則此文藝就會枯萎,不能成爲推動時代的精神產物。茅盾重視和強調讀者重要性的觀點,不僅有其理論上的意義,而且更爲重要的還在於其創作實踐上的意義。本文將從接受美學角度對茅盾的創作談些看法。

(一)

文學作品的價值,在於它對讀者的影響力量。因爲文學作品是爲讀者閱讀而創作的,它的社會意義和美學價值,只有在閱讀過程中才能表現出來。同時,一部文學作品不僅是爲讀者創作的,而且它也需要讀者,才能使自己成爲一部眞正的作品。同樣,文學作品的社會效果也主要取決於讀者。所以,一個作家若要創作眞正的藝術作品,就必須經常地感受同讀者的關係。作家越能很好地感覺到他的讀者,他的藝術能力就能越好地發展、活躍和鞏固起來。這就表明:作家對讀者的感覺是一種重要因素。沒有它,作品就不可能獲得成功,作家文學才幹也就不可能發展和成長,如茅盾的創作歷程便是最好的例子。茅盾投入到大革命中,對大革命前後的小資產階級知識分子精神面貌和奮鬥經歷有透徹的瞭解,故寫出了轟動文壇的《蝕》。作品產生了很大

反響，奠定了他現實主義作家的地位。30 年代初，他從有關中國社會性質的激烈論戰氣氛中，把握了讀者的脈搏，寫出了《子夜》。當時廣大讀者競相閱讀《子夜》，還有不少人成立《子夜》讀書會。《子夜》為作者贏得了革命現實主義作家的稱號。不久，茅盾兩次故鄉之行，密切了同農村讀者的關係，感受到了農民的疾苦，為讀者描繪了一幅江南農村破產圖：林家鋪子的倒閉、老通寶的去世、當鋪前的饑民……這些短篇小說，深受讀者歡迎，被文學史家們譽為描寫「豐收成災」的代表作。相反，茅盾脫離了學生生活多年，不能把握他們的生活感受和願望，寫了失敗的《三人行》。在作品中，他用抽象的概念代替了誘導的分寸，使人物空洞，變得不可接受。為什麼讀者的感覺對作家創作如此重要呢？因為從接受美學的觀點看，在讀者與作家的關係中，讀者的感受、願望和要求，能影響、制約作家的創作；而且讀者這種能動性作用表現在制約作家創作上是多方面的。它既可以影響作家的構思，又可以影響作家的取材。如前所述，作者在瞭解了大革命時期小資產階級知識分子的願望和要求後，構思了《蝕》；同樣，他對故鄉農民感覺有了瞭解，才將取材的鏡頭對準了農村。當然，作家與讀者的關係，決不是簡單的、消極的屈從關係，而是複雜的、積極的引導關係。作家是可以逐漸創造出屬於自己的讀者大眾的。作家如果要想達到這一點，就必須對讀者的期待視野作出預測：必須預先考慮自己的新作能否對讀者產生吸引力並引起讀者興趣，能否為讀者理解與接受；必須預先確定自己對現存的社會現象與道德常規以及不同的趣味的態度，以便適應讀者期待視野的變化。所謂的期待視野指的是讀者對一部作品進行接受的全部前提條件。如從已閱讀的作品中獲得的經驗、知識，對不同文學形式和技巧的熟悉程度，以及讀者個人的條件，如受教育程度、生活經歷、藝術欣賞水準和趣味等。作家對讀者的期待視野作出預測，就是自覺地運用了信息回饋方法。作家只有分析、利用回饋信息，將接收到的信息注入到作品中，使創作出來的作品信息與環境信息協調起來。這樣，創作才能成功。作家對讀者的期待視野進行預測，自然不可能是面面俱到的，在不同情況下側重點是不一樣的。有時側重於思想內容，有時側重於藝術形式，或兼而有之。這些預測視野側重點不同，根本原因仍然取決於讀者對作家的制約和影響。下面，我們試舉《腐蝕》的取材為例，來看看讀者對茅盾創作的制約和影響。

　　許多材料表明，茅盾正是在瞭解、熟悉香港和海外讀者藝術欣賞興趣、習慣和愛好的基礎上，然後才考慮寫特務題材的。故使作品在題材方面吸引廣大讀者。茅盾在晚年的回憶錄中告訴我們：香港及南洋一帶的讀者情況他是瞭解的。那些讀者喜歡看武俠、驚險小說。這種小說茅盾自然不願寫。他不願消極地屈從讀者，而要積極地引導讀者，故把目光投向了國民黨反動派。茅盾認為國民黨特務抓人殺人的故事，特務機關爾虞我詐的內幕，卻也有一層神秘的色彩。這一層神秘的色彩，是與香港及南洋一帶讀者的興趣和愛好相適應的。茅盾感受到了他們的興趣和愛好，因此構思取材，寫了如下的故事：通過一個被騙而陷入罪惡深淵又不甘沉淪的青年特務的遭遇，暴露國民黨特務組織的兇狠、奸險和殘忍，他們對純潔青年的殘害，對民主運動和進步力量的血腥鎮壓，以及特務內部的爾虞我詐和荒淫無恥。同時，作家還很注意誘導分寸。在《腐蝕》中，儘管是以揭露特務罪惡生活為主要描寫對象，但作者卻又盡量避免色情描寫和殘忍的渲染，使《腐蝕》區別於以往的「黑幕小說」和「譴責小說」。作品在《大眾生活》上連載，深受讀者喜愛，使雜誌很快發展到十萬訂戶。大陸許多出版社紛紛出版《腐蝕》，《腐蝕》成了茅盾著作中國內版本最多的一部。以上，我們僅從題材這個角度來談茅盾寫作《腐蝕》時感受讀者的感覺，就完全可以看出讀者對作家創作的制約和影響了。《腐蝕》影響是巨大的，它的價值也是巨大的，它為許許多多青年人指明了前進的方向。作品成功的經驗證明：作家感受讀者感覺是非常重要的，沒有它，作品就不能成功。

（二）

　　上面，我們談的是讀者對茅盾創作產生的間接性影響。讀者對創作的間接性影響，這僅是接受美學的一個重要觀點。接受美學另一個重要觀點則認為讀者對作家的創作具有直接性影響。讀者是推動新的文學創作的動力。「在實際的文學過程中，讀者創造作家，影響作家的創作，也是推動文學創作，促進文學發展的一個決定性因素。」這種觀點，打破了作家創作封閉狀態論點。它認為在外部環境（讀者）和內部環境（作家）不斷變更的條件下，存在著一個連續不斷的、循環不已的相互作用過程。在這過程中，讀者和作家是作為一個整體行動而發展及進行的。如文學作品在社會和個人身上產生的影響，一旦用語言和文字表達出來，就會反過來影響作家，影響文學創作過程。所以，不能把文學過程簡單地設想成，作家為讀者創造作品，作品對讀

者發生影響。讀者直接影響作家創作的觀點，具體來說，就是作家在接收到
來自評價藝術形象的信息後，又作出回饋，改變原來的構思，改變或深化原
來的思想主題，改變或者豐富原來的藝術形象的設計和情節與結構的安排，
以便朝著有利於藝術形象創造和深化作品主題的方向控制自己的創作，以滿
足或適應讀者的感覺、願望和要求。縱觀茅盾的創作，受讀者直接性影響的
現象是客觀存在的。如他幾部代表性作品都是在讀者直接影響下而產生的。
這裡，筆者試圖從由於受讀者直接影響而促使作家繼續創作完成「農村三部
曲」方面，來談談讀者是怎樣直接影響茅盾創作的。

　　總的來說，讀者對作家創作產生的直接影響，用信息理論觀點看，這是
一種反饋。只有當作家發現他寫的人物、事件等（輸出信息），在讀者和社會
中引起了某種反響，受到人們歡迎（反饋信息），而他所掌握的人物、事件還
有潛力可供創作時（已有信息），作家他才能將反饋信息與已有信息組合、加
工，創作出第二篇、第三篇作品。如茅盾在創作「農村三部曲」時，就是如
此。「農村三部曲」作為一個系統看，作者是先發表了《春蠶》，開始輸出了
一種信息。讀者收到這個信息後，對它進行欣賞、批評。讀者的議論、評價
等便作為一種新的信息。這種信息被輸送到作家那裡，便成為反饋信息。在
反饋基礎上，茅盾結合自己原有的生活積累和藝術功底，接著《春蠶》的故
事和人物，先後寫成了《秋收》和《殘冬》，完成了「農村三部曲」的創作。
上面，我們只是描出了「農村三部曲」形成的大致輪廓；下面，我們要仔細
分析「農村三 部曲」是怎樣在讀者的直接影響下形成的。

　　《春蠶》發表於 1932 年 11 月，《秋收》發表於 1933 年 4 月，《殘冬》發
表的時間則更晚了。從《春蠶》到《秋收》，兩者在時間上相距幾個月。在這
不短的時間內，茅盾完全有足夠的時間來獲得讀者對《春蠶》的評價。同時，
我們有理由相信茅盾也是有意識地在接受反饋信息。如朱明發表於 1933 年 1
月的《茅盾的〈春蠶〉》一文，茅盾當時不僅閱讀了，而且還剪貼保存到晚年。
值得肯定的是，茅盾當時必定會看到和聽到更多的有關評論《春蠶》的文章
和議論。對此，作者回憶道：「《春蠶》發表後，反映比較強烈。除了幾位研
究社會科學的人提出階級意識非常淡薄和人物是無時代性的責備外，一般的
評論都是讚揚的多。」這話是可信的。因為當時掀起了《春蠶》熱，評論文
章在全國各地不斷出現。如 1933 年 5 月上海《申報》上的《〈春蠶〉與農村
現狀》、7 月北平《文藝月報》上的《評茅盾〈春蠶〉》、7 月天津《大公報》

上的《春蠶》……上述文章雖然在寫作《秋收》和《殘冬》時才出現，但我
們認爲這些觀點決不是發表時才有，它早已在讀者中間以各種方式傳頌著。
不言而喻，這些觀點對茅盾創作是會產生影響的。這裡，我們僅以茅盾當年
剪貼保存的評論文章爲參考，來探尋茅盾受到的影響。「茅盾能握住這個當前
的重要題材來寫作，已是勝人一籌的地方，而況如寫荷花，會苦得深夜去偷
蠶等處，描寫得異常深刻動人，農夫老通寶和農女六寶等的性格寫得很活躍。」
讀者對《春蠶》題材、人物故事是讚賞的，但對作品也提出了尖銳的批評：「但
他受了這重大的經濟威迫之後又如何呢？茅盾連這一點也沒有指出。」面對
這些正負反饋信息，茅盾必然要加以分析、研究，藉以來指導和調整下一步
的創作。恰巧，《申報月刊》主編俞頌華因爲對《春蠶》感興趣，便找到茅盾，
要作者再寫一篇農村題材的小說。於是茅盾就接著《春蠶》的人物和故事，
在 1933 年 1 月寫了《秋收》，內容是稻子收成好，老通寶反而欠了債；又在 6
月間寫了《殘冬》，描寫農民經濟破產，農民們自發的抗租抗稅運動已非武力
所能壓制。這就組成了「農村三部曲」。從《秋收》和《殘冬》來看，讀者對
《春蠶》作品題材、人物和故事等的讚揚，使作者獲得了肯定趨向的正反饋
信息。因而《春蠶》中的題材、人物和故事得以在《秋收》和《殘冬》中繼
續發展下去。同樣，讀者對《春蠶》未能描寫反映農民破產後而抗爭的批評，
使作者獲得了否定趨向的負反饋信息，因而在《秋收》和《殘冬》創作中，
加以調整，正確地反映了農民由破產走上抗爭的自發鬥爭。所以，這些正負
反饋信息得到了圓滿解決。顯然，正因爲有了讀者的直接性影響，才使茅盾
得以續寫了《秋收》和《殘冬》，完成了「農村三部曲」。如果沒有讀者的一
系列正負反饋信息影響作者，茅盾是不可能寫出「農村三部曲」的。受讀者
直接影響創作成功的「農村三部曲」，深受海內外廣大讀者好評。著名作家和
學者葉君健指出：「特別是那個『微型』三部曲《春蠶》、《秋收》和《殘冬》，
給我的感受最深。他以極經濟的篇幅和極高超的技巧，描繪出作爲中國大革
命的背景的、由廣大農民所構成的中國社會的一個眞實縮影……許多外國評
論家讀了這個『微型』三部曲後也與我有同感，認爲他們是世界傑出的短篇
小說。而且更爲重要的是，通過這個小型三部曲，人們可以懂得蔣介石政權
爲什麼一定要崩潰，中國的革命爲什麼在農村發展得那麼快，爲什麼會得到
那麼廣大的農民支持。這 3 個小型三部曲當時在國外無形中起了形象化地解
釋以農村爲根據地的中國革命的作用。」（葉君健《「我的心向著你們」》）

　　唯物辯證法告訴我們，整個世界就是一幅由種種聯繫交織起來的畫面。在這個聯繫的整體性中，任何事物如果失去了和周圍事物的聯繫，不僅是不可理解的，而且是不可能存在的。文學世界自然也是如此。作品與讀者的關係、創作與欣賞的關係，也是相互聯繫、相互影響和相互制約的。所以，我們必須用聯繫的觀點來分析、研究茅盾創作和一切文學現象。

10、茅盾評《阿Q正傳》

（一）

　　茅盾是《阿Q正傳》最早的知音和積極宣傳者。1921年12月4日起，魯迅的著名小說《阿Q正傳》以巴人的筆名在《晨報副刊》連載。小說只刊載了三四章，即引起強烈反響，許多人都栗栗危懼，恐怕以後要罵到他們頭上。茅盾主編的《小說月報》也收到讀者來信，認為：「《阿Q正傳》……諷刺過分，……算不得完善」。（見《小說月報》第13卷第2號《通訊》）茅盾在刊登這封信的同時，附上了一封公開信，指出了這封信觀點上的錯誤，給了《阿Q正傳》以十分崇高的評價。他說：「《晨報副刊》所登巴人先生的《阿Q正傳》，雖只登到第4章，但以我看來，實是一部傑作。你先生以為是一部諷刺小說，實未為至論。阿Q這人要在現社會中去實指出來，是辦不到的；但是我讀這篇小說的時候，總覺得阿Q這人很是面熟，是呵，他是中國人品性的結晶呀！」

　　魯迅在《俄文譯本〈阿Q正傳〉序》中談到小說的遭遇：我的小說出版之後，首先受到的是一個青年批評家的譴責；後來，也有以為是病的，也有以為滑稽的，也有以為諷刺的，或者還以為冷嘲，至於使我自己也要疑心自己的心裡真藏著可怕的冰塊。然而我也想，看人生是因作者而不同，看作品又因讀者而不同。茅盾同魯迅一樣，都是為人生的作家，有了這思想的共鳴為基礎，他就能正確地理解《阿Q正傳》這部不朽的小說。幾十年來，他為《阿Q正傳》做了許多積極的宣傳工作。如在1927年寫的《魯迅論》中，茅盾開門見山地說，我和他沒甚關係，然而很喜歡看他的文章，並且讚美他。談到《阿Q正傳》時，他說：「《阿Q正傳》的詼諧，即使最初使你笑，但立刻我們失卻了笑的勇氣，轉而為惴惴的不自安了……魯迅只是一個凡人，安能預言；但是他能夠抓住一時代的全部，所以他的著作在將來便成了預言。」

茅盾的《魯迅論》，在當時被人指責成「一味吹捧」。爲了使學生理解《阿Q正傳》，茅盾對語文老師講道：「魯迅的《阿Q正傳》所寫的是辛亥革命前後，一個鄉下人阿Q的生活；在表面上看，這是一個小人物的小事情，可是這作品經過了 30 年了仍有生命，並且我們可以大膽的說，數十百年後也還有生命。原因即在其觀察的深刻。這雖是小人物的小事情，但作者看得很遠，分析得很深刻，所聯繫到的問題是與中國很大的一部分人有關係，而且恐怕在今後相當長的時間內仍要有關係。中國人因受幾千年封建制度壓迫的影響，一般的在思想意識上有些共同的毛病（落後性），魯迅先生以阿Q爲標本，指出來給我們看。阿Q是個農民，但魯迅先生所描寫的那種落後性，不僅農民身上有之，小資產階級以及所謂『士大夫』階層中卻亦有之，而且更多。我們都感覺到可以從阿Q身上找出自己的一點來。當這篇作品發表時，一些『學者名流』都以爲魯迅在罵他們。這就證明阿Q的性格包括的很廣泛，無論上中下各類人物都可以從阿Q身上看出自己的一部分面目。」（《怎樣閱讀文藝作品》，《語文教學講座》，大眾書店 1950 年 12 月版）在這裡，茅盾非常通俗地闡述了小說的價值。這樣淺顯、易懂的解釋，是並不多見的。

（二）

茅盾對《阿Q正傳》，並不是一味頌揚，曾指出它的不足之處來。

馮雪峰在一篇文章裡，稱《阿Q正傳》爲典型的大眾文藝，亦是大眾化的作品。茅盾對此說有異議。茅盾說：「不用說，《阿Q正傳》是紀念碑的傑作，是新文藝中的『古典作品』，光芒萬丈，萬古常新的。但並不因此而即得結論：《阿Q正傳》的頭銜是愈多愈好的。一個不大恰當的頭銜不足以增加《阿Q正傳》的聲價，或許反覺得不甚得體。雪峰解釋他的理由道：『這篇作品就凡是識字而有閱讀能力的大眾都能理解，阿Q和對於阿Q的批判及其他一切很快就成爲人民大眾的常識了。』其實，雪峰這裡所舉的兩點，凡是『古典作品』大都具有。《阿Q正傳》之有大眾性，當然不成問題，但今後我們談大眾化是否必以《阿Q正傳》爲典範，我以爲還有討論之餘地。」（《也是漫談而已》，《文聯》第 1 卷第 4 期）事實的確如此，《阿Q正傳》問世 70 多個年頭了，可對這部小說的一些重要的問題仍在爭論中，如阿Q性格特徵，說法並不統一；人人都說阿Q，但許多人都解釋不清阿Q。這樣的作品怎麼能稱得上是「典型的大眾文藝」呢？其實大眾化的作品是須與通俗化聯結在一起

的。茅盾認為典範的大眾化作品，是趙樹理筆下的系列作品。茅盾對趙樹理小說的語言、表現形式，都特別給予好評，稱《李家莊的變遷》已經做到了大眾化，「這是走向民族形式的一個里程碑」。

茅盾在《魯迅──從革命民主主義到共產主義》的報告中，也指出了《阿Q正傳》中的不足。茅盾說，毋庸諱言，《阿Q正傳》的畫面是相當陰暗的，而且魯迅所強調的國民性的痼疾，也不無偏頗之處，這就是忽視了中國人民品性上的優點。這雖然可以用「良藥苦口利於病」來解釋，但也和魯迅當時對於歷史的認識有關係。但正如魯迅自己在《野草》中所表現的內心思想一樣，儘管有矛盾、苦悶，而並不消沉。他還是堅決地戰鬥著，同時也不懈不怠地追求著真理。這正是魯迅之所以成其偉大。

（三）

《阿Q正傳》以辛亥革命前後閉塞落後小鎮未莊為背景，塑造了一個物質上受到殘酷剝削、精神上受到嚴重摧殘的農民典型阿Q。高中課文節選的是《革命》和《不准革命》七八兩章。節選部分以辛亥革命消息傳到未莊後阿Q的態度、活動為主要線索，記敘了阿Q從「神往」革命到「洋先生」不准他革命的過程，深入地描寫了阿Q想革命而又未覺悟的性格特點，深刻地揭露了封建勢力兇殘、狡猾的反動本質，批判了資產階級領導的舊民主主義革命的妥協性和不徹底性。

茅盾在《讀〈吶喊〉》裡，就七八章專論道：「中國歷史上的一件大事，辛亥革命，反映在《阿Q正傳》裡的，是怎樣叫人短氣呀！樂觀的讀者，或不免要非難作者的形容過甚，近乎故意輕薄『神聖的革命』，但是誰曾親身在『縣裡』遇到這大事的，一定覺得《阿Q正傳》裡的描寫是寫實的。我們現在看了這裡的七八兩章，大概會彷彿醒悟似的知道 12 年來政亂的根因罷！」

「政亂的根因」指的是舊民主主義革命的不徹底性和妥協性。從阿Q的遭遇中，我們看到中國資產階級領導的辛亥革命，沒有注意解決億萬農民的悲慘處境問題，沒有看到農民的革命性，沒有去發動他們、教育他們、組織他們、依靠他們。這是魯迅用藝術形象對辛亥革命作出的深刻總結。茅盾意識到了作者的意圖，故在文章結尾時說：「除了欣賞驚嘆而外，我們對魯迅的作品，還有什麼可說呢？」

（四）

　　茅盾評《阿Q正傳》，在國內學術界來說，是頗有影響的。一些著名的作家學者，在評論《阿Q正傳》時，都採用茅盾的觀點，他們並且都對茅盾的見解給予了高度讚揚。

　　周作人說：「阿Q這人是中國一切的『譜』——新名詞稱作『傳統』——的結晶，沒有自己的意志而以社會的因襲的慣例為其意志的人，所以在現社會裡是不存在而又到處存在的。沈雁冰先生在《小說月報》上說：『阿Q這人要在現社會中去實指出來是辦不到的；但是我讀這篇小說的時候，總覺得阿Q這人很是面熟，是呵，他是中國人品性的結晶呀！』這話說得很對。」（見仲密（周作人）：《阿Q正傳》，《晨報副刊》1922年3月19日）

　　何其芳說：「《阿Q正傳》的很早評論者沈雁冰說，『我又覺得『阿Q相』未必全然是中國民族所特具，似人類的普通弱點的一種（《讀〈吶喊〉》）。『似人類的普通弱點的一種』，這種說法自然是不科學的。但如果我們並不著重這後半句話，並不承認人類有什麼抽象的超階級的弱點，而僅僅取其前半句話的意思，『阿Q相』並非只是舊中國一個國家內特有的現象，就不能不說，這位評論者的這種感覺仍然有一定的生活的根據。」（何其芳《論阿Q》，《人民日報》1956年10月16日）

　　從評論的評論中，我們可以領悟道，茅盾論《阿Q正傳》，是卓有成效的，是有助於人們欣賞作品的。

11、茅盾論茹志鵑的小說

　　眾所周知，《百合花》是茅盾澆灌的花。茹志鵑在悼念茅盾的文章中曾說道：直到現在，許多人碰見我，仍然在提《百合花》。這是茅盾培植的花，20多年來還未凋謝，可見先生筆力堅韌，影響之大。

　　鮮為人知的是，在培植了《百合花》後，茅盾長時間地關注茹志鵑的小說創作，先後評了《靜靜的產院》、《春暖時節》、《澄河邊上》、《三走嚴莊》、《阿舒》和新時期寫的《剪輯錯了的故事》等小說。與之同時，他在其它一些文章中，亦對茹志鵑的小說創作予以好評。如他在《〈談最近的小說〉附記》中，不顧正文已有近3000字的論述，又一次把她作品當成範文：「例如《百合花》的作者不會事先計劃要在小說裡寫這麼幾處的前後呼應，而是從素材提煉時銳敏地感覺到通訊員槍筒插的樹枝和野菊花這些細節很能說明問題

（襯托通訊員的內心世界），於是用不多不少、恰好的筆墨點染出來。」不久，他在評論此一時期出版的革命戰爭題材的作品時指出：「劉白羽、孫峻青、茹志鵑的短篇小說，都有特色。」寫於新時期的文章《老兵的希望》，在總結《講話》以來的好作品時，茅盾又一次把目光投向了茹志鵑：「解放後，又有《暴風驟雨》、《創業史》、《青春之歌》、王汶石、王願堅、茹志鵑的短篇小說等。從延安時期到『四人幫』霸佔文壇以前，所有的好作品，都是萬人傳誦，將記載在中國文學史上，永遠保持其生命力。」直到茅盾逝世前的幾個月，他放下正在撰寫的回憶錄，抱病讀了茹志鵑的 10 多篇作品，然後爲這名爲《草原上的小路》短篇小說集寫了序文。

爲此，茹志鵑感激道：「幾次見面，我都想說，又因爲無法說清您對我的教誨、鼓勵，在我的創作上、人生道路上所起的巨大作用。巨大兩字在這裡是太一般了，應該是轉折的，奠基性的。」

下面，讓我們看茅盾是如何評論茹志鵑的作品的。

（一）風格論

不正面描寫生活的巨流大波，而從中截取一片微瀾、一朵浪花，加以精細挖掘和描繪，以反映時代風貌，是茹志鵑小說選材立意上的顯著特點。

這個特點，是茅盾首先發覺並加以肯定的。茅盾評《百合花》時說到，這是 6000 多字的短篇。故事很簡單：向敵人進攻的我軍前沿包紮所裡發生的一個小插曲。人物兩個：主要人物，19 歲的團部通訊員；次要人物，剛結婚的農村少婦。「但是，這樣簡單的故事和人物卻反映了解放軍的崇高品質（通過那位可愛可敬的通訊員）和人民愛護解放軍的眞誠（通過那位在包紮所服務的少婦）。這是許多作家曾經付出了心血的主題，《百合花》的作者用這樣一個短篇來參加這長長的行列，有它獨特的風格。恕我借用前人評文慣用的詞彙，它這風格就是：清新、俊逸。這篇作品說明，表現上述那樣莊嚴的主題，除了常見的慷慨激昂的筆調，還可以有其他的風格。」

面對著一次次被退稿的《百合花》，作者對作品的「低沉」說漸漸有些折服，並開始尋求鼓舞人們前進的「高昂法」。「在這個時候，又是這樣一位文學的巨匠，竟然把目光落到了一篇 6000 多字的小文章上。我得到的是一股什麼力量啊！……醜小鴨原來並不那麼醜，它還有可愛的地方，甚至還有它的風格。先生，這是我第一次聽到「風格」這個詞與我的作品連在一起。已蔫倒頭的百合，重新滋潤生長，一個失去信心的，疲憊的靈魂，又重新獲得了

勇氣、希望。」（茹志鵑《說遲了的話》）

作者寫社會主義新生活的作品也是如此，不去正面描寫兩個階級、兩條道路的激烈搏鬥，而是從側面反映時代的變化。茅盾認為《靜靜的產院》從它建立自己的產院這一角度，描寫了我們這個偉大時代的迅猛前進的步伐對於人們的思想意識所起的各種反應。作者並沒描寫人們之間的保守思想和進步思想的鬥爭，作者卻細緻地刻畫了這兩種思想在一個人頭腦裡的矛盾和鬥爭。在分析作品的基礎上，茅盾欣喜地論道：「跟作者過去的作品一樣，《靜靜的產院》在塑造人物形象、渲染氣氛、尤其是夾敘夾議式的心理描寫等方面，都保有作者的特殊的風格。」

1960 年，文藝界曾對茹志鵑的藝術風格展開過熱烈的討論。人們對她在創造個人藝術風格上所作的努力和取得的成就，表示了熱情的肯定。茅盾在肯定的同時，還鞭策作者，給她指明前進的方向。茅盾說：「王汶石、茹志鵑、林斤瀾、胡萬春、萬國儒等的作品，都有個人的特色；這些特色（例如王的峭拔，茹的俊逸），或將發展成為固定的風格，或者隨著生活和文藝修養的進展而別有新的發展，這都很難預言。然而，可得而預言的，青年作家風格的形成，不會在一朝一夕之間；生活既在奔騰前進，和時代的脈搏緊密聯繫著的作家也就不會停留在既有的藝術風格，擺在他們面前的課題是善用其所長，同時開拓新的境界。」

（二）人物論

茅盾認為，茹志鵑筆下的人物，女性勝於男性，而女性之中，尤以收黎子那樣的人物（外貌醜腆而內心強毅，嫻靜和幹練結合於一身），最為出色。

茅盾把茹志鵑筆下的婦女，分成兩類性格。《如願》中的何大媽、《阿舒》中的阿舒、《靜靜的產院》中的譚嫂嫂等人為一類；這類人物落落大方，精明能幹。《三走嚴莊》中的收黎子、《百合花》中的新媳婦、《春暖時節》中的靜蘭等人為一類；這類人物醜腆而內心強毅，嫻靜和幹練結合於一身。

茅盾最欣賞的人物是收黎子，稱收黎子是千千萬萬翻身後的農民婦女的代表：她的形象美麗而端莊，她的性格賢淑、溫柔而又勇敢堅決；她比她丈夫強，也比一般的男子漢強。她的自信力，她的革命樂觀主義，都躍然紙上。「這篇小說的女主角是作者所寫的女性中間最可愛也最可敬的一個。」

茅盾對《靜靜的產院》另一個人物荷妹也頗為欣賞，認為她不同於一般幹勁十足的人物：當譚嫂嫂用愛憐的口吻數說荷妹不知甘苦，不曉得老一輩

人的生活怎樣艱苦，身在福中不知福，一味的好了還要好的時候，荷妹並不用口舌來和她爭論，而只是用行動來啓發她；妙在荷妹這樣做，好像是不自覺的，並不經過「深思熟慮」，只是理所當然而已。「從這些方面，我以爲作者在創造人物的關鍵性問題上，理解到當作家觀察、分析了現實生活，然後概括提煉，通過綿密的構思過程而推敲故事的藍圖的同時，人物形象即已逐漸結胎成形。有些作品的人物雖然也是活生生地鮮明奪目，但是總覺得他們是端坐在蓮花座上的菩薩，總覺得他們和環境不能吻合無間。」

茹志鵑見到上述文字後說，寥寥數語，使自己明白了文藝作品裡的誇大、提高、渲染是有限的。要是依靠主觀願望去拔高人物，其結果必定失敗。文學作品應該脫胎於生活，但不完全依照生活。人物的一言一行，要貴在它的可信性。「我努力按這個指示去做了。」

（三）細節論

茅盾評《百合花》時，對作者重視細節作用頗爲讚賞。茅盾認爲，作者盡量讓讀者通過故事發展的細節描寫獲得人物的印象。這些細節描寫，安排得這樣的自然和巧妙，初看時不一定感覺到它的份量，可是後來它就嵌在我們腦子裡，成爲人物形象的有機部分，不但描出了人物的風貌，也描出了人物的精神世界。茅盾對此形象地比喻道：「人物的形象是由淡而濃，好比一個人迎面而來，愈近愈看得清，最後，不但讓我們看清了他的外形，也看到了他的內心。」

茅盾同時還認爲，作者善於用前後呼應的手法布置作品的細節描寫，其效果是通篇一氣貫串，首尾靈活。這種前後呼應的筆法，舉其顯著者而言，在全篇中有：通訊員槍筒插的樹枝和野菊花，通訊員給「我」開飯的兩個饅頭，通訊員衣服上撕破的大洞，新媳婦的棗紅底白花的新被子。特別是通訊員的被門鉤撕破的衣服，這一細節描寫，前後用了 3 次。

茅盾評茹志鵑的其他作品時，也注重細節的作用。如評《靜靜的產院》中的譚嬸嬸時說，作者通過一連串的小動作細緻地描寫了譚嬸嬸的思想上的始而波動、繼而擾亂、終於矛盾的過程。評小說中另一人物荷妹形象時說，荷妹身上的一切好品質，作者都用細節描寫來表現，並無一句抽象的贊辭。再如評《三走嚴莊》中茅盾最爲欣賞的收黎子形象時說，通過一系列的細節描寫，作者的清俊的筆墨活畫出一個嫻靜溫柔，但看得清、把得穩，時機到來時會破樊而出的一位青年婦女形象。

茅盾對細節是頗有研究的。他在一次談話中強調指出，善於描寫典型的偉大作家不但用大事件來表現人物的性格，而且不放鬆任何細節的描寫。他還舉了《紅樓夢》寶玉和林黛玉第一次見面對話為例，針對短篇不短的毛病，「解決辦法是要通過細節描寫來表現個性，避免那些與表現個性無關的細節描寫。」因而，茅盾見到茹志鵑小說中的細節描寫，很有特色，自然要給予好評了。

（四）結構論

結構的任務就在於把作品的人物、場面、事件或抒情作品的情緒發展的不同層次，有機結合成一個完整的藝術品。

從結構的特點著眼，茅盾認為《百合花》在結構上最細緻嚴密，同時也最富於節奏感。在細緻地分析了《百合花》的種種特色後，茅盾又情不自禁地誇獎這點：「我想，對於《百合花》的介紹，已經講得太多了，可實在還可以講許多；不過還是暫且收住罷。我以為這是我最近讀過的幾十個短篇中間最使我滿意，也最使我感動的一篇。它是結構謹嚴，沒有閒筆的短篇小說，但同時它又富於抒情詩的風味。」

茅盾還對《三走嚴莊》的結構予以好評。他分析道：這篇小說的結構，整齊而又有變化。這樣一篇萬餘字的小說，只分 3 段，首尾兩段的活動場地是淮海戰場的前沿，是現場；中段（這個大肚子）是回敘。但第一次走嚴莊和第二次走嚴莊都用簡練而生動的筆墨寫出來了，「三走」雖然實際上並未發生，然而透過那支持前線的大群的嚴莊女民工，和她們的隊長（收黎子），還是讓我們想像到翻身後的重建家園的嚴莊的模樣。

結構的藝術主要是佈局的藝術，需考慮許多問題，並且事先都要盡可能想清楚，這就需要周密的精巧的藝術構思。茹志鵑十分重視構思的精巧，茅盾對此論道：

這個收黎子的性格發展過程，寫得那樣自然而合乎規律；但作者巧妙之處是錯綜寫來，前後呼應，例如作者直到第二大段的最後這才點出，收黎子的階級覺悟是在她 9 歲那年她的母親被地主逼死那時開始的。而這一補筆，又巧妙地夾在收黎子他們清算地主後國民黨反攻倒算，把收黎子兒子殺死的那段回敘中。作者藉此又作了今昔對比：29 年前，9 歲的收黎子只能含淚看著母親活活被逼死；而在 29 年後，作為母親的收黎子卻用步槍子彈來回答惡霸地主對她兒子的殺害。

《同志之間》也是憑精巧的構思取勝，「這樣的 3 種不同的性格在我們的文學作品中常常會看到，本篇引人入勝之處在於巧妙地安排了生活小故事，既渲染了戰時行軍的氣氛，也刻畫了這 3 個人物，並且描寫了經常鬧意見的這三個人實質上是極其互相愛護的。」（《茅盾文藝評論集》）

（五）描寫論

茹志鵑細膩地描寫勞動婦女生活命運變化和展現她們瑰麗多彩內心世界，是有特色的，亦受到了茅盾的肯定。

茅盾認為《春暖時節》女主角思想發展的過程很細緻。在分析了人物形象後，茅盾總結道，《春暖時節》描寫如何由於一個賢妻的思想的提高而出現了新的家庭生活、夫婦關係，特點在於細膩地刻畫了女主角的思想發展而不借助於先使矛盾尖銳化，然後講道理、說服、打通思想等等慣用的手法。

茅盾說，《靜靜的產院》是在人民公社勝利邁進的背景下，從它建立自己的產院這一角度上，描寫偉大時代的前進步伐對於人們的思想意識所起的各種反應。「作者並沒描寫人們之間的保守思想和進步思想的鬥爭，作者卻細緻地刻畫了這兩種思想在一個人頭腦裡的矛盾和鬥爭。描寫個人的思想矛盾，所謂心理分析，在批判現實主義的文學中，本來是一個老題目；然而，正因為《靜靜的產院》的作者對待這個老題目的立場和觀點跟批判現實主義者完全不同，因而她處理這個題目的手法也完全是新的。」作者描寫譚嬸嬸的心情變化，也有層次，而且由淺入深，從漣漪微漾到波濤澎湃。

茅盾評《百合花》時，特別細緻地分析了作品中的幾處「閑筆」的作用。通訊員槍筒裡先後出現了樹枝和野菊花，茅盾為此論道，這閑閑的兩筆之間有 2000 多字寫故事的發展也寫通訊員的風貌和性格，有了這閑閑的兩筆，就把通訊員的天真、純潔、面臨戰鬥而不緊張、愛好自然等等品性，異常鮮明地描畫出來。新媳婦要找針線給通訊員補衣服，通訊員高低不肯；當通訊員犧牲後，新媳婦正一針一線給他補衣服。茅盾稱這前後呼應的兩筆，有聲有色地而且有層次地寫出了一個普通農家少婦對於解放軍的真摯的骨肉般的熱愛；而且，這種表達熱情的方式——為死者縫好衣服上的破洞——正表現了農民的純樸的思想感情，而不是知識分子的思想感情。

自然，茅盾評茹志鵑的小說，並不是一味的瞎捧，而是實事求是的。

茅盾曾對茹志鵑小說中的不足之處，提出了自己的看法：《春暖時節》中的靜蘭搞革新受挫，他丈夫提出了技術上的新辦法。「（這個新辦法——橡皮

輪胎在車床上削切——是否能行，我有點懷疑。）」

《澄河邊上》寫 20 多個傷病號被險惡的澄河擋住去路，上級命令他們趕忙到 120 里外的總集合地。在危急關頭，種瓜老人幫了大忙，渡河成功了。種瓜老人寫得丰采照人，但「他那一段關於『有指望就不怕』的議論太長了，有點不適合於那樣緊急的場面」。

【附】一稿完成於 1988 年，側重於談「茅盾與《百合花》關係，面向中學師生。二稿全面論述茅盾的茹志鵑論，注重學術性。1993 年 4 月完成。此稿曾寄茹志鵑本人過目。她對拙稿原名《茅盾的茹志鵑論》提出看法，故改用現名。在京參加紀念茅盾誕辰 100 週年紀念大會和國際學術討論會期間，筆者就此文專門求教莊鍾慶教授。他要求我把原稿和作家回函一併寄他，得到莊教授肯定，我才把拙稿收入書中。

本書主要參考書目

1. 《茅盾全集》1～20 卷，人民文學出版社 1984 年起陸續出版。

2. 茅盾回憶錄《我走過的道路》上、中、下，人民文學出版 1981 年陸續出版。

3. 《茅盾文藝雜論集》上、下，上海文藝出版社 1981 年出版。

4. 《茅盾論創作》，上海文藝出版社 1980 年出版。

5. 《茅盾文藝評論集》上、下，文化藝術出版社 1981 年出版。

6. 孫中田、查國華編《茅盾研究資料》上、中、下，中國社會科學出版社 1983 年出版。

7. 唐金海、孔海珠等編《茅盾專集》第一卷上、下，福建人民出版社 1983 年出版。

8. 唐金海、孔海珠編《茅盾專集》第二卷上、下，福建人民出版社 1985 年出版。

9. 《憶茅公》，文化藝術出版社 1982 年出版。

10. 《茅盾研究》1～4 冊，文化藝術出版社 1984 年起陸續出版。

11. 莊鍾慶著《茅盾的創作歷程》，人民文學出版社 1982 年出版。

12. 莊鍾慶編《茅盾研究論集》，天津人民出版社 1984 年出版。

13. 全國茅盾研究學會編《茅盾研究論文選集》上、下，湖南人民出版社 1983 年出版。

14. 孫中田著《論茅盾的生活與創作》，百花文藝出版社 1980 年出版。

15. 葉子銘著《茅盾漫評》，百花文藝出版社 1983 年出版。

16. 丁爾綱著《茅盾　孔德沚》，中國青年出版社 1995 年出版。

17. 黎舟、闕國虬著《茅盾與外國文學》，廈門大學出版社 1991 年出版。

18. 李廣德著《茅盾學論稿》，香港正之出版社有限公司 1991 年出版。
19. 李標晶著《茅盾傳》，團結出版社 1990 年出版。
20. 金韻琴《茅盾談話錄》，上海書店 1993 年出版。

後　記

　　校完書稿後，我不禁回憶起在九江師專讀書的那 1000 個日日夜夜。那是一個「文藝復興」的時代，該校以中文系系主任李彪教授爲首的中青年教師們，邊授課、邊創作，不僅把我引入了文學殿堂，而且也激發了我創作與評論的欲望。他們誨人不倦，嚴格要求與熱情鼓勵相結合，給我以極大的幫助。就這樣，我的文學之船開始啓航了。在母校建校 20 週年之際，我的文學之船到達了第一個停泊的港口——《茅盾評說》問世。我還忘不了的是，田業慈師母總饒有興趣地讀我的一篇篇習作，不斷地鼓勵我進步。

　　校完書稿後，我對上海炎黃文化研究會諸位前輩滿懷敬意。幾年來，陳沂會長對拙稿的選題、構思、寫作和出版，傾注了不少的心血。峻青副會長，抱病約筆者前去面談，並欣然作序。該研究會的學術委員會副主任張璽先生，也十分關注拙稿的出版；他親自審閱稿件，寫推薦信，並報請王克副會長給予部分出版費用資助。總之，如果沒有上海炎黃文化研究會諸位長者的鼎力相助，拙稿是無法與讀者見面的。在這裡，特此表示由衷感謝！

　　校完書稿後，我深感拙稿的品質是上了「一層樓」。這得力於學林出版社雷群明社長和徐智明副編審的無私幫助。他倆出於對茅公的敬重和對後學者的厚愛，認眞審稿與修改，並提出了許多建議，使拙稿得以潤色。

　　在這裡還應該說明的是，1996 年是茅盾研究史上值得大書特書的一年。海內外學者雲集北京人民大會堂，同黨和國家領導人一起深情緬懷茅公的不朽業績。在這一年中，我自己聊以欣慰的是，爲研究茅盾、宣傳茅盾奉獻了一份力量：

　　（1）《上海灘》第 7 期，發表了我的長文《中共早期黨員茅盾》。（2）上

海市教委有關領導部門批准我的《茅盾評說》，爲上海市中學教師「九五」繼續教育課程。（3）學林出版社與作者簽訂了出版拙著的合同。（4）我應中央文化部、中國文聯、中國作協之邀，於 7 月 4 日赴京參加紀念茅盾誕辰 100 週年紀念大會和國際學術研討會，在人民大會堂受到黨和國家領導人李瑞環、丁關根等同志的親切接見並合影留念。

校完書稿後，我也有一些遺憾。由於篇幅限制，第 5 輯中的不少名家來信沒有發表，但是，我永遠忘不了他們！因爲他們的來信，曾經激發了我研究茅盾的熱情，堅定了我治學的信念。

在這裡，我特向馬烽、杜鵬程、端木蕻良、戈寶權、西戎、葉至善、王瑤、峻青、邵伯周、李彪和莊鍾慶等名家致以衷心的感謝！

「雄關漫道眞如鐵，而今邁步從頭越。」我將戒驕戒躁繼續前進。

作者 1997 年春寫於上海市普陀區教育學院